U0525509

元周记

杨早 著

目　录

楔子　做一个民元报人梦　　1

1月/改　元

来，比一比华盛顿与孙中山的就职典礼……………7
❖ 花界舉辦光復紀念會 ❖
蒋介石为什么要刺杀陶成章？………………………19
头发的故事……………………………………………23
旧历新年怎么过？……………………………………31
接外国财神……………………………………………35
本照，奸僧还是高僧？………………………………37

2月/进　退

袁世凯是怎样让清帝逊位的？………………………45
载洵：王朝最后一个贪腐典型………………………59
❖ 我见到了洪哥 ❖
民国首都定在哪儿？
南京，北京，还是武昌？……………………………67
❖ 兵變中的訪員 ❖

3月/嬗 变

《报律》暂行？不行！ 81
你们都穿啥衣服参加大总统就职典礼？ 87
好端端的兵变了强盗 89

❖ 中華民國第一屆内閣誕生 ❖

4月/改 良

泰坦尼克号在中国的沉没 103
改良国文教科书 107
钦天监改制新历 113

❖ 離開新聞界的年輕人 ❖

5月/认 捐

借款难，不借亦难 121
国民捐，怎么捐？ 129
国民捐会是一个局吗？ 143

❖ 拒款！拒款！ ❖

6月／谜　团

全国拆城运动 ······ 153

❖ 趙總長的夜宴 ❖

到处都是宗社党 ······ 161

❖ 宗社黨人 ❖

端午不放假？大家自己过 ······ 171

总理出走之谜 ······ 177

7月／暴　力

唐绍仪夜船惊魂 ······ 189

❖ 刺梅 ❖

报馆把报馆打了！ ······ 195

电车铛铛响 ······ 201

❖ 將軍底頭 ❖

8月／洗　牌

棋盘街突然杀人事件 ······ 215

谁打了宋教仁耳光？ ······ 225

❖ 專訪蔡元培 ❖

9月/理 欲

古有廉蔺，今有梁杨 ……… 235

女权强，女德更强 ……… 239

❖ 火鍋與愛國 ❖

10月/新 旧

结婚有文明，恋爱无自由 ……… 247

辫子问题，越闹越大 ……… 251

中华民国的国歌 ……… 255

11月/流 播

用通电@谁谁谁 ……… 261

造谣很贵的 ……… 269

伍德罗·威尔逊连任两届美国总统 ……… 275

12月/盘 点

民国元年的绅商们 ……… 285

没有庚子，哪来辛亥？ ……… 289

1912年瘟疫纪事 ……… 293

我为什么要抄1912年的《申报》（代后记）　305

楔子　做一个民元报人梦

　　2012年春节，离民国元年整整一百年，我在长沙的苦寒中，搓着双手，开始用键盘抄录1912年的《申报》，每天抄100年前同月日的报纸，但凡有兴趣的条目都全文照抄，或摘要。

　　抄写对象是影印本电子扫描版，在13寸的笔记本电脑屏幕上，要放大到能看清的程度，就必须反复左右拖动画面。好在假期晚上没什么事，一般等到全家人都看完电视去睡觉，我也差不多抄完这一日的旧闻。

　　如果我能穿越回抄报的第一天告诉自己：这项工作几乎每天耗费三个钟头以上，看书观影的时间大半让渡，每月抄写的字数超过十万字。估计我立刻就放弃了。

　　可能是抄报抄得太多了，那些新闻、时评与广告，每天往眼睛里撞。即使身体休眠，它们也还继续在后台运行，在脑海里做布朗运动。

　　运动着运动着，我就在梦里变成了一位民国元年的报人。

　　每天坐在报馆里，一边看时事新闻，一边琢磨这都共和了，从本埠到全国的政治、经济、社会、文化，都有哪些不同。

　　有时我也被派出去采访。走在街上，来到会场，感觉满街都是同行。

1912年，民国元年，是新闻大爆炸的一年。

仅仅1912年上半年，全国报纸由100多种猛增至500多种，北京的报纸，则从清末的十余种，骤增至90多种，首次从数量上超过了近代中国的报业中心上海。

这么多报纸，尽管滥竽充数的不少，但总体上对新闻、评论的需求量非常巨大，信息的价格也就水涨船高。这年头当报人，还算是不错的买卖。一般润例是这样的：

> 新闻无分国内国外，概别为特别普通二种：（甲）凡有关国内国际政治上诸大问题为特别新闻；（乙）普通新闻不拘何等事项……（甲）特别新闻每采登一则，大洋一元；（乙）普通新闻每采登一则，大洋三角……

还有，"……本馆征文：一社说，须满五百字，以一题为一篇，每篇洋三元。译件，每三百字酬洋一元……小说，每千字酬洋三元，但须担任全部责任，逐日寄来……"

这年头，两毛钱就能在小馆子好好地撮一顿，粮食比前两年涨价不少，但一石中等米也只卖五六块大洋。采写几则新闻，编译几篇时评，就能成为中产，过上小康生活。

西方列强也都在观察这个他们尚未承认的年轻共和国。中国记者写的中英文稿件，《字林西报》《北华捷报》还有各大通讯社，也是收的。

一个梦接一个梦，抄报抄了一年，梦就做了一年，民国元年在我梦里流淌了一遍。就这样，我在梦里体验了一把民元办报的感觉。

偶尔醒来，带着梦中的迷惑，我也会搜索一下记得的名字或事件，将必要的信息附在旧年新闻之后。

于是有了这本《元周记》。

有些梦里做的专访，写的速记，甚至在梦里已经被排版出街的，也照着梦里的样式，附在同月，算是一种"虚拟现场"。

读完这本书，请你说说，我要是真的回到民国元年当记者，是不是也能混一碗饭吃？

1912 / 1月 / 改元

1月1日　孙中山在南京就任**中华民国临时大总统**。同日,《申报》刊载海军部大臣**载洵**贪腐事迹。中华书局抢先推出《中华国文教科书》。

1月4日　袁世凯下令停止南北和谈。

1月12日　"君主立宪维持会"发布宣言,宗社党成立。

1月14日　孙中山致电伍廷芳,表示一旦清帝退位,自己将辞职并推举袁世凯继任。同日,光复会领袖**陶成章**被刺于上海,凶手之一是蒋介石。

1月15日　上海租界爆发**剪辫**纠纷,向会审公廨提起诉讼。

1月19日　袁世凯在北京东安门外遭到革命党人刺杀。同日,上海、杭州宣布开始拆除城墙与城门。

1月21日　清廷大员端方的头颅从重庆运抵武昌,武昌举行"阅头大典"。

1月26日　段祺瑞等清军将领联名要求清帝退位。同日,彭家珍刺杀良弼。苏州新旧军队传因剪辫引发冲突。

1月27日　《申报》整版报道"奸僧**本照**之丑史"。

1月31日　南京临时大总统府登报辟谣,否认孙中山宣布袁世凯罪状的电报。

来，比一比华盛顿与孙中山的就职典礼

中国第一位需要宣誓的领导人

1912年元旦孙中山到南京就职的时候，中国还从来没有过总统就职典礼这样一回事。那么，怎么安排这场典礼呢？最可效仿的，大概要数已经立国100多年的美利坚合众国。

1789年，华盛顿就任第一任美国总统，典礼安排据说是这样的：

一、入场

二、行礼和回礼

三、入座

四、宣誓就职

五、就职演说

就这些，至于什么晨祷仪式、就职午餐会、庆祝总统就职舞会，都是后人添上的环节。

孙中山的就职典礼同样简短而热闹。《申报》报道："是时，总统府前遍悬五色电灯，各国领事，亦皆诣府道贺，门外观者不少数万人，欢呼万岁之声震动天地，此诚中国自古未有之盛事也。"

就职典礼的秩序单是这样的：

> 一、奏军乐
>
> 二、代表报告
>
> 三、大总统宣誓
>
> 四、代表致欢迎辞，上印绶
>
> 五、大总统盖印宣言
>
> 六、海陆军致欢迎辞
>
> 七、大总统答辞
>
> 八、三呼万岁
>
> 九、奏军乐

在孙中山之前，中国从来没有一位国家领导人需要宣誓——祭天可不算，"受命于天"与"受职于民"完全不同，这关系到国家领袖的合法性由谁赋予。

《美利坚合众国宪法》第2条第1款规定总统宣誓就职的誓词如下："我谨庄严宣誓(或郑重声明)，我一定忠实执行合众国总统职务，竭尽全力，恪守、维护和捍卫合众国宪法。"

孙中山的誓词大家都比较熟悉，道是：

> 倾覆满洲专制政府，巩固中华民国，图谋民生幸福，此国民之公意，文实遵之，以忠于国，为众服务。至专制政府既倒，国内无变乱，民国卓立于世界，为列邦公认，斯时文

当解临时大总统之职。谨以此誓于国民。中华民国元年元旦。

前半段是表明自己从哪里获得权力,以及为赋予权力者服务的决心。后半段则直指"何时解职"的重要问题。这一誓词,并非由于"临时大总统"这个称号的限制,相反,这个"临时大总统"并没有任期的限制。民军正在准备着北伐,"临时"很可能意味着"战时",除非南北和谈能够成功。

解除权力的承诺,比获得权力更重要,这是现代政治的观念。据说,当华盛顿成为美国第一任总统的时候,人们问他,美国现在最大的危险是什么?他说:"如何将权力交给第二任美国总统。"

这种观念同样也见于3月10日袁世凯就任临时大总统的誓词。不管袁胖子心里是怎么想的,他嘴上都不得不说:

世凯深愿竭其能力,发扬共和之精神,涤荡专制之瑕秽。谨守宪法,依国民之愿望,蕲达国家于安全强固之域;俾五大民族,同臻乐利。凡兹志愿,率履弗渝!俟召集国会选定第一期大总统,世凯即行解职。

没有就职演说,却有对外宣言

华盛顿有就职演说,孙中山没有,为什么没有?待会儿说。

有趣的是,我们回顾华盛顿的就职演说,会发现其中的很多语句,如果由孙中山来讲,也会很合适——考虑到后来发生的历史,或许更合适。

请你想象下面的演讲人是孙中山:

在人生沉浮中，没有一件事能比十四日收到你们送达的通知，使我焦虑不安。一方面，国家召唤我出任总统一职，对于她的召唤，我只能肃然从命……另一方面，国家召唤我担负的责任如此天大而艰巨，足以使国内最有才智和经验的人度德量力；而我天资愚钝，又没有民政管理的经验，应该倍觉自己能力的不足，因此必然感到难以担此重任。

怀着这种矛盾的心情，我唯一敢断言的是，通过正确理解可能产生影响的各种情况来克尽职责，乃是我忠贞不渝的努力目标。我唯一敢祈望的是，如果我在执行这项任务时因沉溺于往事，或因由衷感到公民们对我高度的信赖，因而过分受到了影响，以致在处理从未经历过的大事时，忽视了自己的无能和消极，我的错误将会出于动机纯正而减轻，而大家在评判错误的后果时，也会适当宽容产生这些动机的偏见。

……在当前时刻，根据激烈反对共和制的各种意见的性质，或根据引起这些意见的不同程度，在必要时行使宪法第五条授予的权利究竟有多大益处，将依靠你们来加以判断和决定。在这个问题上，我无法从过去担任过的职务中找到借鉴，因此我不提具体建议，而是再一次完全信任各位对公众利益的辨别和追求；因为我相信，各位只要谨慎避免做出任何可能危及团结和政府利益的修订，或避免做出应该等待未来经验教训的修订，那么，各位对自由人特有权利的尊重和对社会安定的关注，就足以影响大家慎重考虑在何种程度上坚定不移地加强前者，并有利无弊地促进后者。

比起美利坚合众国争论长达四个月的制宪会议，中华民国从

1911年10月10日武昌起义,到1912年元旦孙中山就职,总共才经历了82天。一切都是如此匆忙,而且已经成立的亚洲第一个共和国,还没有获得任何一个西方国家的承认。因此,孙大总统没有就职演讲,却于就职四天后,令外交总长伍廷芳发出了《对外宣言书》。这份宣言书后来被收入《孙中山全集》,代表着中华民国临时政府对西方列强的宣达,英文初稿却是由澳洲新闻记者端纳撰写的。

在这份宣言书中,孙中山将反对清政府的理由,简要归纳为"满清不开放":"满夷入主,本其狭隘之心胸,自私之僻见,设为种种政令,固闭自封,不令中土文明与世界各邦相接触,遂使神明之裔,日趋僿野,天赋知能,艰于发展,愚民自锢,此不独人道之魔障,抑亦文明各国之公敌!"中国与基督教文明的接触,自古有之,有大秦景教流行中国碑为证,清朝却打断了这种交流,所以是文明的敌人。

不许中国与西方文明接触就算了,你们还不肯开放通商,阻碍实业:"商埠而外,不许邻国以通商,常税不足,更敛厘金以取益,阻国内商务之发展,妨殖产工业之繁兴。呜呼!中土繁庶之邦,谁令天然富源迟迟不发,则满洲政府不知奖护实业之过也。"

司法也是清政府的大问题:"严刑峻制,惨无人理。任法吏之妄为,丝毫不加限制,人命呼吸,悬于法官之意旨;问其有罪无罪也,不依法律正当之行为,侵犯吾人神圣之权利。卖官鬻爵,政以贿成。凡此种种,更仆难数。任官授职,不问其才能之何若,而问其权势之有无。"

因此种种,"吾人今欲湔除上述种种之罪恶,俾吾中华民国得世界各邦敦平等之睦谊,故不恤捐弃生命,以与是恶政府战,而别建一良好者以代之"。为什么新政府更良好?孙中山代表民国临时政府承诺：

（一）承认此前与外国签订的条约，以及外债；

（二）保护在华外人的生命财产；

（三）更张法律，改订民、刑、商法及采矿规则；改良财政，蠲除工商各业种种之限制；并许国人以信教之自由。

孙中山的理想是，中国通过重建国家与改良政治，成为强国俱乐部的一员："深望吾国得列入公法所认国家团体之内，不徒享有种种之利益与特权，亦且与各国交相提挈，勉进世界文明于无穷。盖当世最高最大之任务，实无过于此。"

近代以来，中国何方势力能争得西方列强的支持，大抵就会在政治斗争中获胜，这已是公认的结论。南京临时政府对列强释放的善意与恳求，也是基督徒孙中山的个人理想所寄。

为什么孙中山就职如此仓促？

回头说，为什么孙中山的就职典礼如此匆促？因为孙中山一直在跟南京各省代表联合会议争吵！

争什么？争的是中华民国到底是用阳历（公历）还是阴历（农历）。

民国后来决定采用阳历，报纸上是这样说的：

兹上海民军以今日适为阳历元旦，而我民国沿用之阴历，于外交上有种种不便，将来改用阳历，故即公请大总统于今日履任，以符天与人归之义。

事实上，采用阳历，是孙中山本人异乎寻常的坚持。或许孙中山认为，如不采用阳历，中华民国就无法作为一个全新的现代国家，进入列强之林。而在孙中山归国之前，各地民军的告示、文件，使用的都是章太炎制定的"黄帝历"。

所以争吵异常激烈，据说一直到1911年12月31日，仍未有结论。最后孙中山发怒了：如果不采用阳历，我就不去南京就任临时大总统！

在这样的威胁下，天平渐渐向孙中山那边倾斜，但也是直到12月31日深夜，才确定了民国使用公历，与会代表马上打电报到上海宝昌路408号孙中山寓所。

这也可以解释为什么孙中山没有提前赶到南京准备就职。他元旦上午才从上海出发，沿途接受各站官员迎送与民众欢呼。21世纪的高铁自沪至宁只需要一小时的路程，孙中山的专车直到下午五点才抵达南京。

而且，"必须在元旦就职临时大总统"，也是孙中山本人的主张，大概是取万事更新之意。即使大家都很疲惫，就职典礼仍然在夜里十点，在由两江总督署改成的总统府举行。

孙中山的机要秘书任鸿隽，因为太疲劳，刚到南京住处就上床会周公去了。这位中国近代科学的奠基人之一，这时只在日本留过学，还没有去美国康奈尔大学跟胡适当同学，所以他大概还理解不了孙大总统对"元旦"的重视。

第二天醒来，他才知道自己错过了历史性时刻，临时大总统居然已经就职了。

開東南光復紀念會，乃將來中華全國光復紀念會之先聲，同胞努力啊。

下面是一位程先生，原來他就是剛才嚷嚷『差個女的』的那位，他又把剛才的觀點重復了一遍：張勛這個漢奸，跟宋朝的秦檜是一樣一樣的，唯一的差別就是張勛旁邊少了一個長舌婦——所以我們要給張勛也配一個？這什麼邏輯啊大哥？

程先生還有話說，他呼籲大家剪辮，這是當下的政治正確，你走在上海，基本上逃不過剪辮這一關。比較倒霉的，旁邊用弄突然沖出一個人，拿把大剪子，咔嚓一下就把你那油光水滑精心保養的辮子給鉸了。為這事，本月每日都有幾十起扭打糾紛，要會審公廨開庭審理。

所以你還不如直接先到會審公廨，對面的暢園茶館，那有位徐志棠先生，宣稱祇要你來剪掉辮子，他就白送一碗大肉面。反正要被剪，不如換頓早飯。

不過程先生很厲害，一直圍繞著主題。他呼籲大家現場剪辮（確實有一多半的人還垂着呢），而且馬上將剪下的辮子捐給大會，由大會統一賣掉，得款以充軍餉。主席臺兩旁轉出來四位妙齡少女，每人托著一個瓷盤，裏面放著一把剪刀，還有兩條辮子作為示範。

程先生還有一個主張，就是『剪髮不易服』，意思是我

眼，黑紫臉膛。那張勛，身穿黃馬褂，光著一雙腳，跪在地上，造型是岳王墳前的秦檜。旁邊還有人說：『差個女的！給他配個女的！』——張勛的寵妾小毛子落到南京民軍總司令徐紹楨手裏，有人提議可以關在籠子裏賣票，一來羞辱張勛，二來補充軍餉。

張勛背上還插著一張紙標，就是前清斬首犯人時插的那種，上面寫着一行大字：『如有義勇志士願助餉千元者，任將張勛打倒。』這張紙很刺激人哪，我看見周邊群眾有的怒目切齒，大聲詬罵，有的人拔拳相向，虛擬打人，但就是沒有人掏出一千元來打倒張勛，所以也很有幾位唉聲嘆氣的。

會場有引導員，將男女賓客分開入座，後來我看了老嚴寫的報道，說是『入場後，男女賓客無雜坐者，女賓坐席咸設樓上，男賓則列坐正廳，一洗平日淆亂之習。自開會至散會，始終無一犯此規則者，儼然共和國民之氣象矣』。喝，妓界開的光復紀念會，倒比『平日』更守男女之防，共和國民，果然不同。

這個下午的節目非常豐富。先是廳裏有一堆人演奏華洋音樂，二胡與提琴齊奏，長笛共圓號共鳴，廳外又有人放『日光焰火』。然後是一位黃先生登臺演說，略謂此會系由滬上妓界發起，以助軍餉者，又有一位張先生登臺，表示今日

花界舉辦光復紀念會

夢裏我是1911年上海一家通訊社的小記者。

新聞界永遠都是有等級的。像《申報》《時報》，那是有大資本在後面撐着的。像《天鐸報》《民立報》《獨立周報》，那是政治勢力的喉舌。這些都是南方系。還有像《民視報》、日後的《亞細亞報》，是北京的御用報紙，是可以用『臣記者』自稱的。

當然，還有一股泥石流，就像創辦超過60年的英國路透社、日本外務省援辦的《順天時報》，國際範兒，啥都敢報，中國媒體有不便出口的話，就轉人家的唄。

至于我在的那種小通訊社，用上海話說，小巴辣子一個，誰鳥你啊？新聞熱點多得很。孫中山就在上海，你見得着嗎？武昌和漢陽炮聲不斷，你敢去嗎？就連上海都督陳其美開的記者招待會，你能弄着一張請柬不？

請柬也有，隔壁通訊社的老嚴塞給我一張。『東南光復紀念會？』上面列出的邀請人名字我一個都沒聽說過，『哪兒辦的？』

『吾哪能曉得？』老嚴聳聳肩，上海腔跟我一樣蹩腳，『一道去吧，聽說很熱鬧，會連演三天呢。』

東南光復紀念會設在著名的張園安壋第，請柬上寫明12月30日下午兩點三十分開始，才正午一點鐘，人群已經烏泱烏泱像在趕墟。『超過一千人！』老嚴很有把握地說，安壋第的集會他來過多次，看人數衹是小開司。『老時髦了！』他東張西望地擠來擠去。

確實很時髦，紅男綠女，長衫西裝，珠環翠繞。我雖然對時尚不敏感，但是我知道張園是整個上海的時尚中心之一，『張園坐馬車』幾乎是好多清倌人紅倌人每日或隔日的節目，看過《海上花列傳》《海上繁華夢》的人都知道。

老嚴已經去簽到處寫了我們兩家的名字，過來跟我咬耳朵：『儂曉得伐？今朝的紀念會是上海花界公辦的！』他激動得臉上的麻子都紅了。

難怪啊難怪，上海真是開化之地，連先生倌人都是愛國先鋒。

大廳一進門，就是由熱心人士捐助的『東南光復戰利品』，共有三樣：一樣是南京戰場撿來的開花炮彈，一樣是張勳發出的令箭，一樣是張勳的黃馬褂。

這些東西的主人，現在跑到徐州，隔壁想着奪回江南，多麼招人恨哪！

所以接着就是一個張勳的『標本』——做紙簽的那位，塑得濃眉大攔路石，還時時想着奪回江南，多麼招人恨哪！

你知不知道什麼叫標本？明明是一個空心泥像，

元周記

賓席，更是人人欲狂。梁靜珠也算是花界一號人物，不然也不敢遠走武昌大張艷幟。現在祇要花五塊錢，不但能把這位紅倌人娶到手，還能為驅逐韃虜，恢復中華盡一份力！傻子才不幹呢。

哇嘞，這是眾籌啊，1911年就玩得這麼溜。

旁邊有兩位客人，也在討論這件事。一位說：『梁靜珠這樣做，誠然愧煞鬚眉，祇是如果將來中標者真的是老病殘疾，伊真能嫁嗎？』

另一位說：『這麼多人知道，伊哪能弗嫁？面孔要不啦？』

那位喜歡抬槓：『那要是中標者是個漢奸呢？本來捨身是為民軍餉，難道也嫁給他嗎？』

這位腦洞不是說無力報國嗎？嫁個漢奸，正好哇，洞房花燭，手起刀落⋯⋯不就成了中國光復史上人物了嗎？』

老嚴聽他們越說越不像話，趕快扯扯我：『哎，還有，你還記得那個張勛的「標本」嗎？』

『記得啊，咋的？』

『那有人出手嗎？』

『有哇，我聽別人叫他「三鳳君」的，付了一元，打了標本一耳光，本來瞧着有人開了頭，該有進賬，沒想到接下來這位，直接喊了一聲「漢奸敗類，人類之公敵，一錢不值，哪配有那麼多洋錢花在他身上？」丟下一枚銅錢，就是一腳⋯⋯』

『完了！』

『是也！他開了頭，後面的哪有不占這便宜的？祇聽噼哩啪啦，叮噹五四，這個標本被拳打腳踢，瞬間粉碎⋯⋯地上灑了一地的銅錢，啊哈，紀念會這次虧了⋯⋯』

我倒覺得，光復紀念會無比成功，這兩天上海天氣突變，朔風怒號，陰雲密布，可是聽老嚴說，還有四五百人去踢打張勛，圍觀名妓獻身，還有毀三觀的《赤血黃金》，我覺得比過兩天的『上海報界招待孫中山先生大會』要精彩多了——孫中山又不會來，他要去南京準備就職，已確定汪精衞代表出席，當然，我和老嚴還是弄不到請柬。

『怎麼樣？』老嚴拿眼盯着我，『明日梁靜珠的捨身券就要發售了，你我兄弟要不要也買上幾張？捐餉報國，人人有責嘛！』

『我們昨天去時，不是寫着助餉千元可以打倒嗎？沒人出手。今日我去，已經改啦，說是「助洋一元，可打一拳」⋯⋯』

花界舉辦光復紀念會

四

花界舉辦光復紀念會

們要恢復漢官禮儀，所以要剪掉辮子，但是我們——不能穿西裝！因爲絲綢是中國最重要的商品，穿西裝就沒法銷用絲綢，就無法爲中國工商業爭得利權，所以辮子一定要剪，西裝一定不能換。

下面還有一些「莫名其妙」的來賓演說，聽得人直打呵欠。直到有人搬了一部風琴上臺，一個女子出來踏琴，另一個女子唱歌，場面才又熱鬧起來。老嚴說，踏琴的叫謝鶯鶯，唱歌的叫秦樓，都是上海花界的紅倌人。

第一天的重頭戲真的是一部戲，叫《赤血黃金》，今天演五幕，明天再續演。這個戲啊，怎麼說呢，我祇能說，真不愧是花界舉行的紀念會啊。

考慮到男女分座的時代道德水平，我就不在這裏劇透這部以武昌首義爲背景的大戲了，祇是把前五幕的折名列在這裏：

第一幕《任氏家庭》報警　從軍　拯傷　劫妻　歸家　鄰告　激奮

第二幕《武漢戰況》起義　互戰　遭難　看婦　被驅慘睹　尋迹　追騙

第三幕《逃官現形》弃袍

第四幕《荒郊野刹》奸通　婚抱　妒奸　滅火　殺

第五幕《漢滿家庭》風警　議逃　拒買　逼餉凶　義釋　詮真

戲文裏對從武昌逃走的湖廣總督瑞澂極盡諷罵之能事，罵清廷，罵庸官，罵漢奸，罵愚民，猥褻，殺戮，宅鬥……還真是豐富啊。吏家庭的奸情、猥褻、殺戮，宅鬥……我覺得已經至矣盡矣，而裏面又雜着清廷官看了這樣的神劇，我覺得已經至矣盡矣，第二日便偷個懶，去澡堂子泡澡。嚴麻子卻興致盎然地又跑去了。晚間在青蓮閣碰見他，他拿一卷報紙拍我的大腿：

『叫儂同阿拉一道去，儂弗去！頭條錯過哉！』

非要我請一碗茶，他才告訴我：今天的光復紀念會去了一位『校書』（就是妓女）梁靜珠。伊是去歲到武昌跑碼頭，正正好好碰到了武昌事變，目睹民軍壯烈困苦，清兵殘酷暴虐，深受震動，參加紀念會又聽到諸君演說，立志報國又無能爲力，遂決定『捨身助餉』，即日起發售捨身券兩萬張，每張大洋五元，『共售洋十萬元』，悉爲充助軍餉，售券完滿之日，當衆開標，得標者無論老邁殘廢，何種人物，何種地位，誓以身從之』，爲著信用，保證人請了民軍協濟會姚調查長。

據老嚴說，此言一出，臺下樓上，采聲雷動，尤其男

蒋介石为什么要刺杀陶成章？

事先张扬的谋杀

民国刚刚成立，1912年1月14日凌晨2点，光复军总司令陶成章在上海法租界广慈医院被刺。

这是一桩"事先张扬的谋杀"。之前上海已经谣传多日，说因为同盟会与光复会在种种问题上大起冲突，"陈英士要刺杀陶焕卿"。据光复会领袖章太炎追述，陶成章确实收到过辗转传递的警告："勿再多事，多事即以陶骏保为例。"——陶骏保是光复会会员，镇军军官。中华民国成立前十八天，此陶被陈其美以"在九镇进攻雨花台时，中途截留由沪运往械弹"的罪名，未经军法会审，枪杀于都督府大堂。光复会事后提出种种质询，陈其美拒不回答。

因为有此传言，陶成章接连换了几间旅馆，养病也挑了一间很僻静的医院，但还是未能逃脱。陶被刺之后，临时大总统孙文致电沪军都督陈其美，要求"严速究缉"。

让人有点哭笑不得的是，孙文在致陈其美电文里，开头便说："阅报载光复军司令陶成章君于元月十四日上午二点在法界广慈医院被人暗刺，枪中颈部、腹部，凶手逃去，陶君遂于是日身殂，不胜骇异"——列位,孙中山也承认陶成章"光复之际实有巨功",这么一个重要人物在上海被刺,陈其美身为上海军政最高领导人,居然不报告南京民国政府,要等着大总统"阅报"方知其事,你说诡异不诡异?

所以章太炎一口咬定刺陶是孙中山、黄兴指使的,恐怕也不能说没有道理。

谁是刺陶的凶手,"医院看护侍者传述:身穿西式大衣之两少年,惟声音低脆,颇似妇女,且灯火之下,难辨面目"(《申报》1912年1月20日)。据消息灵通人士透露,出手刺陶的两个人,一个是光复会叛徒王竹卿,一个是陈其美的拜弟蒋志清(又名蒋中正)。据说蒋志清自从上海光复以来,常在私下极口指责陶成章,除了指责陶在孙中山归国后"对孙先生诋毁不遗余情",他批判陶成章的最大罪状是"伯生之死,为陶所逼"。

又关徐锡麟事?

伯生就是徐锡麟。1907年安庆举义失败,他与秋瑾双双被难。

据陶成章《浙案纪略》记述,徐锡麟原本的打算是在绍兴"劫钱庄",办大通学堂就是为"匿伏藏获"之用。因为技术力量不够("无通驾驶术者"),他就打算在开学日集绍兴所有清朝官吏而杀之,乘机举义。陶成章劝他,光在绍兴起事,影响不足,"非先上通安徽,并以暗杀扰乱南京不可"。

徐锡麟听了陶的话,开始了去安徽的准备。这一盘棋下得大!他们先捐了官,再谋求去日本学陆军,再回来争取统军权。但是徐锡麟近视得厉害,日本没有学校肯收他。于是徐、陶二人发生了争执，陶坚持要获得统军权，或者搞团体暗杀；徐锡麟则认为掌握不了军权，掌握警察权也不错。

徐锡麟到底还是自行其是，找关系到了安徽谋职。这个阶段的徐锡麟，似乎脑子里有多个计划，有些很长远，比如请托在日本的某位朋友学造纸币，以备将来起义成功发行军用票，防止被人造假；有些又非常鲁莽，比如就在分省安徽的6月，他跑去保定，试图刺杀练兵大臣铁良，不成，又前往天津，打算刺杀直隶总督袁世凯，袁世凯"疑之拒不见"。这种刺杀，完全与举事无关，就是单纯的暗杀，跟光复会安徽起事计划明显冲突。

徐锡麟在安庆初时非常不如意。官场的那套礼仪他没学过，常常在觐见酬酢时出乖露丑，被同僚笑话；想按起义计划去联络安徽的新军，又因为"口操绍兴土音"，跟安徽新军难于沟通。因而徐锡麟郁郁不乐，"屡思归浙"。

直到徐锡麟再次请求姻亲俞廉三，重托俞的学生、安徽巡抚恩铭，当上了巡警学堂会办，他在安徽的起义事业才有了转机。不过，此时陶成章对徐锡麟的误解也加深了，章太炎书信中曾说："伯荪入官颇得意，焕卿等不见其动静，疑其变志，与争甚烈。"徐锡麟致陶成章的长信，也为自己辩解："自问生平遇最苦之境地，值最难之际遇，而麟出以无形之运动，期曲折以达目的，其中忍耐坚苦备尝之矣，可为知己道也。麟自早至暮，无一念或忘，无一事不从此着想。"

徐锡麟安庆举义，准备很不充分。对此，外间有很多解释，比如革命党人叶仰高在上海被两江都督端方拿获，供出有党人已打入安徽官场，此消息已通知恩铭；秋瑾即将在绍兴举事，需要徐锡麟配合，等等。陶成章的怀疑，对于"凡所行事，咸操极端主义"的徐锡麟来说，当然也可能是起义的动因之一。

自相残杀为哪般

蒋介石"陶成章逼死徐锡麟"的说法，据其自述，来自大通学堂创办人之一竺绍康，不为无因。但是，要说蒋介石是要为徐锡麟报仇才刺杀陶成章，而不是为了替陈其美与同盟会争权，只怕没人会相信吧？

民国政府成立后，徐锡麟被奉为革命先烈。就在陶成章死后的"头七"即1月21日，徐锡麟的灵柩运经上海，上海各界还为他举行了盛大的悼念仪式。刚被刺杀的陶成章，也同时成为追悼的对象。如果按蒋介石的说法，徐锡麟是被陶成章逼死的，那可真够讽刺的。

1月28日，南京各界在下关商会召开徐锡麟等三烈士追悼大会，1万多人到会，教育总长蔡元培做了长篇发言。这位既是光复会创始人之一、又是同盟会高层的前清蔡翰林，慷慨激昂地回顾了徐锡麟等烈士的生平，"闻者堕泪"。最后蔡元培沉痛地强调："北房未灭，办事诸人宜志在远大，万勿自相轧轹，致负烈士杀身为国之志。"言下之意，不问可知。

头发的故事

自杀被杀,都为剪辫

福建省漳州府角尾田里社有一位岁贡生叫王乘龙,出生在鸦片战争之前,1912年也70多岁了,精神还算健旺,如无意外,应该也就是波澜不惊的一生。谁也没想到这个普通人的名字会出现在《申报》上。

《申报》上说,此人"奴隶性质到老勿衰",所以各省光复,他面有戚色,长吁短叹。乡里人纷纷剪辫,王乘龙不置可否。族里人问他剪不剪辫?他说,不破坏,亦不赞成。到了民国开张,共和将成,王乘龙于1月14日"敬备香案向北谢恩,行三跪九叩礼毕,退归私室,写出五言诗一首,悬梁自尽"。

《申报》编辑促狭,在"谢恩"二字后面添了一个括号"(何恩于汝)"。其实王乘龙是岁贡生,年年也领朝廷的膏火费,虽然不过十几两廿两,几十年下来,也算得一种恩惠。不过,南方各省正在庆贺"第一共和元宵"的兴头上,这老学究未免触了霉头,因此《申报》口口声声称之为"奴",说他的死也是"以全奴节"。

新闻写到此并没有完。王乘龙的遗诗,也被拎出来示众,诗云:"毫发千钧重,山河一注孤。勤王心未死,结草赴京都。"读到遗诗,王的"友人李君"立即和诗一首:"毫发原无量,江山一旦倾。奴隶心未死,魂梦赴都城。"

从这首和诗可以看出,乡里族里,未必能容许王乘龙自行其是,剪辫与否,实为是否效忠新朝的分水岭,就算政府不像清初那样严令薙发,周边舆论也足以让人无所遁逃。鲁迅《风波》里写七斤是上城被人剪了辫去,回乡被老婆骂,乡里的读书人赵秀才反而可以只盘起辫子。从这则新闻看来,乡里也不平静,也是"毫发千钧重",连"友人"都容不得你那隐性的不服从,哪怕上吊了,还要写了和诗来追骂。

1月15日,《申报》报道王乘龙自尽消息的当天午后,一、二、三、四、五、六、七,赵元龙等七个上海人未曾剪辫,走到虹口吴淞路,被一、二、三、四、五……十一个广东人抓住,说他们是"满人奴隶",一个抓一个,多出的人就去附近借剪刀。这种情势下估计周边住户愿不愿意都得借啊。于是咔嚓咔嚓,七条辫子落地。这下上海人不干了,扭住广东人要他们赔辫子。

租界不是乡下,这样的事自有捕房出面扣押众人,次日再送到著名的"会审公廨",一般人称为"公共公堂",由外国领事和中国官员会同审理。此时的上海租界,虽然从大清到了民国,会审公廨也经历了正副谳员卷款私逃的风波,驻沪领事团又差点儿接管这块宝地,但好在十天前沪军政府顺应民情,继续委任清末享有盛誉的"关老爷"关炯之为中方谳员。

审讯开始,由"捕房代表"侃克律师先行申诉,他显然是扮演公诉人的角色,"称梁等不应用强硬手段剪人发辫,应请究办,以免效尤而生事故",我不管你是前清还是民国,闹革命还是做奴隶，租界里若是可以随便剪人辫子，那还成个什么世界？

接着就是"各原告持发辫上堂诉明前情"。新闻中并未提及被告的陈述环节，难道11个人都低头认罪，还是他们被官威吓倒了？总之，在租界认可的规则里，因为热心革命而乱剪别人的辫子，是无法得到同情与容忍的。关炯之与会审的"美海副领事"商量了一通之后，判定梁少伦等11名广东人"虽属热心，未免过激"，判令将梁少伦、王阿春、叶阿林、钟维新（好名字！）等9人各关押6个礼拜，情节稍轻的两人，一个关1个月，一个关7天。

上海租界不能乱剪人辫，内地就不同了。江西湖口，也是在1月15日清晨，全县居民正在燃放爆竹，庆贺新历元宵，街上突然冲出数十名军士，手持快剪，将行人的辫子全部剪去（《申报》记者用了"豚尾"一词，立场非常明显）。其中有一位绅士高某，也被扭住剪了一刀，高某勃然大怒，怒得忘了这已经是在民国，发起前清的威风来，亲自跑到县衙，请冯知县究办匪类。

冯知县也被鞭炮吵昏了头，居然派差役上街拘了四名剪辫者到县衙，各自责了四百板！这一着虽然保全了绅士的面子，驻军杨统领又不干了，亲自跑到县衙来，晓谕冯知县：剪辫一事，新政府已有明文，咱们都要遵行——注意，此时中华民国临时政府第29号公报里的剪辫通令"令到之日，限二十日一律剪除净尽，有不遵者按违法论"尚未颁行，所以上海租界才敢判剪辫人监禁而释放被剪辫者，所以杨统领也只能指责冯知县"为些许小事迟行刑责，殊属不知大体"。

冯知县一听此言，"恍然大悟"，觉得剪辫子可能是个政绩工程，不仅连连向杨统领赔礼道歉，而且当堂发出20柄剪刀，让差役"沿街剪发"。悲剧了！刚好乡民游某进城缴粮，被差役扭住要剪辫，他不像绍兴的七斤兄弟那么老实，愤起反抗，扭打之际，"铁剪尖端戳入喉际，立即倒地，血流如注"，死了。就连坚持主张剪辫的《申报》也不得不感慨："噫，惨矣！"

一自杀，一被杀，都只为一撮头发。这是发型任意、搞怪不拘的今日难以理解的故事。

新军强剪旧军辫

《申报》1912年1月18日第二版发表了一篇《记新南京三日之见闻》。南京虽然是新国家新首都，但这两年瘠苦得很，去年夏天遭了洪水，秋冬又因为江浙联军攻打，张勋死守，几至糜烂。秦淮风月，变为难民遍街，托钵盈巷，秦淮河上的画舫虽然勉力开张，几乎没有游客，只好添售茶点，以补生计，作者说这种景象"亦从来未有也"。

那么，新南京有什么新气象呢？据作者三日的观察，一是见大总统容易，每日下午两点钟至四点钟，是孙中山的会客时间，跟他在上海未任总统时一样。想专制时代，哪有这样平易的国家领导人？另一桩，便是"沿途所见，跑贩夫走卒，无一人尚垂豚尾者"。

头发问题，易代之际便是大事，正如鲁迅所说："头发是我们中国人的宝贝与冤家，古今来多少人在这上头吃些毫无价值的苦呵。"这吃的苦，在民国元年更甚。因为这辫子据说被西洋人甚至东洋人笑为"猪尾巴"，就是"豚尾"，专用来侮辱大清子民。虽然据吾友施爱东的考证，这所谓的"侮辱"也带有许多想象性成分，然而在当时激起的悲愤是真实的。于是，辫子的去留便被赋予了

"文明/落后""光荣/耻辱""共和/帝制"的多重含义。剪辫也便常常变成公共问题，而非个人选择。

1月29日《申报》第八版上发表了两首绝句，作者署名江东。诗题很长，叫《自民军光复南京各省纷纷剪发不亦快哉戏成二绝以博一笑》：

一自降旗出石城，西风吹散剪刀声。从今已入文明国，要与欧西并马行。

专制沉沉毒已深，谁知胡尾久如林。义旗一指群心解，烦恼千丝何处寻。

在这位江东先生笔下，"剪辫"俨然成了中国从野蛮专制国向"文明国"转型的标志性事件——有意思的是，1904年后中国各省立宪党人鼓吹君主立宪，同样宣称自此中国将进入"文明国"行列，然而立宪党人的愿景中，并不包括"剪辫"这项大关目。自然，辛亥前早有国内士兵、学生（甚至包括京师等地的旗兵）个人或集体剪辫的记录，但那多半是为了操练起居方便起见，不见得要做这么宏大的一篇破题。

至于是不是"义旗一指群心解"，那可真堪考究考究。1月27日《申报》载有大幅新闻《苏州新旧军大冲突》，报道1月26日清晨苏州选锋营与江防营的冲突，前者是新军，后者为张勋旧部。起因是什么？剪辫。

选锋营兵素与江防营意见不洽，前因强剪江防营兵发辫，当被江防营兵拔刀刺伤，此次选锋营兵见江防兵背垂巨辫，即欲向前硬剪，江防营兵不肯，因此大哄，始犹口角，继则江防兵及选锋队愈聚愈多,遂彼此开枪射击,胥门内外一律闭市……

新军要强剪旧军的发辫,旧军不肯,之前已闹过多次,且有人受伤,但新军并不收敛,仍然一见巨辫,就想硬剪。这是怎样的一种执着与自信?虽说不及清初的"留头不留发,留发不留头",但也够壮烈的了。

两边往复追逐冲杀,足足闹了一日一夜,次晨当地的商店不敢开门营业,而乱兵肆掠与匪徒乘机抢劫,让苏州胥门外一带商店损失"值价至二千余元之多",而且导致"市面恐慌,洋市价涨至八钱有奇"(大洋一元含七钱五分银,这是官定的)。本来苏州光复是非常平和的,原江苏巡抚程德全的衙门让人捅落了几片瓦,插上白旗,便算这座古城独立反正了。苏州市民如叶圣陶、顾颉刚,根本还在梦中,下午出门才知道苏州已非大清领地。

然而,苏州刚热闹地庆祝完"第一元宵"不过11天,便爆发了如此恐怖的内部小战争,苏州市民对民国的信心恐怕减少得不是一星半点。

1月29日《申报》刊登社论《苏州军队冲突感言》,指出苏州新旧军大冲突,原因众说不一,传得最多的当然是"选锋队强剪江防营发辫,致受误伤,因而积怨",但也有人说,其实是两军兵士嫖宿低等妓院花烟间时,争风吃醋,"特托其名曰剪辫者"。

是否花烟间吃醋而生变,无从考辨,令人感兴趣的倒是"托其名曰剪辫"。是哪方托名?因为花烟间吃醋是说不出口的理由,但"剪辫"似乎倒有它的合法性。从前述报道来看,挑衅的是选锋营,"托名"的怕也是这帮新军?因为民国了而有辫子,是对方的痛脚,所以随身带着剪刀,一见"巨辫",就上前硬剪,为此起衅,倒不怕长官追问——那条巨辫,乃是奴性、野蛮、专制、愚昧的象征，我军强而剪之，有何不可？

《申报》在民国肇立后的态度，一贯是主张剪辫的，但于苏州这场冲突，也不得不表示"即强行剪辫，亦属侵人自由"，足见剪辫虽属正义，强剪究系不妥，公众舆论还算明白。

浙江宣布过了年再剪

也是在1月29日，《申报》还报道了一条新闻《宽限剪辫》，说的是自光复后，杭州下令剪辫，极为严厉，"逾限则夺其公权"，这就够可怕的了，岂料限期未到，警察忽然上街强制执行，沿途勒剪，"致游勇地痞从而附和，波及妇女儿童，种种苛扰，指不胜屈"。于是，杭州市郊乡民大起恐慌，相约不再进城买卖。这一来，杭州城内的商家受不了啦，"遭此影响，又届年关，转瞬商市冷落不堪，人人自危"，62家商号联名请求浙江军政府，宽限十天，至少让我们储备些年货再说吧？

此时的浙江都督是蒋尊簋，倒也爽快，大笔一挥，准予宽限至阴历十二月底，让大家先过个安稳年。那公文却写得明白，"民间习惯数百年，强迫亦诚非计"，原来新官儿并非不知道硬来不得噢。

然而，这咸与维新，辫子还是要剪的，只等过了年，"通行各镇乡董庄保，广设剪发会，妥善劝导，以期一律尽除"。

旧历新年怎么过？

打1912年元旦之后，中国的南方与北方，分用两套历法。北方暂且不表。南方人会习惯吗？

最先改革的是上海市政厅，于1月25日宣布，上海的人力车照，改用新历后，即以阳历每月一号开捐。也就是说，阴历辛亥年十二月十四日，阳历1912年2月1日，开捐。从前是阴历初一开捐，那，14天前，阴历十二月初一，是否已经捐过？新闻里没说。

当时旧历派的一大论据是"孔子曰，用夏之时"，因此当用"夏历"。但是历法一改，连孔子也不能不跟着改。福建法制局通知全省，祭祀孔子的春秋两祭，改为阳历的2月、8月。天上的孔子提前个把月收到香火，不知道高不高兴？

新历颁布确实有些太急。刚过了一个月，就碰到了"年关"。年关在旧时，并不只是鞭炮拜年而已，于民间而言，最关键是收债躲债，所谓"年关犹如鬼门关"。而一旦逃过年关，旧债可以再拖一年。现在改用新历，有些脑筋灵活的人马上就想到：咦，这不是等于说新年已经过去了嘛？哈哈，可以不还债了！民国好哇真是好！

别高兴太早，既然史书上说了，中华民国是一个"资产阶级共和国",怎么可能站在杨白劳一边呢?临时政府工商部通告"仍以二月十七日即旧历除夕作为结账之期",江苏代理都督庄蕴宽更是追加命令,"唯恐尚有刁狡之徒借口改历,希图抵抗情事","商民人等须知商店交易系营业性质,银钱来往亦系流通办法。凡欠各项帐款者,应仍照习惯以旧历年终一律归结,不得借口抵抗,如敢故违,一经告发,当即按律惩治,决不宽贷"。

这种新旧并存的原则,也反映到了南北议和之中。既然同意共和,袁世凯方面也没有在历法问题上多加留难(其实共和与阳历并没有逻辑关系),双方商定:"各官署改用阳历,仍附阴历,以便核对,民间习惯用阴历者,不强改。"阴阳合历就此成为中国历法的主流,除了个别激进时期取消了阴历,一百年大抵如是。正如名记者黄远庸所言,"新历之新年,系政治之新年,旧历之新年,系社会之新年"。

1912的新年反正已经不知不觉过去了,可是2月18日(就是壬子旧历新年),怎么过?还是很伤脑筋。改历不仅仅是改个日子过年,还包含着革故鼎新、移风易俗的成分在其中。赶着旧历年前,沪军都督府、上海民政总长分别发布告示,称"满清时代,民间于元宵之前,开场聚赌,毫无顾忌,大则倾家荡产,小则争攘斗殴,作风败俗,莫此为甚"。现在民国成立了,哪儿还能这么干?"且阴历业经改去,尤不便借口沿用作此腐败之事",一句话,禁赌。"如有不法棍徒,借口新年,被拿抗拒,即行按照军律,从重治罪。"

难得的是,他们还说服了上海公共租界与法租界。租界一向禁赌,但在此之前,为了照顾中国新年,公共租界会"弛赌禁"三日,法租界是两日。现在中国改换阳历,"界内一概不准摆设赌台","并加派探捕驱逐赌摊"——赌徒们,体会到什么叫跟国际接轨了吧?

除了禁赌,主要还是要求商民"毋得闭市",夜间也不要燃放爆竹。不过,吊诡的是,最主张除旧布新、也是新历法命令最重要发布渠道的报界,今年偏依照旧例,旧历年间停刊五天。《申报》编辑也无可解嘲,只好说"未能尽免旧俗"。

接外国财神

《申报》上有一篇笑话,说的是夫妻二人,听说现在改行西历新年啦,不过旧年啦,那旧年的习俗应该移过来对吧?以前是年初四接财神,现在改到1月4日,这是西历年,所以就是接外国财神喽。

于是夫妻俩"做了几样外国菜,叫什么牛尾汤狗屎布丁之类,供设齐整,行了脱帽鞠躬的礼儿"。不一会,"外边来了一个人,颤巍巍地带着炭篓子似的帽儿,胡须绕满了嘴脸,身上穿着一件女人的披风,手里也拿着一根棒儿,却不是竹节钢鞭,身下骑的也不是黑虎,倒是一只长脚大耳朵的狗儿"——这不是外国财神,这是《哈利·波特》里的谁谁谁,守护神是一条拉布拉多的那位。

外国财神指点了两句话,一下子把我看懵圈了,这是什么鬼?

"呶,矮哀开痕诺脱衰,雨乎活一而箱脱花卿,凹矮诺脱,雨乎梅西卖哀逃狎司炭而,灰寿一脱司炭此曷泼,凹挨来唐!"

夫妻俩找来了隔壁家的翻译。外国财神脾气真好,把这番外星话又说了一遍,翻译先生居然一口译了出来:

"不晓得你们的发财不发财,只要看他狗儿的尾巴,尾巴跷起,是便发财的好兆。"

不行了,我完全不行了,英语都学到了那只长脚大耳朵狗肚子里去。我猜来猜去,只能猜到"矮哀"是"I","雨乎"是"IF","卖哀"是"MY",其他还是外星文。

聪明的读者,你能还原这段外文吗?

本照，奸僧还是高僧？

恶僧带兵强占孤儿院

据说，本照这个和尚，在清末的南方佛教界已经颇有些名声。然而，国人普遍知道这位和尚，是因为1912年1月末的一起房产纠纷。

位于张华浜（现在的安远路、江宁路口）的玉佛寺，始建于光绪中叶，也算上海有数的大寺。该寺因一尊儿近两米高的玉佛而得名，传说那是由一整块的缅甸美玉雕成。玉佛是首任住持慧根从缅甸请回来的。

不知道为什么，这座寺在辛亥光复后，就被吴淞军政分府给封了。战事日炽，上海贫儿院眼见交战区死伤太众，倡议创办战地孤儿收养院，因而需要扩展居屋，遂向军分府申请借用玉佛寺。这是善事，自然照准。于是战地孤儿院开办，不到两月就收养了数十名孤儿。

谁知一个多月前，突然来了两个和尚，一个叫本照，一个叫寂安，还带了很多兵士。孤儿院管事的上前问询，本照等人大声呼喝，自称本寺住持，又说是南京钦差，特来收回寺产，改作兵营,并且要举办筹饷认捐事业。不由分说,将孤儿院上下的管事人员全部赶出去,把几十名孤儿集中在几间房中,孤儿院的器物、文件、现银,一概扣留。

以上情节,都是上海商团联合会在呈报江苏都督府的电文里提供的。这条新闻见诸报端后,舆论大哗。一是破坏慈善事业,尤其是战地慈善,是人心厌战思定之大忌。二来,两三月内,南方各军为了筹集北伐军饷,花样百出,各施法宝:有组织筹饷演出,强迫市民购买的;有不顾临时政府禁令,擅自发行彩票的;还有强索商户,捐钱捐物的。早已弄得怨声载道,现在居然冒出了一个和尚认捐员,还带领兵队,强占孤儿院,这还有王法——不,这还是民有、民治、民享的民国么?你说他是假的?可是本照确实携有南京陆军部的保护文件,而且,那么多兵士,难道也是假的?

此时的江苏都督是庄蕴宽。他知道此事的舆论后果,当即分电南京陆军部与吴淞军分府,询问内情,以及如何措置。

陆军部回称,僧人本照,系由陆军部委员夏职虞介绍,到部认捐军饷,陆军部认为此系僧人爱国之举,当即给文保护,并委派夏职虞会同寂安办理捐饷。如果上海方面可以确认本照是借词招摇,不守清规,陆军部将取消对本照等人的保护,而由沪军都督府就近处理。

吴淞军分府则表示,他们收到过某兵队提交的借住申请,因为考虑军队保护地方,军分府默认了这个要求。但没有想到,军队会成为本照和尚手里的工具,用来强占房产,驱逐孤儿。现在既知此事,合当出示禁止。如果该僧还敢来院滋扰,"准即捆送本分府,从严惩办,决不宽贷"。

各方都表示了明确的意见。孤儿院收回原房是自然的结果。

《奸僧本照之丑史》

媒体并没有就此放过本照。《申报》于1912年1月27日刊出长篇报道《奸僧本照之丑史》,题目就够惊悚刺激了,让人一看就放不下。

根据这篇报道,本照原是南京的一名无赖,因为犯事太多,逃往普陀山出家。从此普陀的风气江河日下,最后因为某高官之女进香时被诱奸,事情闹大了,本照被迫逃往印度。

本照在普陀时,盛宣怀的家人年年夏天都往避暑。本照趋炎附势,拼命结纳盛大人,而且还跟盛大人众多姬妾中的某位有了私情。

本照口才了得,善于交际,在南洋说服各华商,集齐三千金购买缅甸玉佛一尊,运回国后,拜在慧根门下,师徒合力在张华浜建玉佛寺。他与盛宣怀有旧,自然请求提携。盛宣怀那里,既有美人在枕边吹风,又另有所图,也便答应合作。

玉佛寺初成,盛利用自己的权势,大肆鼓吹,一时上海腾传,人人争往吴淞看玉佛。盛宣怀一手建成的淞沪铁路,本来没什么人乘搭火车,如此一来,铁路收入暴涨数倍。

盛宣怀大为满意。玉佛寺本来只是一间小茅棚,香火一旺,加上盛宣怀电令手下的招商局、电报局,各赞助数千两银子,玉佛寺竟建成了一座占地30余亩的大寺。

本照一朝得意,故态复萌。由于玉佛寺中藏匿妇女,惹怒江湾民众,入寺论理,将寺院屋面全行打毁。地方官因为盛氏势大,只得含糊了事。这都是清末的事。

上海光复，江苏省临时议会表决，封查盛宣怀所有资产，"以为卖国害民者戒"。玉佛寺被算作盛宣怀投资产业，也被都督程德全下令封查。本照逃往外地。没想到过不了多久，他即带兵返回，演出了抢夺孤儿院的一幕闹剧。

《申报》记者很明白公众情绪的引爆点在哪里，在报道中颇有些煽情地写："百数贫儿以本照之凶恶困苦于玉佛寺之一室者，至今已月余，眼疾头疮，无从医治，欲留则片刻不安，欲去则无房可贷"，他大声地质问："这都是谁的错呢？"

是啊，是谁的错呢？谁让本照从大清到民国，一路畅行无阻，一忽儿是盛尚书眼前的红人，一忽儿是南京派来的钦差？这篇报道对"奸僧事件"下了一个断语："今日中华民国政治上军事上一大污点，佛若有知，何不一渡此淫僧？岂中华民国应受此等魔障，而姑留此余孽耶？"

我得承认，这种情绪挺感染我的，对"本照该杀"的判定几无怀疑。不过，专业素养提醒我，这篇报道不曾交代出处，只能算是孤证。

玉佛寺还在，本照还是高僧？

我特地上网搜了一下"本照"，却惊讶地发现，完全没有资讯提及百年前这一桩轰动一时的大案。玉佛寺还在，寺院主页、百度百科，还有一些佛教网站上，都有该寺"第二任主持本照"的简要介绍，而这些介绍又大体源自1928年叶尔恺所撰《玉佛寺记》（此文据说尚刻碑嵌于玉佛寺墙中），几乎是同样的文字：

本照，生卒年不详。玉佛寺第二任住持。据叶氏所撰《玉佛寺记》称，本照法师为慧根上人嗣法弟子，慧根上人圆寂后，即由其继任住持。他继承师志，勉力守成，曾进京请得藏经（即清《龙藏》）一部，藏于寺内。这部藏经至今仍完好无损，供奉在藏经楼。辛亥革命期间，江湾玉佛寺宇被占（一说被毁），佛像被弃置公园内。本照法师曾为此竭力奔走呼号，最后赍志以没。

是1928年叶尔恺为尊者讳，还是1912年《申报》报道不实？各方电文，前后态度变化之大，也耐人寻味。媒体没能采访到庄蕴宽、黄兴（陆军部长）、李燮和（吴淞分府都督），更重要的是，没有给在日本的盛宣怀一个辩白的机会。这件事于是成了悬案。

更别说那再度逃亡的本照，连他是什么时候"赍志以没"的，我们都不知道。

1912 / 2月 进退

2月3日	京奉铁路山海关铁桥被炸断,传闻系宗社党阻挠南北议和之举。
2月9日	南方提出优待清室之最后修正案。
2月12日	清帝下诏**逊位**。
2月13日	孙中山向临时参议院辞去临时大总统职位。
2月14日	临时参议院决议"临时政府设在**北京**"。
2月15日	临时参议院决议"临时政府设在南京",孙中山派出专使迎接袁世凯南来就职。
2月18日	壬子年初一。政府要求民众不过旧历年,但报纸仍旧停刊五天。
2月29日	北京发生**兵变**。

袁世凯是怎样让清帝逊位的？

被孙中山抢了先手

说到阴历阳历的选择，实际上，远在孙中山回国之前，袁世凯就动过"改历"的念头。

1911年12月7日，清廷任命袁世凯为全权大臣，袁世凯又委唐绍仪为全权代表，南北议和正式开启。就在同一天，清政府的《官报》公开发布上谕，"凡我臣民均准自由薙发，改阳历，着内阁妥速筹办"（据《醇亲王载沣日记》）。由这个举动可见，"袁全权"希图由自己来开创一个新纪元的野心昭然。这一点，有识见的官绅都心知肚明，比如在上海的郑孝胥，在1912年1月1日的日记中写道："今日乃西历一千九百十二年元旦也。朝廷欲改用阳历，宜以今日宣布，闻项城有此意，竟不能用，惜哉！"之所以说"惜哉"，是惋惜北方终究比南方慢了一步。

被孙中山抢了先手，袁世凯当然大为恼火。孙中山未归国前，本来南北会谈已经达成了"开国民会议，解决国体问题，从多数取决"的协议，南方代表也已多次表示"如袁世凯反正，当公举为临时大总统"。不管袁世凯内心作何打算，至少在公开层面，政体仍悬而未决，共和制与君主立宪制都是选项。南方政权内部，也只是讨论由黄兴还是黎元洪当"大元帅"。如果"国民会议"议决采用虚君共和，那清廷只需要交出权力，不需要退位。

哪知道孙中山回国一捣鼓，南方居然自说自话成立了临时政府，选出了临时大总统，接下来还怎么搞？所以袁世凯立即下令停止南北和谈，批准北方代表唐绍仪辞职，并于1月4日电诘南方代表伍廷芳："此次选举总统，是何用意？设国会议决为君主立宪，该政府暨总统是否立即取消？"伍廷芳反问："请还问清政府，国民会议未决以前，何以不即行消灭？……设国会议决为共和立宪，清帝是否立即退位？"

照郑孝胥的看法，南方如此悍然不顾此前约定，自成政府，实属不智，17人（每省代表一人）投票就称为"全国公举"，"真可笑杀人也"。他提出："使政府在北京亦集国会，决定君主政体，亦行颁布，则如之何？"

郑孝胥所举之策，袁世凯不会没有想过。只是这样一来，南北定然决裂，这是南北双方的实力派（北如袁世凯，南如张謇）都不愿意看到的。此时各省仍有零星战事：在山西，吴禄贞被刺；在上海，陶成章被刺；河北滦州、山东登州，打成一团。袁世凯的北洋军三心二意，孙中山的北伐军有名无实。

"退位"成为清廷选项

大局到了1月14日突然有了转机，孙中山致电伍廷芳："如清帝实行退位，宣布共和，则临时政府决不食言，文即可正式宣布解职，以功以能，首推袁氏。"在此两天前，清廷王公亲贵举行秘密会议，讨论"退位"的可能性，因许多手握实权的亲贵，如良弼、铁良、载涛、载洵反对，会议没有结论。而后来搅得满城风雨的宗社党，也是于此次会后成立的。

皮球踢到了北京方面。君臣满汉之间，如何定夺？

北京方面的焦点人物，一是袁世凯，一是隆裕太后。1月2日，承宣厅行走（相当于国务院秘书）许宝蘅在日记里记下了袁世凯入见隆裕太后的应对：

  太后谕：我现在已退让到极步，唐绍仪并不能办事。

  总理对：唐已有电来辞代表。

  太后谕：可令其回京，有事由你直接办。

  又 谕：现在宫中搜罗得黄金八万两，你可领去用，时势危急若此，你不能只挤对我，奕劻等平时所得的钱也不少，应该拿出来用。

  总理对：奕劻出银十五万。

  太后谕：十五万何济事？你不必顾忌，仅可向他们要。

王朝末路，往往只能君臣众筹，以充军费。明末崇祯帝在京师被围后向诸臣劝捐，所得甚少。就在隆裕太后与袁世凯这场君臣应对的前一天，也就是孙中山就职的元旦，已经交出摄政王权力的载沣，按朝廷的要求，捐银圆9375元，合银7550两。这钱有个名目，是"爱国公债"，规定王公大臣岁入2万元以上者，捐购15%公债。载沣的岁俸是5万两，"故得此数也"。奕劻的岁俸当然不可能超过载沣，但他们父子多年贪墨，人人皆知，让他出15万两，委实不多。何况之后几天内，载沣又主动续购公债4万多元，隆裕太后下了谕旨，就算袁世凯跟他串通一气，奕劻怕也只能再掏腰包。这位庆王爷在1月12日秘密会议上率先提出清廷"退位"的选项，恐怕他是觉得南北对峙愈久，他的荷包会被愈掏愈空。

1月19日，国务大臣与诸亲贵再开会议。据许宝蘅日记称，当时会议，"有议请后、帝逊位，于天津另组织统一临时政府，民军政府亦同时取消，以蒙古王公反对甚力，未曾决议"。就是在这次会后，12点15分，袁世凯出东华门，至东安门外丁字街口，遭遇了革命党人的炸弹刺杀。

袁世凯并未受伤，但他正好借这件事，从此不肯出席此类会议。这一点，南方报纸的"北京来电"亦有记载，说袁的表态是"此事非阁臣所敢擅拟，请各王公自决"。他不出席，清朝王公又哪敢拿主意？但是越来越多的人提到"逊位"的可能性，"人情大为激动"。

袁世凯借莫理循讲出心声

南北高层各自搞动作，谣言四起，公众自然也无所适从。1月21日，《申报》"专电"刊载两条相关新闻，一条是"清太后已允逊位，因载泽等四人坚执梗阻，至难解决，今日（二十）又与袁世凯商议三小时，清太后大哭不止"，另一条是"满清各亲贵连日将现银分存银行，为数甚巨，并将眷属迁入使馆界内求请保护"。1月24日，《大陆报》刊载11日北京电云，"今日下午，清廷决议拒绝逊位之请，此即为续战之预兆。若袁世凯之态度，则无从得悉，大约恐不免于辞职也"。甚至有传闻，铁良主张杀掉袁世凯。

而据许宝蘅日记,1月21日、22日隆裕太后两次传亲贵大臣约17人入对,"仍无决定方法,惟议定俟国会决定国体"。"国会"是相当虚无缥缈的东西,尤其南方临时政府成立后,《申报》上已有言论质问:"革命事业至此,已告成功,留兹国民议会奚为者也?"

各省督抚的意见呢?陕西、甘肃、新疆等地是反对清帝退位的,东三省总督赵尔巽上奏要求君主立宪,败离南京的张勋据说也致电亲贵,"痛诋袁世凯不忠,皇室如果有退位之举,当与袁决一死战"。京中年轻亲贵也反对退位,要求续战。只是袁世凯与北洋诸将都默不作声,这件事就正如《申报》上的大标题"迷离扑朔之逊位"。

一片争吵声中,有一条报道引起了我的注意。那是英国《泰晤士报》的记者莫理循发回该报的消息,称"清廷将颁谕建设共和政府,且准选举总统",报道强调此信"由确实之处得来"。《泰晤士报》随即发表评论,称赞此举,"谓此乃调停中国乱事最简便之法,又谓袁世凯之资格,堪任总统,袁氏不特为政治家且为外交家云"。

莫理循此时的公开身份虽然是《泰晤士报》驻中国记者,但袁世凯日后就任临时大总统,莫氏立即被任命为大总统的政治顾问。莫理循在1912年与袁世凯的关系之密,不问可知。袁世凯通过莫理循,绕了这么大个圈子,讲出了自己的心声。

几乎与此同时,孙中山致电《字林西报》,再次明确了他辞去临时大总统的五项条件,核心还是两条:清帝退位,袁赞成共和。

对于1912年的袁世凯来说,称帝并不是一个可行的选项,那样他将与举国为敌。不仅如此,按照中国的传统伦理,袁世凯甚至不能自己出面要求清帝逊位,虽然他已经被清廷亲贵骂成"活曹操"。

1月26日,清军将领由段祺瑞领衔,联名致电清内阁、军咨府、陆军部并各王公大臣:请即代奏清廷,强烈要求清帝退位,宣布共和。这封电报最初列名者42人,公开发表时增加到47人,后来又补3人,达50人,北洋将领及关系密切者全数在内。这是逊位问题最重要的转折点。此电一发,是否逊位,已无可讨论,可以商谈的,是逊位的代价。

好像是为了配合这场兵谏式的举动,同日,革命党人彭家珍以炸弹刺清廷军咨使良弼于北京。良弼是吴禄贞留学日本时的同学,堪称清朝皇室中最知兵者。此人一死,王公亲贵纷纷请假,连集议都不参加了。

十余日后,《申报》报道了一段"秘闻",说革命党在京津之间组织了"已死队"(不是敢死队哦),加入已死队的人,要服下两粒药丸,十日内药发必死。然后抽签,抽到哪个满奸汉奸,就去狙击,反正也是必死之人,不惧偕亡或被捕。如果临阵退缩,立即处死。报道说,彭家珍应该就是抽到了良弼,这才奋不顾身,以命换命。此事确否,不好说。

段祺瑞等人联名奏请清帝退位后,消息还压了一段时间,到1月31日,各报刊载《北京旗汉军民上庆邸及蒙古王公二书》,仍反对共和政体,同时否认段祺瑞等人上书,指为"捏造"。

事实上,1月30日的御前会议,良弼已死,多人请假,在奕劻、载沣的力劝之下,隆裕太后已基本确定退位。2月4日,南方报纸终于刊揭了段祺瑞等人的联名请逊位奏折。天下皆知清室退位在即。

南北双方讨价还价

政体大事,突然就好像变成了一盘生意。

2月2日,许宝蘅记:"今日国务大臣又入对,商酌优礼皇室条件,闻太后甚为满意,亲贵亦认同,总理已电伍廷芳。"在上海的郑孝胥,2月4日记:"闻满洲皇族所争者,优待条款而已,是已甘心亡国,孰能助之,哀哉!"

早在1月31日,《申报》已经透露了南方开出的条件,标题为《如此优待尚不够消受耶》:

- 退位,南京临时政府同时取消,国会另选大总统;
- 皇室俸养每年四百万元列入预算,永无停止;
- 皇帝退位后仍居北京或颐和园、热河、避暑山庄,听两宫自行指定;
- 皇帝退位后仍袭皇帝之位号,专奉祀宗庙陵寝,不干预政事,如衍圣公然;
- 各王公仍袭原有之爵位终其本身;
- 旗人照旧给发口粮,以筹有生计之日为止;
- 除皇帝外,满蒙王公均享有被选为大总统之权利。

照《申报》的意思,这些条件已经够好的了。但显然,北方提出的、让隆裕太后"甚为满意"的内容,绝不仅止于此。2月7日,《申报》又有《磋商逊位条件之要点》一文,罗列了南北双方最大的争议点：

（一）皇帝尊号相承不替；

（二）旗兵不裁，由清帝留以保护禁城，其兵饷则归民国政府拨付；

（三）王公爵号照旧袭封，且清帝有增封新爵之权；

（四）每年清帝受赡养金四百万两（民国政府提四百万元，并称不得用之以行反对民国政府之举动）。

这些条款是由袁世凯电告伍廷芳的。这四点中，最重要的是（一）（四）两条，清帝既然退位，保留旗兵可能性不大，而王公爵号照旧袭封，还要有增封新爵之权，用意在于补偿王公亲贵，临时政府肯定也不太可能同意。

对于清廷王公大臣，孙中山2月3日命令内务部颁布的"保护人民财产令"五条，即是某种程度上的示好兼威胁：

三、前为清政府官吏所得之私产，现无确实反对民国证据，已在民国保护之下者，应归该私人享有；

四、现虽为清政府官吏，其本人确无反对民国之实据，而其财产在民国势力范围下者，应归民国政府保护。俟该人投归民国时，将其财产交该本人享有。

五、现为清政府官吏，而又为清政府出力，反对民国政府，虐杀民国人民，其财产在民国势力内者，应一律查抄，归民国政府享有。

比之上海光复后民军查封盛宣怀等人的财产，这条命令往后退了好几步。奕劻等人，看到这个命令，应该放心了吧？虽然他的财产已经大部分运往天津租界或存入外国银行。

郑孝胥身为前"清政府官吏"，财产多在上海，未受太大影响。他悬心的还是北京要求"帝号不替"，民党则议决"宣统及身而止"，郑认为"如此直是灭亡耳"（2月8日日记）。

四百万两换"辞位"二字

南方舆论对清廷的要求一片骂声。2月8日，《申报》副刊登出一篇驳斥清廷要求的文章，署名"坚白子"。行文相当犀利，不仅要求仿"汉之昌邑王、蜀之安乐公、齐之东昏侯"之前例，封宣统为"昏庸伯"，经费也只同意"每年姑给以十二万两，五年后即行停给"。作者还说，满族亲贵之赃银，"约有五千余万"，"我民军不去查抄，已属天大恩典，所请食俸一节，惟有以米田共奉之"；至于满人生计，"中国满奴约有五百万，如以半男半女计算，男子每名每月给以饷银三元，计月需银七百五十万元，年需九千万元，我汉民汗血资财，安能供如许蠹虫之消耗"？还有皇室居留地，作者说，"煤山风景最佳，可以居住"，暗指明崇祯帝下场之凄惨，正当与将亡之清室对照。作者的结论是"不能自食其力，噉人白饭，寡廉鲜耻是满奴之大辱也。不能歼除胡虏，专恃和议，怯懦无能，是民军之大辱也。愿两方面各自思之"。

时间不等人，到摊牌的时候了。坚白子这篇文章发表的当日，隆裕太后召见袁世凯，坚持三点条件：一、留"大清皇帝尊号相承不替"十字；二、不用"逊位"二字；三、必须允"仍居宫禁或日后退居颐和园，随时听便居住"。袁世凯当即转电伍廷芳，同时又与梁士诒密电南方代表，称此修正案"系奉清廷交议，仍请切商统一办法"，"优待条件措辞须浑括，将来须图整理，方可平和就绪"。听这意思，逊位已成定局，南方不妨强硬一点。

2月9日，伍廷芳电袁世凯，提出优待清室条件之"最后修正案"，同意先按每年四百万两岁用支付，"俟改铸新币后，改为四百万元"。（这一改，差不多打了七五折，岂是小事？）最关键的是第一款：大清皇帝辞位之后，尊号仍存不废，中华民国以待各外国君主之礼相待。次日，伍廷芳又电袁世凯，放了狠话：如2月11日尚未得清帝退位确报，优待条件即作废。

唐绍仪在回报袁世凯的电文里强调："十四省军民以生命财产力争，专在'辞位'二字……务恳力持办到'辞位'二字，即时发表……若小不忍，转生大乱。"张謇亦电袁世凯，告以"种种优待专为'辞位'二字之代价……万勿牵延两误，败坏大局，追悔无及"。

袁世凯在2月11日果然急电南京临时政府，表示赞成共和，临时政府所拟之优待条件，亦全盘接受。2月12日，宣统帝奉隆裕太后懿旨，正式下诏退位，第二道诏书公布优待条件时，果然用了"辞位"字样。

这盘生意，事关各方利益，但最后的大赢家，无疑是袁世凯。清廷与南京临时政府，都防着他，但又不能不满足他。2月11日《申报》有一篇社论，感慨"袁世凯亦人耳，而我全国四万万人，竟无一人能揣测其用意之所在者。此亦奇闻之事矣……清皇室尚可优待，而袁世凯不可不防"，这种情绪是有代表性的。南方让出总统大位，每年付出四百万两银子，让清室保留皇帝尊号与紫禁城，终于换得了"辞位"二字，通算下来，真不知是喜是忧，是赚是赔？

真正满意的，只有隆裕太后？

对于这场结局，南北双方，不满意者大有人在。宗社党不满意，清遗老不满意（郑孝胥说："北有乱臣，南有贼子，天下安得不亡？"），蒙古人也不满意。2月22日《申报》以《蒙人亦调侃清廷耶？》为题，发表了"外蒙古共和会"致"北京内阁、资政院、外务部"的一通来电，通篇用白话告示式的六言体，也很有趣：

> 蒙古归顺清国，迄今二百余年，
> 世沐列朝恩泽，感戴实如昊天。
> 理应鞠躬尽瘁，同享休戚不迁。
> 讵自近数十载，政柄隳哉可怜，
> 疆臣部吏弄法，恣意婪索银钱。
> 全球无此黑暗，是非任其倒颠，
> 更借推行新政，夺我土地利权，
> 不惟罔恤民隐，虐待蒙古难堪。
> 灭种灭教政策，如见其肺肝然。
> 愚弄变为压制，种切楮墨难宣。
> 甚且外交告败，动辄肇衅于边。
> 蒙古如不自立，难免瓜分兵连。
> 故此万出无奈，望阙叩辞天颜，
> 共戴活佛为君，国号蒙古世传。
> 朔方江山土地，收归原主保全。
> 从此各安疆土，总将礼乐为先。
> 一俟南省平定，尚可议约缔联，

> 须知天道不言，物享功成之缘。
> 书云天命靡常，惟德是乃享焉。
> 倘或天缘有分，还来紫阁赴筵，
> 所有蒙藩苦衷，谨请代奏御前。
> 诸公勉事君主，务期希圣希贤。
> 临颖无任惶悚，敬颂满洲绵绵。

蒙古叫嚣独立，自此开其端，加上西藏风云，1912年边疆乱象，在南北议和成功之初，便埋下了种子。

大赢家袁世凯，也表现得很不开心。2月14日，许宝蘅面见袁世凯，袁问许，理解（逊位）这事不？对许感慨道："我五十三岁，弄到如此下场，岂不伤心？"许只好安慰他说，为免两宫危险，大局糜烂，只得如此。袁世凯说出自己的忧虑：外人也在帮助南方民党，你看昨天宣布逊位，今天银行团就把借款交出来了。许说："外人绝不能不赞成共和，以其为最美之国体，不赞成则跌其自己之价值也。"袁世凯后来屡欲称帝，但总是介怀于外国政府及使团之意见，以至于袁克定要造一张假的《顺天时报》来骗他，或许就是这个时候种下了远忧。

真正如释重负的，可能反而是外人觉得应该最悲痛的隆裕太后。3月1日《申报》报道，自宣布逊位后，外间颇谣传清太后"极不欢豫，甚有忿恨轻生之说"。实际上呢，太后在此前大局未定时，因为皇室危险，忧虑不安，共和颁布之后，反而放下了重担，曾对世续、徐世昌说，"此次改革地方安静，九庙不惊，上足以对宗祖，下足以对国民，可谓美满之结果云云"。她又让太监购买花木多种，环绕寝宫，不时赏玩，而且真在做着搬出紫禁城的打算，常常跟随从讨论,"将来颐和园某处当如何布置,某处当如何修整,闲情逸致趋颇不浅云"。

未知此报道真实程度若何,如果隆裕太后真能作如是想,又何尝不是她身为乱世中国地位最高的寡妇之福气?掐指算来,当时44岁的她,也不过还有一年的阳寿了。

载洵：王朝最后一个贪腐典型

每到王朝更替或社会转型的时期，"反贪腐"都是一个焦点话题。前朝的"失政"可以推到贪腐者身上，新政则可以树贪腐者为典型，证实前朝的不得人心。

1912年1月1日的南方各报上，满眼都是庆贺中华民国成立的广告。不过，《申报》还是对着北方的清室权贵，捅了一刀。他们选中的靶子是海军部大臣、加郡王衔的载洵。

说来也很有意思，清末贪得最凶、腐得最烈的，人人都知道是庆亲王奕劻，但是报章并不太拿他说事。媒体喜欢攻击的贪腐分子，南边是引发保路运动的罪魁祸首盛宣怀，北边就是载洵。

报上说，在光绪三十四年（1908）之前，载洵不过是一穷贝勒，虽然是老醇亲王（奕𫍽）的六儿子，但没什么人搭理他。改元宣统，他攀上了五哥摄政王载沣，又是筹办海军，又是监督光绪帝崇陵的工程，中间还去美国考察了一趟。宣统即位三年，载洵的不法收入超过700万两。

这次清廷要对付南方民军，发行爱国公债，亲贵大臣肯破悭囊的不少，像摄政王载沣就掏了20万两，唯独载洵，生怕朝廷知道他钱多，只认了万把两。太后、摄政王极力劝说，洵郡王就是不肯多掏一两银子。

可是另外一则消息是怎么回事?"载洵、载涛出运动费十万元,密雇刺客十余人,潜来上海,谋刺程德全、黄兴、伍廷芳、温宗尧、汪兆铭诸领袖,已经起程。"不肯买爱国公债,倒肯花十万元买凶杀人?这载洵心里是有国家还是没国家啊?

我估计,南方报纸攻击载洵而不攻击奕劻,多半是因为奕劻已经退出权力中枢,是有钱的死老虎一只,而载洵,还是满洲亲贵的中坚。看1月6日的报道,他和载涛、良弼这一帮子,还"时开秘密会议",搞得总理大臣袁世凯忧心忡忡,怕被这些年轻贵族干掉,不仅加强了警队护卫,还专门要求某使(英国公使朱尔典)保护哩。

你以为"北洋之父"袁项城就没有反制之道吗?1月13日,南京镇守使张勋致电奕劻、载沣、世铎、溥伟、善耆、载洵、载涛、载泽、载振这帮清室权贵,请他们凑银数千万两,以应军需。段祺瑞为首的北洋将领迅速联合倡议,要求满洲亲贵"捐饷",还点了载洵的名,声称不捐就将"激烈对待"。

这可把载洵吓坏了,赶紧向内阁呈文,将其家财细数开列清单,写成公开信一封,表示他愿意"毁家纾难"。

原信如下:

> 敬启者,连日钦奉懿旨,令各王公等认购公债用,敢将所有私产和盘托出,细缮清单奉阅,载洵虽不敢为诸王公之倡,然区区之心实尽于此。唯家产虽属积有成数,而一时究难尽易现银,只得先行拜恳台端,将此实在情形,转知诸督抚诸将帅,并求民政大臣转知京中诸议事会董事会,俾使载

洵之心,昭然共白,于愿足矣,敬请勋安。

　　附列清单:已购爱国公债七万五千元,大清银行定期存款七万七千两,电灯公司股票四万两,汉冶萍煤铁公司股票三万两。蒙养院房屋一处一万五千两,自建西式三层楼房一座,连家具、电灯、气管铺陈等项,并随西式花园一处、球房一所,约计价银十三万余两。珠石金银首饰等物可变价四万余两,金时表等物约值银四千余两,新式电气车二辆价一万元有奇,新式大菜器具各种银器等约价银一万余两。除官产、租地,暨车辆、马匹、衣服、皮物、书画、磁器、棹椅、绣片等不易变价者之外,查以上十项共计银四十万零七千两有奇,合银元五十七万三千元有奇。查以上数目即为载洵之家产,特缕晰开明,情愿易得现银,尽数认购公债,以尽毁家纾难之义。此外在外国银行实无丝毫存款,用特函为声明,倘查有确据,除请尽数充公外,并愿自行奏请惩处。至信意捏造之人,大半毫无依据,意涉含混,载洵甚愿与之同赴各银行质询,以白此心。诸维亮察。

　　载洵开出的清单只含公债、存款、股票、金银首饰、奢侈品等"动产",共计大洋 573 000 多元。载洵表示"情愿易得现银,尽数认购公债,以尽毁家纾难之义。此外在外国银行实无丝毫存款"。《申报》讽刺说,载洵列出来的数额,只有实际财富的十分之一,此前拿来买公债(75 000元)又只有清单财富的十分之一,这叫毁家啊?大家笑笑就算了("以博得阅报者一粲")。

　　到了南北议和,清廷退位,没了职权与爵位的载洵也就没了消息。直到3月14日,南方专使北上迎袁,曹锟军队发动兵变,载洵也跟着吃了挂落。一百多名叛兵围攻他的府第，要求"每人千元"。载洵不敢出面应付，只能呆坐在偏房里哭。他府里的管事出面跟叛兵讲价钱，一言不合，被叛兵一颗花生米送上了天。报道里说，最终达成的买命钱是7000大洋。

载洵的名字最后一次出现在1912年的报纸上，是5月13日的报道，首届内阁新任海军总长刘冠雄到北京接收海军部时，只拿到了"银元十枚，银十两，铜元一千余枚"。海军部在清末是最富的部门之一，而且载洵任海军部大臣以来，未购一舰，未造一港，怎么可能只有这么一点钱？刘冠雄拒不接收，并以民国的名义，要求新政府彻底清查，追缴赃款。

后来？后来没了消息。新政权既已立定，奕劻尚且保住了存在西洋银行的存款，盛宣怀也避免了抄家，载洵会是一个例外吗？

元周記

一千二，不料，」他的面容隱隱有點忿怒，『譚組庵不肯，反勸我將湖北也調到一千三一換⋯⋯」他停下來喝口茶，聽上去此次交涉，副總統的權威受損，令黎將軍多少有此不快。

他放下茶，手在空中一揮，『現在好了，南北統一，我們軍政府自首義以來發行的鈔票，正在收回，每日以兩元為限，武昌造幣廠現在每日可造銅元二百萬枚，紙幣一百二十枚的價格回購軍政府票⋯⋯幣制很快就要全國統一，政府信用是最重要的⋯⋯」

之前武昌軍政府票的市場價值不過五六十枚一元，現在調高一倍，商民自然高興。而漢口，自從變成中立地以來，商業聽說也很繁盛。

為了表達善意，我提起一個黎副總統必定感興趣的題目。『副總統，我在上海，聽到頗有人主張南北一統後，可以定都武昌哩。」

『是嗎？』黎元洪臉上總算有了些笑意。『我在這裏倒沒聽說！怎麼講？」

『包括《申報》在內，多有這樣說的。袁世凱主張新政府定都北京或天津，參議院則堅持南京。很多人講，北方是前清舊都，再建都未免鬼與南方疏離，南京呢，偏安意味又太強，還是武昌好，正爲中國之中心⋯⋯」他指了指牆上掛的一幅軍用全國地圖，『武昌以京漢鐵路聯絡北方，以粵漢鐵路聯絡兩廣，以長江上下，東

聯江浙，西通川藏，九省通衢，又是首義之地，豈不是建都最好的選擇？」

一席話說得黎將軍呵呵笑起來。『老弟笑談，笑談⋯⋯老弟多住幾天，讓他們陪你四處看看，漢口正在新建，我們將規劃全國最寬的馬路，最大的商業區⋯⋯」

我還有一個小問題：『聽說京中端方端午橋的夫人託人向您求情，想索回端方頭顱安葬。有沒有這回子事？」

黎元洪笑了笑：『端午橋的頭送到南京去了。不過是有人向我請說，能否把他們兄弟的頭還給端家，我說，不妨！拿吳祿貞的頭來換！民國以血造成，都是滿人的罪過⋯⋯當然，現今五族共和了⋯⋯」

上月21日，端方的頭大張旗鼓送到武昌時，聽說黎將軍看了後，連呼『滿奴該死』。據我所知，黎與端方沒有什麼交情。武昌首義前，黎協統排班站隊，在漢陽伺候欽差大臣端的轅駕，又隨合省文武恭送端欽差入川平亂。四個多月後，武漢就開了端方的『閱頭大典』，時代跑得太快了。

這場采訪就這樣融洽地結束了。臨行前，我提了最後一個問題：『副總統，首義的時候，有人叫你『大人』⋯⋯有人叫『洪哥』麼？」

他一怔：『沒有哇，他們都叫我『大人』⋯⋯』黎副總統當然不會知道，自己將在南京教育部某位科員的傳世名作《阿Q正傳》裏，被順手揶揄一下。

我見到了洪哥

❖ 我見到了洪哥 ❖

年輕的接待科長把我帶到一間會客室，室內陳設着簡單的茶几與木沙發。他吩咐傳令兵去泡茶，然後向我敬了一個禮，說副總統馬上就來接受采訪。

我環顧室內，這裏還保留着戰時的簡樸與靜穆。今天是1912年2月10日，離『武昌首義』正好四個月。此時來武昌采訪無疑別有意義。

黎元洪出現在門口，穿着軍便服。黎元洪比照片上瘦一點，有一位英國人用了『英俊』來形容這位首義英雄，但又說他像個『富有的中國商人』——其實從他的外號『黎菩薩』就可得知，他生就一副中國人喜歡的福相。

傳令兵奉上茶來。黎副總統坐下來，做了一個客氣的手勢。

這位前清協統、甲午海戰的幸存者，四個月前被推舉為湖北軍政府都督，南京臨時政府成立後被選為副總統。不過，而今大總統易位在即，他的副總統還當不當得下去，還得看南北怎麼談。

采訪就從時局開始。我問：『前清即將遜位，副總統對于接下來的南北合作有何觀點可以發表？』

黎元洪沒有立即回答，而是按鈴叫來一個人，大約是他的秘書。秘書先生匆匆去來，帶給我一份電稿。

『這是元洪昨天發出的，今日各大報都會發表，先生想來還沒有看見。』

電文上說，南北統一在即，全國上下俱感歡欣，祇是有些現象令人憂慮，『乃不意專制政治尚未盡除，而假共和以遂私圖之事迭次傳聞，或假之以謀私利，或假之以報私怨，或假之以侵損人權，種種怪狀人道何在』？對此，黎副總統與鄂省軍民甚感痛惜，『羅蘭夫人有言，自由自我而生，自由自我而死。言念及此，爲之寒心。若不及早補救，是武昌爲天下後世之罪人！』最後是希望『各省監督，毋令此不肖之輩得假公名以遂私謀』。

當此敏感時刻，副總統出來批評南方的亂象，有什麼用意？文中所指，是哪些人？從近期輿論看，各省都督中，風評不佳，居功自傲者，上海陳英士、浙江蔣尊簋、安徽柏文蔚、廣東……幾乎全是同盟會員，莫非此電是在向北方釋放某種信息，想到此我隱隱有些興奮，不過這個話題有些『談不下去』，我轉了一個問題：『聽說近來湘鄂兩省財政上有些衝突？有了結果沒有？』

黎元洪臉上浮現了一絲尷尬之色。『唔，早前有些問題，先生你知道，湘鄂兩省貨幣一向通用，不過湖南一個大洋祇能換一千二百文。湖南那邊一個大洋可以換一千三百多，於是商人紛紛從湖北購買銀元，到湖南去換錢，湖北這邊市面緊張得很。元洪去信跟湖南相商，是否兩省統一，一個大洋兌換

一

民国首都定在哪儿？
南京，北京，还是武昌？

首都竟然有五个选项

南北议和用了三个月，待得清帝终于逊位，首都问题就浮上了水面。

2月13日，孙中山向临时参议院辞去临时大总统之职时，就表示要向袁世凯提出"临时政府地点设在南京"和"新任总统必须到南京就职"的附加条件。

孙大总统话都说到这份儿上了，第二天，临时参议院却以20票对8票的多数通过"临时政府设在北京"的动议。定都南京，首先碰到的反对者即来自同盟会，提出"临时政府设北京"的参议员李肇甫，就是同盟会会员。比他更有影响的宋教仁，也一度坚持政府设北京，据说还为此挨了马君武一个大嘴巴子。黄兴对此大为光火，发飙说，议院必须赶紧自动翻案，否则我将派宪兵入参议院，把所有同盟会的议员都抓走！

总之，在会规、大嘴巴子、宪兵的共同胁迫下，参议院于2月15日推翻了前一天的议案，19票对7票，设临时政府于南京。孙中山马上致电新任大总统袁世凯,特别说明此事,并声称要派专使奉请袁氏"来宁接事"。

袁世凯不愿意南下,那是意料中事。想当初明燕王朱棣发动靖难之役,打到南京夺了位,但很快就放弃了他老子钦定的这座都城,回到了自己老巢北平。孙中山、黄兴的用意,无非是"以袁氏难制,欲令迁都江宁以困之"(章太炎)。袁世凯又不是傻子,会那么听你们的话?

这个问题不只是南北之争那么简单。除了孙中山、黄兴,以及被他们要求的同盟会会员,支持定都南京的人少之又少。最先发声的是革命先驱章太炎。就在孙中山向临时参议会辞职并坚持建都南京的2月13日,《时报》发表了章疯子的宏文《致南京参议会论建都书》,认为建都南京有"五害":军事战略上不能控制北方,北方文化将益形衰落,政治上有土崩瓦解之忧,难以震慑拥清复辟势力,外国使馆拆迁困难。在这篇文章里,章太炎已经说出反对建都南京的所有论据,包括袁世凯提出的"北方危机论"和"外交团威胁论"。而且在章太炎看来,南京从来不是建都的好地方,在这里待着的,尽是些短命王朝,所以他在一副对联里说:"此地虎踞龙蟠,古人之虚言。"

孙中山建都南京的公开理由,自己说起来都有些气虚:"今所争要者,但以新国民暂时中央机关之所在,系乎中外之具瞻,勿任天下怀庙宫未改之嫌,而使官僚有城社尚存之感。则燕京暂置为闲邑,宁府首建为新都。"后面不得不补一句:"至于异日久定之都会,地点之所宜,俟大局既奠,决之正式国论,今且勿预计也。"意思是,形式上我们必须有一个新首都,以表示与清朝决裂,将来可以再改嘛——这话更透露出他们坚持南京,无非是要以六朝南都，困住北方之豪袁世凯。至于将来，我们可没说正式大总统也一定会姓袁。

在参议院表决之前，并非没有第三种提议。2月12日，《申报》在《近事杂评》中，提到南北二京之外，还有上海、天津、武昌三种方案。该文作者明显支持"武昌方案"，他分析道："惟就南北二者比较之，则江左为偏安之局，北京有建瓴之势。若进而言武昌，则南北两京均局于一偏。而鄂乃为天下中心，由京汉以控制朔北，由粤汉以驾驭两粤，西接巴蜀，东连沿江，各省轮轨交通，水陆利便，而汉口商业之繁盛尤甲全国。恢恢帝都，无逾于此。故考之历史，证之地理，北京优于南京，而武昌尤优于南北两京。"

这项方案深得鄂派人士的欢心。当初各省都督选择将代表派往上海集会，又举黄兴为大元帅，黎元洪为副元帅（后在湖北抗议下调转了过来）。孙中山从海外归来，横插一杠子当选临时大总统，又将临时政府设在南京，这些事情早就让武昌方面深为不满，一直认为没有给"首义之地"足够的地位与荣誉。现在碰上建都这种大讨论，不论成不成功，他们都很愿意出来搅搅局。

举国公意，都在北京

我们不要忘了，2月13日是辛亥年十二月廿六日，按照糟糕的"旧俗"，十二月廿七日，各报就停刊了，要到新年初五才重新出报。公众的耳目关闭了，于是过年期间政治人物激辩首都问题，一般人是不得而知的。待得大家醺醺然过完民国第一个"旧历新年",打开初五的《申报》《新闻报》才发现,关于新都的讨论已经进入白炽状态。

不出意外,北方各势力统统站在袁世凯一边。北方商人自不必说,生怕国都南迁,北方经济立即一泻千里,连"籍隶南方,旅居各省"的商界人士也力主"临时政府宜北不宜南"。他们甚至向南京政府发出了威胁:"除已电约北方十省南旅绅商人等共同一致外,先行电恳,乞允将临时政府仍设北方,以维大局。如不得请,则拟邀约各省绅商前来南京哀请于大总统之前,必得请而后已。"从落款看,商人代表们的省籍包括云南、四川、浙江、江苏、广东、安徽、福建、江西、湖北、贵州,都是起义的大省。

他们的政府首脑也支持他们的诉求。支持建都北京的地方派,我们可以拉出一个长长的名单:江苏都督庄蕴宽、安徽都督孙毓筠、浙江都督蒋尊簋、湖南都督谭延闿、江西都督马毓宝、福建都督孙道仁、云南都督蔡锷、广西都督陆荣廷、江北都督蒋雁行、浙军司令朱瑞、粤军司令姚雨平、第一军军长柏文蔚、光复军司令李燮和,再加上一个主张"临时政府设北京,将来国都定武昌"的湖北黎元洪。说是举国之公意,亦不为过。

还得加上更重要的一票:各国公使的态度。据《民立报》报道,各国公使不仅公开力挺北京,还指责"今南政府不待各国承认,率以一二人之私见,遽议迁都",提出"南政府轻视外交,要用正式干涉",并拟照会外务部。

面对各方的汹汹反对,"南京派"的驳斥极为激烈。联军总司令孙岳、参谋长李鼎扬、军旅长米占扬等一班军官通电指出"建都北京,其害有三":"一、人心之趋向,一如旧日。二、中原幅员广大,偏处一隅,则尾大不掉。三、对于满族之胶葛,永无断绝。"黄兴立即对此电大加赞扬，并自撰专电反驳庄蕴宽、章太炎等人，甚至说出了"民国政府移就北京，有民军受降之嫌，军队必大鼓噪"的狠话。南京临时政府外交次长魏宸组则以外交专家的身份指出，"义师一起，商务全消，吾人故未尝先求外人之同意，而后施行革命也"，意思是帝国主义都是纸老虎，听喇蛄蛄叫就不用种庄稼啦。

这些还算是讲道理的话。更霸蛮的讲法如"粤东军界电"称："近闻参议院多数议员犹复主张仍都北京……第一镇动员已毕，尤愿决死一战，非参议院解散，无以服天下而伸公愤！"梅馨（此人曾擅杀湖南都督焦达峰）、赵恒惕、覃振以湘桂联军八千人的名义，表示"南部暗潮汹涌，藉非袁公南来，万不足以维大局，安人心……若犹眷恋于专制巢穴，负隅思逞，不惜人言，不顾天命，内讧外患，民国危矣。则某等誓必提兵北上，拼一死战，不血洗二百余年之秽污地，不为黄汉子孙"。

平心而论，不论袁世凯是否有心借南方民军起义来要挟清廷，他确实没有荡平十四独立省份的把握，否则何苦与南方周旋，患得患失；南京临时政府更是恨不得像当年朱元璋一样，提兵北上，直捣黄龙，谁还跟你们这班满奴余孽费什么话？怎奈双方皆不能胜，这才是南北议和的基础。但是彼此都不愿让步太多，所以此时争首都，日后争阁员，都是统一国家诞生前的博弈，原无足怪。

南北双方都有鹰派，也有鸽派。北方清廷的死忠，如甘肃的升允、东北的赵尔巽，还有徐州的张勋，南方力主北伐的，有沪军都督陈其美、绍兴都督王金发、广东都督陈炯明。但以资源而论，南不如北。三个月来，南京临时政府的赤字已达163万元，而且，统一政府一天不成，政府就没有制定税法和向各省征税的合法性。何况南北阻隔，交通、商业都被迫停顿。

南方政府这一仗丢分不少

学者吴宓当时就读于上海圣约翰大学。《吴宓日记》1912年4月2日记载，国都问题成了教会大学的辩论赛题目：

> 是晚，本校学生开辩论大会，共分二所，余往听药房之一所。辩论者为正馆初级与备馆四班，题目系《国都所在问题》。初级主张南京，而四班主张北京。每部三人，邵君亦与其列。其结果，以卜监督及金韦修先生之评断，竟以初级为胜。盖不重实际之理由，而重演讲之态度也。

吴宓在日记里对胜方下一"竟"字，可见他自身之立场是赞成定都北京，而北京立都之理由，显然也更充分，因此他说辩论中南京方获胜原因是"演讲之态度"——这个态度，究系辩论技巧，还是政治正确？不得而知。

对于大多数人来说，当前的急中之急是尽快建立统一政府。北京作为临时首都的便利性、必要性，都超过了南京——当年朱棣北返，私心可能是觉得在南京人心目中他是个乱臣贼子，还是在老巢有权威过得愉快，但防止蒙古人重新南犯，也是很确实的考虑。况且，定下北京为临时首都，还可以防止"南京派"与"武昌派"的又一次掐架。

因此，才可以理解为什么同盟会会员占多数的临时参议院，会在已经听取了孙中山的建议后，还会以如此悬殊的票数（如果以省计算，更是十六省对广东一省的压倒优势）通过北京方案。英国驻南京总领事伟晋颂对此看得很清楚，他在致英国公使朱尔典的信中说："有人告诉我，如果从第一次投票的数字推断除广东外，所有省份都赞成以北京为临时首都，那是十分错误的。对他们投票的真正解释，是参议院的大多数议员很急于实现和平，所以他们投票支持北京为临时首都，目的在于清除那个使成立联合政府的谈判获得胜利结果的唯一障碍，即首都的所在地问题。"

在向外国使节解释参议院为何出尔反尔时，临时政府外交总长王宠惠采取了模糊的方式。他表示不反对北京将来成为永久首都，但袁世凯必须完成到南京就职的手续，因此参议院的第一次投票被解释为议员们是凭着"永久首都的印象"投票决定的。在孙中山加以详细说明后，参议院同意改变临时政府所在地的决议。这种说法，可以视为南京临时政府面对舆论异议的某种让步。

最奇特的流言出现在2月25日的《申报》上。有一则消息说，满人组织了一个光复会，由亲贵们凑钱支持，秘密购买装备武力部队。他们的计划是由前清的亲王们出面，劝说袁世凯接受定都南京的要求，同时也派人运动北京部队不反对此议。一旦袁世凯离开北京，民国定都南京，满人光复会的武装部队就会"乘虚占据北京，再与满蒙联合，力图克复中原"。消息说，袁世凯正是听说了这件事，所以才坚持在北京组织政府，不肯南下。这则传言很可能是袁世凯方面的创作，但对于那些本来就支持定都北京的政客、媒体、公众来说，会让他们更加坚信自己的选择。

不管怎样，既然临时参议院以合法的形式通过临时政府设在南京的决议，袁世凯很难公开表示不服从参议院的决定。他一改之前的推拒姿态，多次表示"极愿南下"，为北上迎袁的专使团准备了高规格的待遇。媒体发布"最确消息"，猜测最终的安排是袁世凯来一趟南京，"即须北旋"，既遵守了临时参议院的决议，又能维持北方的安全。而临时政府将设在袁最熟悉的城市天津，这样也能避免"与满室共处一城"的指责。

南方还在大打笔仗，由各省都督派出的驻南京联军参谋团公电，主张政府地点应设北京。陆军总长黄兴大光其火，因为他要求参议院改议的重要理由便是"南方军队不会答应建都北京"，如今联军参谋团的通电却抽了他的底火。于是，陆军部下令解散联军参谋团，然而"团中各统将群起不服，申言此项部令应不承认云"。

谁也没有想到，这场争论会以2月29日北京"兵变"这种最极端的方式来结束。

史料显示，袁世凯可能唆使或默许了这场曹锟第三镇士兵的变乱。然而，论及兵变的起因，孙、黄的悍然不顾公意，强行定都南京，也是事变的诱因。北京兵变发生后，舆论并没有指责袁世凯控制不力，反而一边倒地支持袁世凯在北京就职，可以视为对临时政府强硬手段的反弹。在没有能力控制局势的情形下，强行推行自我意志，就会演变出意想不到的坏结果。首都问题是这样，总统制、内阁制的改变也是如此。这一役，南京临时政府丢分不少。

『哪敢啊？都逃了出來，生怕一個不巧被槍崩嘍，或是被刺刀開嘍。不知誰想出來的，上房！一家老少，掌櫃伙計，都踩着梯子上了瓦面，瞅着下面大兵們進進出出，翻抄……後來大兵走了，還不敢下來，又來一撥，不一定穿軍裝，反正進來又是翻，抄，搬……』

『你有條電文説皇宮也起火啦？』

『是望見宮裏的方向有火光，不知道是哪處着火……第二天一打聽，叛兵進宮，但宮城挨着長安街的屋面上，也站滿了人，都是宮裏的公公，估摸也是不知道昨回事，出來看看。』

『我知道，知道！齊化門外東岳廟的老道跟我熟。我聽他説，當天下午炮隊就開始鼓噪了，統制和副統制覺得勢頭不大妙，就嚷嚷要到東岳廟找老道喝茶，走的時候把大炮的鐵門板、螺絲全撤掉了，丢在殿前的大井裏嘍。到傍晚炮兵起事，發現大炮沒法使，氣壞了，槍斃了兩名隊長，又追到東岳廟裏來……得虧老道機靈，趕緊迎出去，説統制官都走啦，進城見袁宮保去啦，才把亂兵哄出門。其實，這倆小子就躲在老道的床下發抖哩……我昨天聽説，他們正在廟裏抽水，得把大井裏的水抽乾，才能把鐵門板啊螺絲啊弄出來，不然大炮還是白瞎。』

『不是説也聽見有人開炮？』

『是啊，您想，這大炮不能使了，不還有小炮哩嘛？他們用小炮去轟齊化門，那不也一轟就開？然後再把小炮推上城樓子，朝袁宮保樓上打……』

『袁世……袁宮保在樓裏？』

『那不知道。袁宮保不敢打洋人的主意……要不我跟着莫先生在店裏，叛兵居然單沒劫他！我們街口有家綢緞鋪，掌櫃信洋教，是個什麼青年會的，使館區了，準知道叛兵不敢打洋人，沒傷着了，也有人説他奔時那陣仗，正陽門車站，彩旗飛舞，人山人海，松枝柏枝扎的凱旋門，綴着花，路上鋪着細砂，這才幾天，又是槍又是炮，聽説他們也是翻牆跑了……東西全毀了，正陽門也是頭一次不接皇上也開了！好嘛，一逮着兩位巡警痛打了一頓，把專使寓所全給砸了……』

『好了……南京專使住在鐵獅子胡同，差不多了，我答應給的兩塊鷹洋也付了。臨了我問了句：有人説兵變是袁宮保弄出來的，爲的是不去南京。信嗎？』

『他狡黠地一笑。『知道有些掌櫃爲什麼不走嗎？把貨藏了，擎等着被搶，好往上報損失……誰都不傻，誰都合適，您看這兩天火車站盡是洋兵，指不定啥時候庚子年又來一回呢？喊，沒事兒，北京城運數大，亂不了！』

❖ 兵變中的訪員 ❖

他坐在我對面,藍布長衫外,套着件黑色薄棉襖,亂糟糟的頭髮,擺在桌上的指頭熏得蠟黃。這副尊容,祇能讓我想起一個詞:新聞民工。

是的,他雖然同時兼任南方幾份報紙的訪員,却是級別較低的那種。長袍馬褂,胸前別着紅布條,昂首步入外務部或六國飯店,那是他絕不敢奢望的。平日他也就是走街串巷,搜羅些鬧鬼出狐狸精,或是小媳婦上吊、兩壯漢鬥毆之類的軼事,供給本地的報紙。「一千字才兩毛錢!」他咽了口唾沫,那絕不够家裏嚼裹。

好在民國之後,南方幾乎天天都有新報紙發行,也無不歡迎『海內異才,充任訪員』。那末,抄幾篇稿件,按日寄去,照規矩,連續七天見報,報館就會寄一份合同(有的還有證章),你也就可以出門宣稱自己是『滬上某報特聘訪員』了。大報也有,不全是蒙事兒。比如《申報》《新聞報》,祇是大報在京師重地,這些三大報的訪員遠不止兩三個,高中低都有。一般來說,打探不到政治內情,跟商會又沒有過硬的交情,訪員的級別就低。北京社會的奇談異聞,上海報紙并不感興趣。稿子寄過去,登不出來,就收不到千字三角錢的潤筆。

民國元年2月29日晚7點爆發的兵變,給了他這樣的訪員一個機會。北京城亂成一鍋粥,謠言橫飛,編輯根本無暇也無法分辨孰真孰假,這事又是天大的新聞,社會上的傳聞,索性各訪員來電,一古腦兒全登在要聞版上。登得還尤其多。

「吆」,我心底頗懷疑他的新聞操守,可是我并不需要他告訴我真相——真相在歷史書上都寫着呢:袁世凱指使曹錕,發動第三鎮兵變,以達其不南下就職之目的。我祇想讓他講講見聞,「這段兒是你寫的?」「又聞各變兵于齊外日壇及遼闊地方潛謀已久,且曾向各鋪戶,有你們還不躱躱,俺們要動了等語」?」

「是啊,我親耳聽齊化門外的幾個鋪子掌櫃說的!他們還說,有幾家真的搬走了。當時不明白什麽意思,槍聲一響,才知道人家那叫一個精!」

「那晚上你在哪兒?」

「我家就住在崇文門,聽見亂起了,開了半扇門往外瞅。我想有了亂子不出去,哪兒挣潤筆去?開了半扇門往外瞅。莫理循先生!他是外國人,有他在,不怕!我也就麻着膽子上了胡同口。喔!火光耀天,大街上都是烟!大兵們來來往往,有進出各店鋪的,有一邊撞門一邊嚷『媽個巴子』的,還有背着大件東西在街上走的……」

「被劫的人家有反抗的嗎?」

1912 / 3月 / 嬗变

- 3月4日　南京政府内务部公布**《暂行报律》**,引发报界抗议。
- 3月8日　云南都督蔡锷致电电政总局,要求降低云南省内电报费用。
- 3月9日　孙中山命令取消《暂行报律》。
- 3月7日　孙中山复电同意袁世凯在北京就职。
- 3月10日　**袁世凯**在北京就任中华民国临时大总统。同日,驻藏大臣向北京求援。
- 3月13日　唐绍仪当选为中华民国第一任**国务总理**。
- 3月14日　唐绍仪宣布向比利时借款100万英镑。
- 3月19日　驻藏大臣将政务转交四川派去的西藏军统领,象征西藏正式成为民国的一部分。
- 3月24日　唐群英等20余人冲入参议院,要求女子参政权。
- 3月26日　电政总局宣布在崇明岛开通电报。
- 3月27日　**苏州**发生兵变。
- 3月29日　唐绍仪向参议院提交**第一届内阁**名单。交通总长梁如浩未获通过。

《报律》暂行？不行！

负面消息实名制

《申报》是上海滩的老牌报纸，1872年由英国商人美查创立，它的初旨是"将天下可传之事，通播于天下"，40年来，它始终是上海报界的头牌。尤其自1912年1月15日以来，《申报》的版面扩大了几乎一倍，广告也日益增多，营业额可以说是蒸蒸日上，据说还吸引了中外不少投资者的兴趣……然而，它这么多年建立起来的信用正在遭受质疑。

1911年10月武昌起义后，《申报》一开始还没有摸清时势的风头，还在坚持"有闻必录，抢先转播"。11月27日，清军冯国璋部队攻陷汉阳，《申报》当天收到电讯，都来不及等第二天出报，赶忙印出《号外》一份，加大字标题，加上红圆圈以示重要，发出沿街售卖。望平街申报馆外自然也张贴了一份。

不料立即引来了一大群人，冲进报馆，气势汹汹地质问报馆人员：是不是收了清政府的钱？伪造谣言，败坏我民军士气？民军代表民众，民心所向，怎么会被冯国璋那个狗满奴打败？嗯？说！

报馆人员吓坏了，赶紧从资料篮里翻出电文，向众人证明查有实据，并非造谣。本以为风波能就此平息，谁知道那些人仍然不依不饶，说即使消息属实，你们报纸也不该为敌军宣传胜利，动摇人心！你们就是汉奸！走狗！一边吵闹，一边动手，把申报馆门口的大玻璃窗打得粉碎。

经此一役，《申报》就变得小心多了，有时候宁可消息慢一点见报，也要先想想会不会又殃及新的玻璃窗，很贵的呢。

《申报》第八版副刊名为《自由谈》，一般刊登小说、诗词、游戏文章，嬉笑怒骂，很受欢迎，每日收到投稿无数。民国肇立，万象更新，投稿来骂各地苛政的，骂当地恶霸劣绅的，不计其数。《自由谈》主编王钝根觉得报纸乃舆论工具，有必要刊登这些来稿，但又被老板多次告诫，不要惹事。于是1月29日，第八版出现了如下告白：

> 来稿有指斥苛政及奸绅恶棍者，务请署真姓名，并盖确实图记，以凭核实而杜诬陷。

诸位听到没？批评性言论，必须实名制，而且要"确实图记"，相当于一百年后验你的身份证，不然我怎么知道你不是诬陷？不是谣言？

然而，事情并非出在《自由谈》身上。民国成立后，突然涌现出一种新事物叫"通电"，通电人将电文发给各报馆，《申报》当然也照例刊登，称为"公电"。"公电"这东西跟以前通讯社、访员发的"专电""译电"不同，它没有门槛，谁都可以发，可以发给任何人，所有读者都可以围观。

其时政府还没有颁发"报律",就是新闻法,舆论尺度是很大的。几乎什么样的通电都能见到。2月24日,出来这么两条:

> 杭州同盟会电 《申报》《神州报》《民立报》转陈汉第、陈敬第鉴:蒋方震汉奸诛戮在即,公等同调,请洗颈。同盟会张汉民、郭天瑞等养。
>
> 又电 《申报》《民立报》《神州报》转陈英士君鉴:汉奸蒋方震,此间拟即正法,同党陈汉第陈敬第逗遛在沪,请设法拿获,以正典刑。同盟会员邵月珊、陆霍皆。

蒋方震就是军事专家蒋百里。他被称为汉奸,估计与他在清末曾辅佐良弼练兵有关。而陈汉第、陈敬第都是杭州的名绅,忽然被列入"洗颈待戮"的名单,还要求沪军都督陈其美"设法拿获",殊为奇怪。然而,要闻版的编辑"有电必录",原样刊登。

这一来起了波澜。南京陆军总长黄兴发出通电:

> 南京陆军部黄总长电 各报馆鉴阅:昨日报有电称蒋方震君为汉奸一节,殊为失实。现在南北统一,人人尽力民国,断未有甘心向虏者,前有小怨,亦在所不咎。请登报申明,以彰公道,更盼浙省同盟会诸君急为查究,有无挟嫌诬陷情节,以保本会名誉。黄兴叩有。

刊载杀汉奸通电者,不只《申报》一家。但《申报》是上海报纸的老大,更有义务出面澄清。3月1日,《申报》刊登了"更正",称"经本馆确切调查,知蒋方震君实是力顾大局之人,断不为拂逆人意之事。且查杭州同盟会中并无张汉民、郭天瑞、邵月珊、陆霍皆其人，则前发二电显系捏诬，不足凭信。本馆以此事与蒋君名誉有关，既经查明，实系诬蔑，不得不再为更正，以昭核实并道歉忱"。这算是给了黄总长一个交代，但《申报》的面子也坍了一半。

报界抗议《暂行报律》

也不知这件事是不是一条导火索，反正报馆收到内部消息，南京临时政府内务部因为最近舆论混乱，谣言盛行，计划颁布《暂行报律》，只有三条：

（一）新闻杂志已出版及今后出版者，其发行及编辑人姓名，须向本部呈明注册，或就近地方高级官厅呈明，咨部注册。兹定自《暂行报律》颁到之日起，截至阳历4月1日止，在此期限内，其已出版之新闻、杂志各社，须将本社发行及编辑人姓名呈明注册；其以后出版者，须于发行前呈明注册；否则不准其发行。

（二）流言煽惑，关于共和国体，有破坏弊害者，除停止其出版外，其发行人、编辑人并坐以应得之罪。

（三）调查失实，污毁个人名誉者，被污毁人提起诉讼，讯明得酌量科罚。

第一条是要明确媒体负责人，这个倒还可以敷衍，至于什么是"流言煽惑，关于共和国体，有破坏弊害者"，什么是"调查失实，污毁个人名誉者"，那还不是官字两张口，任他说去？故此这几天，上海各报馆的大佬们，都很紧张，他们聚在一起商商量量，打算以"上海报界俱进会"的名义，发起抵制《暂行报律》的运动。听闻还有人正在劝说章太炎先生，出来写一篇反对报律的雄文。

不出所料，3月4日报律甫公布，各报即纷纷表示反对。3月6日，上海报界俱进会及《申报》《新闻报》《时报》《民立报》《时事新报》《神州日报》《天铎报》《大共和日报》《民声日报》等报联名致电临时大总统孙中山，反对《暂行报律》，称"今统一政府未立，民选国会未开，内务部拟定报律，侵夺立法之权，且云煽惑、关于共和国体有破坏弊害者，坐以应得之罪；政府丧权失利，报纸监督，并非破坏共和。今杀人行劫之律尚未定，而先定报律，是欲袭满清专制之故智，钳制舆论，报界全体万难承认"。

翌日，《申报》《大共和日报》刊出章太炎所撰《却还内务部所定报律议》，对于《暂行报律》，逐条批驳：

> 案民主国本无报律。观美法诸国，对于杂志新闻，只以条件从事，无所谓报律者。亡清诸吏，自知秕政宏多，遭人指摘，汲汲施行报律，以为壅遏舆论之阶。今民国政体初成，杀人行劫诸事，皆未继续前清法令，声明有效，而独皇皇指定法律，岂欲蹈恶政府之覆辙乎？……
>
> 其第二章言"关于共和国体，有破坏弊害者，除停止其出版外，其发行人、编辑人、并坐以应得之罪"。案共和国体，今已确定，报界并无主张君主立宪与偏护宗社党者。本无其事，而忽定此法律禁制，已为不根；所谓破坏弊害者，其词亦漫无界限……今详问内务部，是否昌言时弊、指斥政

府、评论约法,即为弊害共和国体?不然破坏共和国体者,惟是主张君主;弊害共和国体者,当复云何?若果如前所说,内务部详定此条,直以约法为已成之宪,以政府为无上之尊,岂自处卫巫之地,为诸公监谤乎?

有人说,报律之争有同盟会内部派系斗争的背景,这且不论。章太炎的言论确可视为中国报界的共同主张。联名通电的报馆中,既有《申报》《新闻报》这样的老牌外资报纸,也有《民立报》《民声日报》这样的同盟会系报纸,还包括《时事新报》《大共和日报》这样的立宪派报纸。如章太炎文中所称"当知报界中人,非不愿遵守绳墨,惟内务部既无作法造律之权,而所定者,又有偏党模糊之失,若贸然遵守斯令,是对于官吏则许其侵权,而对于自身则任人陵践,虽欲委屈迁就,势有不能"。平心而论,内务部的《暂行报律》只是纲领性的规定,较之清末控制舆论的严刑峻法不可同日而语,报界做出如此激烈的反应,是希望在新的民主政体下,能在法理上确立舆论的独立地位。

3月9日,临时大总统孙中山令内务部取消《民国暂行报律》,令文称"该部所布《暂行报律》,虽出补偏救弊之苦之,实昧先后缓急之要序,使议者疑满清钳制舆论之恶政,复见于今,甚无谓也"。不过,临时政府对报界的让步,更多出于政权初立时期安定人心的妥协心态。舆论与政府之间的博弈,这才刚刚开始。

你们都穿啥衣服参加大总统就职典礼？

民国元年有两场总统就职典礼，孙中山在南京，袁世凯在北京。前面说了，孙大总统就职典礼非常仓促，那么，袁大总统的就职典礼有什么不一样？后世的影视剧中，表现后面这一场景的不少，有电影《建党伟业》与电视剧《辛亥革命》（张黎的电影《辛亥革命》止于孙中山辞职）。

众所周知，临时参议院的决议，要求袁世凯来南京就职，然而袁世凯"运用"北京的兵变，逼南京临时政府同意他在北京就任临时大总统。而这场典礼的准备时间，比孙大总统那次还要短，从2月29日的兵变算起，不过十天，从3月7日孙中山复电同意在袁世凯北京就职，只有不到三天。因此这场典礼，不仅场面不够隆重，连参加的人员也只有"百余人"，相当寒碜。

1912年3月10日下午两点，典礼开始，袁世凯在石大人胡同的总统府宣誓就任第二任临时大总统，蔡元培代表孙中山致祝词。而《申报》发表现场报道，已经是3月18日了。

这是服饰最混乱的时节。旧制已废，新制未立。大家都知道袁世凯是穿着北洋军装就任大总统位的，因为有照片留下来。但只是黑白照片,袁世凯的军服是啥颜色的呢?后世影视主创人员不查当时报道,所以或蓝或黄,莫衷一是。其实《申报》报道上写得明白:新总统袁世凯着灰色之军服。

其余诸人,或西装革履,或长衫马褂,自然还有军装服色。这都没错,当日参加的人,事先都领有一张观礼券,上面注明就职礼的"穿用服色"是"一军服,二外国式普通礼服,三对襟马褂一裹圆袍"。

然而,"军服"就很有花样。海军部被当时媒体评为"最整齐",一式的新式军服,但姜桂题的毅军各代表,穿的都是旧式军服,头上戴的还是清朝的红缨帽。而且,剪不剪辫,当时还是自由选择,所以一部分宾客无辫,一部分有辫,尤其法部人员"一律拖辫",被《申报》评为"最腐败"。最关键的是,为了表示中华民国五族共和,观礼者有好几位红衣喇嘛,杂在中服、洋服、军服之中,十分古怪。

《建党伟业》画面里有西洋仕女着钟形裙列席,这也有问题。按当时报道,各国公使团此前专门开会,讨论是否接受邀请出席就职典礼,后来觉得各国尚未承认民国,不便出席,当然更不会携眷。当日到场的西人,只有"英美使署两参赞",作为一种点缀。

"礼毕,袁总统命将案上各色牡丹鲜花分赠中外来宾参礼员各一枝,乃由引导员导至休憩室茶会,楼下作军乐以志庆祝。是日引导员为曹汝霖、陆宗舆,赞礼员为叶恭绰云。"就这样,"北洋民国"开始了。

好端端的兵变了强盗

南北兵变，肇因是钱？

1912年2月29日，北京兵变。3月3日，《申报》发表社论《北京兵队变乱感言》。

3月27日，苏州兵变。3月29日，《申报》发表社论《苏闻兵变感言》。

在南北统一民国新生的节骨眼儿上，不到一个月的时间内，南北各发生一次超大型兵变，意味着什么？

《申报》的两篇社论，都是配合第一批见报的消息，是媒体的第一反应。事变详情未知，只能就大势论之。《北京兵队变乱感言》是竭力淡化此事的影响。说变乱之兵队"仅仅一部分"，"日暮起事，至次日黎明已渐安静"，论者转而庆幸于"使馆无恙，南方各代表亦无恙"。而且"幸袁项城之尚未南行"，又说北方军队"坐拥双饷，优游无事"，"多数曾受教育而少数不免嚣暴"，因而"将领之纪律稍宽，军队之劫掠立起"。话里话外，都要给袁世凯为首的北方政权留出面子，论者所忧心的，主要是这民国肇立后的头一场变乱，会减低北方人民"共和之信仰"。

事隔一月，总理唐绍仪已经南下，孙中山与参议院皆将解职，黄兴任南京留守处理后续已成定局。这个时候发生苏州兵变，恰如引爆了火药桶。因此《苏闻兵变感言》姿态大不相同，论者劈头就说："兵贵精不贵多，古人之恒言也。然则今则有以兵多为贵者，吾忧之，吾重忧之！"

此时苏州兵变原因尚未探清，但"兵多而乱"的问题，困扰整个南方地区久矣。从南方光复大势初定，到清帝逊位，三个来月中，南北双方虽然交战不多，但都在暗暗扩军积粮，以备一战。南方白手起家，危机感尤甚。而且各地光复，几乎都是独立进程，完全没有统一规划，黄兴的陆军部也只是虚有其名。因此南方军队之多之乱，大概自洪杨之后未有。《申报》论者所谓"光复以来，大兵荟萃于苏宁两处。有客兵，有主兵，有新兵，有旧兵，纷纭杂沓，散无友纪。而各军政分府又竞相纷纷招兵，或数营，或数十营，人人以拥兵自卫为光荣，借防维乡里之大名"，尚未北伐，已颇扰民。

一旦南北统一，卖剑买犁，裁军遣散立刻变成最头疼的问题。对于财政支绌的民国新政府而言，这么多军队，粮饷根本无法解决。就在《苏闻兵变感言》发表的3月29日，新任总理唐绍仪在南京临时参议院做第一次演说，重点谈到军队这个财政包袱："九月起义以后，南方军队共有八十团。此时即能裁二十师团，亦尚有六十师团。此六十师团中一师团每月须银十二万两，六十师团，每月即须银七百二十万两，到年底须银八千余万两。"

这种态势下，南方出现兵变似乎是迟早之事。但头一次大变乱发生在苏州，也足以让人震惊。辛亥光复，苏州"插白旗"是出了名的波澜不惊，前江苏巡抚程德全为了表示变革，还让人把衙门的檐瓦挑下几片，才算象征了破旧迎新。叶圣陶当时在草桥中学念书，学生们自发组成卫队巡夜，连小偷都没捉到一个，秩序之良好超乎想象。没过几个月，竟然遭此浩劫，上哪儿讲理去？因此，怎么解释苏州兵变，以安抚人心，成了媒体报道灾劫实况之外的另一使命。

从《申报》对于北京兵变的评论中可以看出，论者将京津保地区的兵变，基本解释为北方军队没有受到共和思想的感染与财物欲求不满两大原因。具体说来，传说中的原因，一为袁世凯承诺攻占汉口后发放双饷而未发，二为北方军队风传必须剪辫引发恐慌——剪辫被认为是认同共和的一种象征，但事实可能并不如论者所想象的那样。清末北京，学生与军人剪辫已是常态，且为政府所默认。如果排除袁世凯指使曹锟挑唆兵变的要素，北京兵变是否还会发生，谁也无法臆测。

苏州兵变，"新旧军冲突"似乎也是可以理解的祸因。有消息称这支叛军本为张勋旧部，苏州光复后调至外地（南京与寿州）。这场变乱起源于3月27日晚阊门外大观春仙戏园，具体起因人言人殊。有人说是叛军强占正座，为临时宪兵弹压，遂起冲突；也有人说，还是因为本地宪兵强迫叛军剪辫。1月27日，苏州新军选锋营与旧军江防营，就曾为剪辫一事大起冲突，似乎为两个月后这场兵变埋下了伏笔。

最具讽刺意味的一条报道是：苏州兵变，并非临时起意，叛军有预谋有组织，他们还规定了自己人相认的口号，叫——"同胞"。

这个反清志士常用的称谓，变成兵变抢劫的密语，好像是故意在跟新生的共和国开玩笑。

兵变变掉了江苏都督

苏州兵变对苏州及周边人众构成了巨大的心理冲击。《申报》撰写《清谈》栏目的记者"东吴",于兵变后返苏,待了十天,感受是"人心皇皇,卧不安枕,而戚友之谈话,莫不以'兵变'二字为前题。盖此次兵变,乃苏人士剥肤之痛,非仅一朝夕间祸福之关系也"。他因此感慨,苏州十年来,社会经济江河日下,武昌军兴之后,更是筋疲力尽,再遭到这种迎头痛击,只怕要"恹恹待尽"了。

叶圣陶此时已是苏州言子庙小学的教员。他在兵变次日(3月28日)的日记里详记了自己悲沮的心情:"触我目入我耳者,无非此不情世界之恶消息。余本热心人,乃欲作厌世观矣。"这场兵变似乎坚定了他信奉无政府主义的决心:"此时金钱废,军队废,人人各取所欲,适分遂止。世界至此,或乃可以免有昨日之举动乎?"

苏州兵变消息传到北京,已是3月29日上午。最先知道此事的有大总统府秘书许宝蘅。许是杭州人,刚刚经历了京津兵变的惊吓。而且这段时间杭州也不安靖,兵变谣言甚嚣尘上。同一天,他接到杭州家电,知道四叔父前一日弃世,是晚他在日记里写道:"当此乱世,一瞑不视,未始非福。"

震动最大的,其实是距苏州仅二百多里的上海。"上海光复军李统领征五,首先得信,飞报沪都督。经沪都督立刻发令,调派光复军知会市政厅、商余学会,兼派兵警,在沪宁火车站严密巡查,截拿逃兵,并于沿路节节设防,以昭慎重。"自晨至晚,捕获苏州乱兵不少。次日,上海都督陈其美"派兵两队赴距沪约五英里沪宁铁路之某车站驻扎保护,并命闸北巡警及中国商团在上海车站附近巡逻,且电属苏州车站阻止形迹可疑之兵搭车赴沪,都督府夜间亦驻重兵预防一切"。沪宁铁路总管朴爱德,于3月28日亲赴苏州,"如乱事不止,则预备开专车以载避难之民"。

与上海的快速机动反应相对照,苏州当局的颠顸无能,简直令人发指。据说抢劫兵卒不过二三百人。然而,兵变在城外阊门、山塘街发生时,江苏都督庄蕴宽赴上海办事未归;江苏民政长龟伏城内,吩咐紧闭城门,任由乱兵从容抢劫。乱兵散后,又强迫商户开门营业,否则罚款。而不少兵变难民致电《申报》等媒体,指控庄都督在上海"闻警漠然",次日傍晚才返苏州。他发了一通电报给北京临时总统府,将此次兵变说成是"土匪骚扰",而且"捏饰派兵弹压"。有评论还揭庄蕴宽老底,说他在1月底苏州选锋营与江防营冲突时,正在设筵宴客,"骤闻警耗而神色苍皇,绕席徘徊,莫知所措"。庄蕴宽于4月15日宣布辞去江苏都督,由程德全重新接任,当然是苏州兵变的影响所致。

兵变会不会导致外人干涉?

更令时人担心的,是苏州兵变会不会像京津兵变那样,导致外人直接干涉?京津兵变后,天津几乎退回庚子北京的状况,完全由洋兵担任巡安重责。不过这次是民众主动的:他们信不过任何华人军队,干脆向日本等国借兵,来保护天津的非租界区域。而《辛丑条约》中关于天津不得驻兵的条款,又被外交团提起。日本甚至向袁世凯政府交涉,认为中国政府如果无法保证北京安全，北京也可以效仿天津，交由外国军队分区管治。袁世凯对此大光其火。据说天津的严修，因为是老袁故人，本是南北统一后教育总长不二人选，因为主持天津借兵，老袁把他的名字从阁员名单上划掉了。

因之苏州兵变后，《申报》副刊主编王钝根第一时间指出："或谓阊门外被劫者千余家，实大可惜。余谓此可惜犹不大，因此而益坚外人干涉之心，全国断送于乱兵之手，乃真大可惜耳。"兵变之后，上海与苏州车站遍布洋兵。有报道称，他们捕获乱兵会立即处决，没收财物，完全不像在另外一个主权国家执行任务。

而《申报》的苏州兵变报道中，着意强调了"此次暴动有堪纪述之一事，则始终未扰外人是也。西女医士于变起时，从抢匪人丛中取道而归，安然无恙"，美孚洋行等外国公司亦未受乱兵惊扰，也没有西人在兵变中伤亡。在许多人看来，已经是不幸中之大幸。

更隐蔽却更有深远影响的，或许是苏州兵变中"江北人"的因素。江北人在苏州一带一向被人歧视，加之辛亥年水灾，饥民丐妇流离江南者极多。此次兵变中，不少江北难民尾随乱兵，"行劫时，江北流民皆向乱兵跪求，谓：'让我们亦发些财！'乱兵允之，故老妇小孩均杂其中，而被劫者之对象则巨细靡遗矣"。兵变后苏州当局大肆追捕乱民，主要对象包括沿江一带的江北难民窝棚，确实起出不少赃物。而江北人与苏州人乃至江南人的对立则进一步加剧。

4月11日，报纸发表江北都督蒋雁行通电，代表各团体强烈要求改江北为行省。电文中虽然没有直接提及苏州兵变，但强调了江北江南"利害不同"，例如辛亥年江北灾民乞食昆山，"被昆山之人焚死七百余名"。从这里,也可以理解为什么苏州乱起时,江北灾民会以幸灾乐祸的心态加入抢劫的行列。

民众之间的仇恨与冲突,才让人更感慨于"共和"之艰难。

元周記

總長之爭，都曾在報紙上大打通電戰，讓人幾乎對民國第一屆政府誕生絕望。

這份名單所有的媒體都事先得到了：

外交總長陸徵祥，
內務總長趙秉鈞，
陸軍總長段祺瑞，
海軍總長劉冠雄，
司法總長王寵惠，
教育總長蔡元培，
財政總長熊希齡，
農林總長宋教仁，
工商總長陳其美，
交通總長梁如浩。

誰都看得出來這是一個妥協的結果，南北人員各占一半，南方人士又全是同盟會員——有消息說，孫中山和黃興堅持第一任總理必須是同盟會員，最後的妥協方案是唐紹儀由孫黃介紹加入同盟會。

唐總理介紹了每位閣員的委任理由，當然是官方版的。

陸徵祥是外交老手，趙秉鈞以天津練警起家，段祺瑞受到北軍一致擁戴，黃興又明確表達了退出陸長之爭，這三位幾乎是不二之選。海軍總長爭得很厲害，袁總統還是挑了一個他覺得可以控制的劉冠雄。王寵惠原是南京政府的外交總長，換到司法部也算專業對口。熊希齡入閣是袁的意思，主要是因為財神梁士詒名聲太差。教育總長，袁世凱本來屬意老友嚴修，但京津兵變之後，嚴修主持借外國兵衛護天津，袁對此大為不滿，幹脆就讓給了南方的蔡元培，反正也不是什麼重要缺分。

最後三個人是爭議的關鍵。宋教仁、陳其美當然是南方的幹將，但讓他們去幹農林與工商，怎麼看都像是個玩笑。據說宋教仁得知名單後就曾半公開地發牢騷，說在國家危急之際，倒分配我去幹這個閒差！今天，臺上的唐紹儀也衹能含混地說：宋、陳二君雖于農林工商，非其素習，然熱心辦事，均為當今所難得。

關于交通總長梁如浩……整個會場的嗡嗡聲大了起來。唐紹儀不得不提高了嗓音：中國的交通，目前首重在鐵路，而吾國鐵道之建築，關涉外債甚多，非兼長于鐵路建築與外債交涉者，不能勝任。梁君前清時曾辦山海關鐵路，又曾任海關關道，二者均系熟手，足堪任此。

唐紹儀退席後，第一個登臺的議員又黑又瘦，旁邊的接

元周記

中華民國第一屆內閣誕生

「從來沒見過這麼多記者！」我輕蔑地看看這個發出感慨的人，他興奮的臉上還閃着午餐的油光。當然我嘴裏不會說什麼，滬寧快車上認識的朋友介紹了這位臨時政府接待員，靠着他，我才能毫無阻礙地進入參議院大廳旁聽，不好得罪。

而且我也能理解，今天到場的媒體，除了南京本地報紙如《中華民報》《申報》《新聞報》《時報》《神州日報》《時事新報》《民立報》……外資華資的大報，都幾乎派出了專門的訪員。畢竟，中華民國第一任總理將在今天首次出席參議院會議，議題更加重要：今日將產生中華民國統一之後第一任內閣。

現在是1912年3月29日下午四點鐘。本來容納六七十名議員還挺寬綽的參議院大廳，涌進了這麼多的旁聽者，顯得相當的擠迫。大廳裏彌漫着嗡嗡的低語聲，熟識的同行在交換着各自的信息，預測着今天會議的前景；也有人在訂着晚上的飯局，出去打電話叫馬車六點半在院外等——但顯然有些老資格的南京本地訪員不以爲然地在一旁抽烟，這些上海人太不了解參議院開會規矩啦。

陸續有議員入座，早有人一直點數，然後報告：三十八位。後來我看到也有報道說是三十九位，最後這位什麼時候溜進來的？

肯定是在五點鐘之後。那時大門口起了一陣騷動，所有人的目光都投向了那裏。總理唐紹儀很準時，四點鐘已經到達參議院，眼下他出現在講臺上。尚未解任的臨時大總統孫中山陪着他，還有各部的總長次長，默默地跟着舊總統與新總理入座。

唐紹儀的廣東口音沒有孫中山那麼重。他從中華民國的外交之重要、實業之衰弱、軍費之支絀說起，最終重點落到了財政的困難上。他說，整個辛亥年的支出收入相比較——當然是南北雙方合起來算，財政赤字將達到銀洋8000萬元。對這個數字，我本來毫無感覺，然而看到臺下的許多議員現出了極其憂慮的神色，我不得不代入結合一些數據再考慮：南京臨時政府成立三個月來，連借外債850萬元在內，收入也祇有1387萬元！

唐總理沒有過分發揮財政的話題，畢竟這不是可以當場解決的問題。緊接着，他開始報告閣員的名單。知道這份名單難產的程度：先是袁世凱與唐紹儀在北方反復磋商，勾勾畫畫，才提交給南京臨時政府。而臨時政府也對名單大動幹戈，是十二個部還是十個部，陸軍總長之爭、海軍孫中山、黃興力挺的人，梁如浩在參議院裏全無根基，之前都預計他會NO PASS。懨懨欲睡的門廊一下清醒了過來，議論聲比剛才大了幾倍。就在這裏，帶我進來的那位接待員走了出來：

『會議繼續，請各位入場！』

議長林森宣布無記名投票開始，到會議員三十九人，以得二十票爲通過。

計票結果出來了。計陸徵祥三十八票，趙秉鈞三十票，段祺瑞二十九票，劉冠雄三十五票，熊希齡三十票，蔡元培三十一票，王寵惠三十八票，宋教仁三十四票，陳其美二十四票。梁如浩祇得了十七票，以少數未通過。

議院的燈火明亮，我看見唐紹儀腦門上有汗珠閃亮。匆匆登臺，對着議員們說：交通總長一職，比農林、工商，更加重要，要在路政、外交兩方面都有能力，還要有才識、經驗，捨梁如浩之外，難于得人。不過，他還是嘗試着提出了一個候補人選⋯前浙江都督湯壽潛。

『反對！』還沒等議長提付表決，下面已經是一片樹林般的手臂。第二天報紙記載是『全體反對』，我瞧也差不多。這種反應，也許是因爲老湯原本是民軍這頭兒的，現在卻變成了老袁夾袋中人物。

唐紹儀說了半天，白費唇舌。他與孫中山對望幾眼，又看了看臺下堅決而狂熱的那些面孔，宣布了一個艱難的決定⋯交通總長，暫由紹儀本人自兼，再尋賢才。

這是參議院能接受的結果。於是議長宣布，散會。

人們再度涌向議院門口，這次才是真正的離去。已經過了十點鐘，1912年的南京，繁華未曾盡復，遠遠望去，連秦淮河畔都已是一片黑暗。當然願意熬夜的人自有他們的去處。

我跟接待員握手道別。一位訪員快步越過我的身邊，人們拖着轆轆饑腸，盤算着打給報館電文的內容，三三兩兩地離開議院大廈，撲進南京三月無邊的黑夜。

第一屆內閣就這樣誕生⋯⋯我默默回憶着這六個多小時的經歷，中間那一個多小時的斷片，到底他們想說什麼？連總統與總理都不能旁聽？

元周記

中華民國第一屆內閣誕生

待員立刻承擔了為我報名的義務。『廣西代表鄧家彥！總統、總理與各行政官如有意見，請趕快發

鄧家彥還沒開口，有人已經直接站起來開口。『浙江代表王

正廷！』這一說，我倒留心地仔細看了兩眼這位儒雅的三十

歲年輕人，臨時參議院副議長，未來的巴黎和會南方全權代

表，中國第一位奧委會成員。

王正廷說的是：『國務員表決，必須開全院委員會，詳

加討論，不可直接表決。』仿佛商量好似的，議長立即提付

舉手表決，多數贊成通過。馬上又有個胖子站起來，『直隸

代表谷鍾秀！』哦，唯一的直隸代表，他要說什麼？『開全

院委員會，應該禁止旁聽！即使是總統、總理、各部總次

長，都應該退席！』

這句話引起了軒然大波，《臨時約法》沒有規定類似情形，

誰也不知道該怎麼做。江西代表湯漪跳起來反對，説討論閣

員，完全可以公開，有什麼必要秘密進行？江西另一位代表

王有蘭却表示，全院委員會可以抓到本次會議散會之後，夜

間再開。誰都聽得出來他是在打圓場，讓其他人可以體面地

退場。

于是跟着有人起立，七嘴八舌地要議長速定時間，接續

開會。人多嘴雜，接待員都沒法再爲我一一報名了。有位湖

北代表則提議先緩緩再說。這時，又是谷鍾秀，大聲嚷道：

『現在已經六點多了！事極急迫，還要拖到什麼時候？我們

應該馬上開會！總統、總理與各行政官如有意見，請趕快發

表，如果沒有，就請退席，等我們議定之後，再請總理回

來……』他看了一眼袁世凱身旁的孫中山，『至於總統和各

位行政官，就沒必要再出席了吧。』

我真是對三十八歲的谷胖子刮目相看，之前祇知道他後

來當過農商總長，著有《中華民國開國史》，還掩護過在北

平搞地下工作的劉少奇，沒想到還是這樣一尊大炮。

無人反對。于是鬧哄哄地，總統、總理、行政官退席，

旁聽人士退席。有人陸續走了，媒體記者職責攸關，不能離

開，又沒人進在休息室的權利，祇能在參議院門口株守。不

知道有多少人在暗暗咒罵谷胖子，尤其那些訂了飯局又不得

不取消的先生。

我在後世媒體工作時，沒跑過兩會，這種苦頭是頭一回

吃，倒還新鮮。在門廊裏閑走，東聽一段消息，西聽一句牢

騷。其實多走幾步到小街上吃完三鮮面再回來，估計也來得

及，但沒人敢擅離，怕萬一錯過宣布內閣成立的一幕。

教皇選舉般的內部討論持續了足足一個多鐘頭。期間有

同行逮住了出來方便的某代表，逼問這些結果如何。代表匆匆

地說了兩句，結果這些話就像風一樣在門廊裏傳開了。

『對于陳其美、梁如浩尚可通過！均不表同意！』

這個消息很出乎許多人的意料。陳其美人緣不好，却是

三

1912 / 4月 / 改良

4月初	商务印书馆推出《**共和国教科书**》。
4月1日	上海发起成立蒙藏交通公司。
4月11日	江北都督蒋雁行发表通电，要求参议院批准江苏划为南北二省，江北单独成立行省。
4月14日	英国邮轮**泰坦尼克号**在首航途中撞上冰山沉没。
4月17日	《申报》首次报道泰坦尼克号事件。
4月17日	北京政府邮传部发布《减收**新闻电**费章程》。
4月22日	上海英租界电车公司将票价涨到一分五厘一站。同日，总统府发电促请达赖喇嘛返藏，承认共和。
4月25日	藏兵一万多人在拉萨与汉人军队激战，商户被焚毁一千多家。
4月31日	临时参议院举行南北统一后第一次会议。
4月底	南京政府内务部颁布"**阴阳合历**"。

泰坦尼克号在中国的沉没

1912年4月14日23时40分左右，英国体积最庞大、设施最豪华的邮轮之一泰坦尼克号，在驶往纽约的首航途中，与一座冰山相撞，造成右舷船艏至船舯部破裂，五座水密舱进水。次日凌晨2时20分左右，泰坦尼克号船体断裂成两截后沉入大西洋底。2224名船员及乘客中，逾1500人丧生，生还者仅710人。

借助与西方通讯社的合作，万里之外的中国《申报》几乎与西方媒体同步报道了这次海难，虽然4月17日的首条电讯，仅仅47字：

> 有汽船两艘，俱接白星汽船铁唐里克号之无线电音，谓该船与冰山互撞，现将沉没，船中女子已入救生艇。（柏林）

这条电讯的内容，只是白星航运公司发布的诸多版本之一。而这个版本最值得注意的是"船中女子已入救生艇"这句话，正是这句并不太符合事实的报道，让"铁唐里克号"的沉没一进入中文世界，就呈现出了巨大灾难与道德高标的双重特性。

4月18日，《申报》又综合英国路透社电等外媒报道，编译成

《英国大商船遭难详记》一文。有意思的是，时隔一日，Titanic又被译成"铁台里克"。该文详列铁台里克号的建造费用、保险金额、所载物品，以及头等舱旅客个人行李损失情况。在述及人员伤亡时，该文重复了昨日报道的重点："十五日晚九时，该公司宣布谓，该船伤人甚众。据卡配西亚汽船报告，彼船驶抵遇灾之处，仅见小艇及该船碎木漂流水面，逆料船中搭客二千二百人，获救者不过六百七十五人，以妇孺居多。"其实在这篇报道中，事实已经出现了某些歧义，如"晚间九时纽约白星公司事务所前，群人围立如堵，及闻办事人声称，除头二等搭客外，余人安危均未得悉"。两相对照，获救者"以妇孺居多"似乎仅限于"头二等搭客"。

但在1912年时，媒体报道与评论都将视线聚集于"英勇的自我牺牲和忠于职守"这种"更好时代的象征"。《申报》也不例外，4月19日转译外电评论，"铁台里克船上之办事人，异常可敬，盖当事危之际，照料妇孺登救生艇，然后船长及多数之办事员，均与船同尽"，基本上为沉船的报道定下了基调。

4月20日、21日《申报》刊载的《再纪英国大商船遇难详情》是1912年该报关于"铁台里克号"最详细的报道，因为摘译《字林报》等英文报纸转录的生还者回忆，远比路透社电的简明直截要生动活泼得多。下面这两段文字可谓感人至深：

> 数分钟内，见艇覆已揭去，船员静立其旁，预备卸下，于是始知必遇重大危机。楼下之搭客亦纷拥而上，船长乃发命曰：男客悉由艇旁退后，女客悉退至下层甲板。男客闻令寂静退立，或身倚铁栏，或行于甲板之上。旋见卸下之艇皆落至下层甲板，妇女皆安然入艇。惟有数妇人因不忍离其良

人，坚不肯行，亦有被人在其良人之侧拖拥入艇者。然并未见紊乱秩序及争先入艇之举动，亦未闻啼嘘啜泣者。夫诸人虽知顷刻之间咸将投身海内，反借救生艇以存万一之希望，而仍能镇定如恒，不稍惊乱，亦可奇也。运载妇孺之艇既隐没于苍茫黑空之中，乃又下命令男子入艇，诸人亦安然而入。

妇女一拥而上，男子乃退至一旁，严守先女后男之例。船员皆握手枪以防扰乱。及最后之艇离船后，大餐室内乐声大作，群奏《上帝将近尔身》之曲。

这些画面都是后来"泰坦尼克叙事"中的经典场景，构成了表彰"自我牺牲与忠于职守"的主流公众态度。接下来的报道中，类似的事例越来越多，如"总邮政司萨米尔君接华盛顿官报，谓铁台里克号有英国邮政书记两员，美国邮政书记三员。当该船遇险之际，不顾逃生，合力搬运挂号邮件二百包至上层甲板，冀可保全此物，卒致溺死"（4月23日）。

然而《申报》还是保留了外电报道中较为复杂的叙事成分：

铁台里克号遇难时之情状，传说纷纭，莫衷一是。或谓颇为镇静，或谓秩序极乱。内有数客因争欲入艇，几将发狂。戈登夫人最后入艇，据称船上之客有欲奔跃入艇内者，为船长以手枪驱回，轰倒数人，秩序始复。艇将离船，尚有一人意图跃入，即遭击毙，堕尸艇中。

有华人六名，潜伏于救生艇底，直至诸艇升至卡配西亚

号后,始经人寻出。内有二人因搭客叠坐其上,压烂而毙。(4月21日)

铁台里克邮船失事一案,英国商部今日复行审问……先召该船水手研讯,据供船中杂役火夫于卸艇未经训练,故颇慌乱。又一人谓艇中并无灯火罗盘粮食,外国搭客皆争先下艇,彼尝以舵柄击之,又有开手枪阻之者。(5月5日)

后世研究者细读这些文字,可以解读出"颇为镇静"似乎限于头等舱与二等舱,而"秩序极乱"则指向三等舱与外国搭客。尤其描写两名华人"压烂而毙",而原文不过是"压死"(crushed),从中似乎能看出中文报纸《申报》"跟随英国人视角"的自我贬抑倾向。

然而,1912年的《申报》及其读者,应该还没有质疑西方媒体与公众"种族主义想象力"的自觉。相反,在共和之声响彻全国的当口,媒体的重要任务是"养成共和国民之人格",而不是去怀疑一个灾难面前的人性神话。

那个经典的问题或许就是那时提出来的:"你妈和我掉进水里,你会救哪一个?"

它假设了男性一定有施救的能力,女性一定要依靠男性拯救——在这两个不言自明的前提之下,给出了一个两难选择。

这就是20世纪初"文明社会"想象中的"铁达尼号精神"。

改良国文教科书

减负！减负！

中国有规模成套的教科书，始自商务印书馆张元济主持、1904年开始出版的《最新教科书》。这套教科书，仅初、高小就有11门32种156册，是当时我国小学教科书课目最完备的一套，从1904年一直发行到1911年底，发行量占全国课本份额的80%，是我国第一套完整的中小学教科书。对此，编者之一蒋维乔很自得地表示："凡各书局所编之教科书及学部国定之教科书，大率皆模仿此书之体裁。故在彼一时期，能完成教科书之使命者，舍《最新》外，固罔有能当之无愧者也。"

不过这套教科书很难说拥有"自主知识产权"，从商务印书馆独立出来创办中华书局的陆费逵即指出，这套书是以日本明治三十七年（1904）的教科书为蓝本编纂而成。是故该套教科书每一本的扉页，除了标明编纂者，都会附署四名校订者：

    日本前文部省图书审查官　小谷重
    日本前高等师范学校教授　长尾槇太郎

福建长乐　　高凤谦

浙江海盐　　张元济

1904年,在教材上标明两位日本资深校订者,还是一种权威性的保障。到了民国元年,民族意识勃发,商务印书馆因为有日资参股而备受对手指责,这种名目就不便打出来了。

各门教科书中,最难编的是《国文教科书》。因其没有办法模仿欧美与日本的教科书,"无成法可依附也",而社会上又特别重视国文这门课。正因为这样,各书局编纂教科书,都把《国文教科书》拿来做门面。

社会上为什么特别重视国文课?因为国文课承载的,并不单单是语言文字的教学,而是一门综合教材。来看看《最新国文教科书》的《缘起》是怎么说的:

> 凡关于立身(如私德、公德及饮食、衣服、言语、动作、卫生、体操等)、居家(如孝亲、敬长、慈幼及洒扫、应对等)、处世(如交友、待人接物及爱国等),以至事物浅近之理由(如天文、地埋、地文、动物、植物、矿物、生理、化学及历史、政法、武备等),与治生之所不可缺者(如农业、工业、商业及书信、帐簿、契约、钱币等),皆萃于此书。其有为吾国之特色(如开化最早,人口最多及古圣贤之嘉言懿行等),则极力表章之;吾国之弊俗(如拘忌、迷信及缠足、鸦片等),则极力矫正之,以期社会进步之进步改良。

《最新国文教科书》的内容涉及国文、历史、修身、自然、地理、政治等科目。正因如此，国文教科书里很多课文，日后都能无缝转移到《历史》《修身》《自然》《地理》等教材中。

陆费逵批评这套《最新教科书》有三大毛病：一、程度太深；二、分量太多；三、各科欠联络，前后欠衔接。然而，他创办的中华书局抢先推出的《中华国文教科书》，采用的却是单纯的"范文汇编"，既无注疏评点，也无习题设计。所以中华的教材虽然大打民国牌，抢了市场先机，风行一时，但据说"不旋踵而就自然消灭"，并没有太长的生命力。

倒是商务印书馆，虽然失了先手（因为《最新教科书》销量太好，又缺乏资金，没法迅速重编重印教材），但赶上了另一个契机：南京政府教育部改革学制，将初小五年、高小四年、中学四年改为初小四年、高小三年、中学三年。因此商务印书馆的确可以乘机适应新学制，将《最新教科书》的程度调低，分量减少。

比如《最新国文教科书》初小第一册第一课，是八个单纯的汉字：天、地、日、月、山、水、土、木。第二课才出现家庭图景，要学的是四个字：父、母、子、女。

而暑假后推出的《共和国教科书·新国文》初小第一册第一课，则是一幅"三代同堂图"，有祖父祖母、父亲母亲、刚上小学的哥哥、小一两岁的妹妹，以及尚在襁褓之中的小弟弟。这一张当时中国的典型家庭结构画像，要讲的只有一个字"人"。这被称为"从天到人"的转变。

先学白话，还是文言？

到了1917年《商务国语教科书》出版，第一课变成了配图的

"入学"，第二、三课则要学的是"敬师"与"爱同学"。语文课本一开始讲述学校情况与道德法则，似乎成了新的惯例。

1920年1月，受新文化运动的影响，北洋政府教育部命令全国国民学校一、二年级国文教材改用语体文，即白话文。教科书面貌发生了巨大变化，如商务印书馆1920年出版的《新法国语教科书》，前四册都是白话文，从第五册才开始出现文言文。当时比较有创意的做法，是将白话文与文言文并置，如第六册第23课、第24课是同一个故事：

有人用一杯酒送给门客，许多门客见了，大家都说道，仅仅一杯酒，我们如何能全喝得着呢，不如大家都在地上画一条蛇，谁先画成，就给谁喝。

于是各人就画起来。不多时，一个人说道："我的蛇画成了。"举起酒来要喝，忽又想道："我还能给蛇添上脚。"等到画上脚，别人的蛇却已画成了。

于是第二画成的人，就将酒夺着喝尽，说道："蛇本没有脚。现在你给他添上脚，这不是蛇了。"

人有遗其舍人一卮酒者，舍人相谓曰："数人饮此，不足以徧，请遂画地为蛇，蛇先成者，独饮之。"

一人曰："吾蛇先成。"奉酒而起曰："吾能为之足。"及其为之足而后成。

人夺之酒而饮之曰："蛇固无足，今为之足，是非蛇也。"

这种做法，在很长一段时间内，都是国文教科书的标配。

1923年商务版《新法国语文教科书》,除了老编者庄俞等,还加入顾颉刚等新派学者,《编辑大要》中指出:

> 本书加入文言文,为的是:学生方面,稍微懂得文言文组织的方法,将来升入中学,学习文言文,可以不感困难,就是读文言文的报纸,也便利了。学校方面,有许多不能改用语体文教授的,固然可以把这书作一个绝好的过渡方法,就是改用了语体文,这书也很合用。

有意思的是,与现在中小学课本里的文言文课文后附"白话译文"不同,当时教材的编排,总是语体文在前,文言文在后。编者的意思,语体文是日常使用的语言,文言文则是需要学习的书面语言,按照"从旧入新""从具体入抽象"的原则,何者为先,不言而喻。

钦天监改制新历

南北议和也结束了。新旧历之争自然也不再有疑问，看来新历是用定的了。一直有些观望的出版大牌商务印书馆，也终于在4月初推出《共和国教科书》，出版广告中特别声明："关于时令之材料，依阳历编次。"不管民众有多么不习惯阳历，它终于慢慢地浸入人们的生活。

至于最新的阴阳合历，一时大家还用不上。南京临时参议院倒是早已下令，命令内务部编印历书，但只发行了江南部分地区。待得政府北迁，4月底，北京政府要正式动手来搞阴阳合历了。制作者，正是之前舆论普遍认为会随着大清王朝一并取消的钦天监。

要说钦天监从前的职责，一是观察天象，预卜吉凶，二就是颁布皇历。康熙初年，钦天监闹过一场中西历法争执，留下了"宁可使中华无好历法，不可使中华有西洋人"的名句。现在钦天监被归并到新政府的内务部，主持编定阳历为主的阴阳合历，可算一种讽刺。

南京政府编印历书的指导原则，只有四条：

（一）由政府于阴历十二月前制定历书，颁发各省。

(二)新旧二历并存。

(三)新历下附星期,旧历下附节气。

(四)旧时习惯可存者,择要附录,吉凶神宿一律删除。

这(二)(三)(四)三条,说得也未必太笼统了。新旧历如何并存?哪些习惯属于"可存"?至于"吉凶神宿",也就是现在许多历书还印着的"宜远行,宜沐浴,忌嫁娶,忌动土",既然共和了,当然不能留这些劳什子。

相比之下,钦天监就专业多了。他们明确指出哪些宜留,哪些宜删。"春夏秋冬四季及节令等,既欲便利农商,仍宜沿用",而七天一星期这东西,确实"本无理由",只不过因为学堂开办以来,七天一休息已成惯例,而中华不尚基督教,又不便叫作"礼拜",姑且从俗吧,留着。

要删的,首先当然是"关于婚嫁丧葬之吉凶日期,堪舆鬼神等事,一律删除"。其次,钦天监认为,"生肖"也该删除,"否则共和人民,岂不尽成畜类,贻笑邻邦"?一个中国人说自己属狗属猪,到底会不会招致外国人嘲笑?我没有见到记载,或者是中国人的自我想象也说不准。

更重要的是确定格式:"新历月日记于上方,旧历月日记于下方,并于篇页中间横一红格以示区别"。这一点之所以重要,在于它明白无误地标示出,虽然是阴阳合历,但阳历为主在上,阴历只是附庸。

钦天监更加指出,"新历下附星期,旧历下附节气"这种各排各的法子,不妥。既然颁布新历,终极目标是要移风易俗,达致取消旧历之目标,则新历必须兼旧历所长。而农商对于节令,最为关心,因此"四季节令除于旧历月日之旁注明外,其新历月日之旁,亦须接日推排,一律添注节令,以引起农商改用新历之观念"。

哎呀,你看这些钦天监的前清遗吏,还真是想得周到哩。没有取消他们,应该,应该。

記周元

長，已屬違法。加之《臨時約法》明文規定每省五名議員，現在湖北新舊議員共九人，江西新舊議員共八人，有些省卻根本還沒選出民意代表，這難道是共和制度承諾的公平嗎？兩點已過。忽然有位參議院秘書走到旁聽席前：『先生們，這位女士，剛才接到諭令，今天下午的會議仍然改為談話會，謝絕旁聽。請諸位離席。』

大家面面相覷。英國人反應最快，站起來大聲抗議。他們說，各國議會，公開會議或談話會，都不能禁止旁聽，祇有秘密會議才能禁止旁聽，所以他們要求留下來。

日本人也跟著表示了同樣的意見。

然而，中國記者已在紛紛收拾紙筆，準備離開。擺明的事，人家不想讓你旁聽，你在，他們啥也不會說，也祇得悻悻起身。我在北京不認識什麼人，便委托瘦民打聽一下，究竟變更會議內容的原委是什麼。我知道瘦民背後有同盟會的大人物。我告訴他，我和我的報紙，都是同盟會的支持者。晚飯後，我接到了瘦民的電話。

『瘦民兄，你這電話，在從廣和居打來的？』

『咦？楊兄消息好靈通……』

那還用說，史料明載：今晚同盟會在廣和居聚會，為的是讓張耀曾明日當選議長。以林

員紛紛入座，祇有湯化龍一人在席間走來走去，不時跟某位議員耳語密談，你豎起耳朵也聽不見他們在說什麼。

根本還沒選出民意代表，這難道是共和制度承諾的公平嗎？

『林森是個老實人』瘦民簡直有些憤怒了，『面對包圍，他急得面紅耳赤，竭力分辯他并非戀棧議長席位，而是在南京厲次辭職不獲，祇好跟大家一道來北京。至於不曾更選議員，是因為到場議員不滿五分之三……』

『他的話還沒說完，就有一位議員站了起來：「現在民選議員已經到了十三省，加上內外蒙古，還有青海，已有十六區，怎麼說還沒有五分之三？」』

『林森老說：「外蒙古沒有議員來。」誰知立刻就有人高聲應道：「我是外蒙古議員！」這下子林森老張口結舌，僅在當場……』

『後來呢？』

『是的。本來說今天上午開第一次會議，後來通知改成談話會。第一次會議改至下午。噢，湯濟老進來了，看來要開始了……』

進來十幾位議員。為首的湯化龍，我在南京見過。眾議森為首，運動親近議員，為的是讓張耀曾明日當選議長。你

『但我聽說今天也選不成。』

『後來林森老祇好訕訕而退。眾議員也不管他，自行收集簽名，打算四月三十日，就是今天，選舉新的議長……』

離開新聞界的年輕人

二

❖ 離開新聞界的年輕人 ❖

民國元年四月的最後一個下午。我們這些記者，幾乎都在一點半前趕到了這裏。統一後的中華民國參議院第一次會議，將在兩點開始。我們在旁聽席上等待，彼此打量與攀談。人不像想象中那麼多，除我之外，祇有十二位。其中兩位是白人（瘦民後來告訴我，他們都是英國人），一位是日本人——不用說，這位來自《順天時報》，日本外務省的機關報。比較新奇的，是一位戴着黑邊圓眼鏡的女記者，她走過來跟我們換了名片，原來是《女子日報》的。

我最大的興趣在這位叫瘦民的年輕記者身上，猶勝即將召開的參議院首次會議。我告訴他，我昨夜才趕到北京，錯過了昨天參議院的開院典禮，『聽說很熱鬧，吵成了一鍋粥？』

瘦民臉上露出了一絲苦笑。他的眉毛頗濃，目光炯炯，給人一種很有決斷的印象。京片子很好聽。『您是沒趕

他有些疑惑地望着我，顯然我的名字與所屬報紙，他從未聽說過。而我暗自高興，拿到的這張普通名片上寫着『天津《民國報》瘦民』，說明我沒有認錯人。

我主動向這位年輕人伸出手去，并提議彼此交換名片。

上……那可真是……誰也沒想到會是這個樣兒……』

開院禮還算順利，袁大總統、唐總理都發了言。而記者們饒有興趣地入數。九十多個議員中，多少人還留着辮子？』——最後的報道說是三個。但是，典禮結束後，議長林森被數十名議員團住了，他們指控林森違法。

雖然南京臨時參議院已經運作了三個多月，但有不少黨派與個人，比如章太炎和他的統一黨，一直不肯承認這是一個合法機構。道理很簡單。臨時參議院的議員是由各省都督指定的，每省三名，這不符合議員民選的共和原則。後來黎元洪、劉成禺也加入了質疑者的行列。他們要求各省重選議員，并且自顧自先在湖北、江西等省選起議員來。

南北統一後，辛亥未曾獨立的北方省份，也被新的臨時大總統袁世凱要求選舉議員，以便組成新的參議院。各省對此的執行緩急不一。然而，建立一個統一的議會機構刻不容緩（否則各國根本不肯承認中華民國）。這一切導致的結果，就是目前下的這個參議院新舊混雜，各省區有缺有濫。

圍攻林森的，主要是所謂『民選議員』。他們認爲，既然已經有了民選的議員，從前都督們指定的參議員，以及那些參議員選出的議長，都應該自動中止職權。可是現在這幫僞議員居然跑來北京盤據議席，開院之後，也不選舉新的議

瘦民當過張耀曾的秘書,還是他的外甥,你會不在?

『哈哈,我跟貴會關系不錯。瘦民兒,有什麼消息?』

『您知道,最想當新議長的人是湯濟老。他資格老,又有黎副總統支持。而且,他們統一黨,正在謀劃跟民社、民國公會、國民協進會、國民黨、國民共進會聯合組成共和黨,以抗衡同盟會。所以一旦決議改選議長,他活動得最屬害。今兒上午的談話會,就有議員提出擁湯,理由是他武昌起義首功,締造共和,理應推爲議長。』

『可是馬上也有人反對,説如果參加武昌首義就可以當議長,那麽祇要議會裏有武漢人,議長就不用選了?這也很有道理。所以事情僵在這裏了。今兒下午不開會,是因爲各省又新到了十幾位議員,湯老打算再做做他們的工作,因此發動決議,選舉議長改到明日。下午那會,主要是跟新到議員商量議長人選,所以不方便外人旁聽。』

『那,瘦民兒,你覺得湯濟老明日的成算有多大?』

『楊兒,您要知道,他們那幾個黨合起來,大約就是三十幾票。同盟會這邊,差不多有四十票,而且統一共和黨素常跟同盟會關系不錯。恕我直言,議長雖不會是林森老,怕也不會跑出同盟會的範圍罷?』

我笑了笑,這就是知道歷史的優勢。『瘦民兒,不可掉以輕心。統一共和黨的吳蓮伯,這幾日跟共和黨的人很接

近……』

『他?不會吧?我聽説他親口保證過……嗯,楊兒,明天可見分曉。』

『何必等到明日?我現在就可以將結果告訴你們:五月一日,參議院第一次會議,湯化龍四十四票,吳景濂(蓮伯)四十六票當選議長,湯化龍四十四票,當選副議長。』

至於原因,同盟會方面很快就會知曉。共和黨找到吳景濂,主動提出讓吳當正議長,他跟着同盟會跑,連個副議長也不是吳景濂無法拒絶的——他跟着同盟會跑,連個副議長也不會給他。詭異的是,這些内幕,我是從瘦民的回憶録裏了解到的。

民國成立後,同盟會自恃功高,的確太跋扈了,什麼都吃乾拿盡,于是江南、北方的憲政派,聯合起來,再加上黎元洪的湖北幫,一起跟同盟會門。至于袁大頭,他在議會裏當然也不缺代理人。孫黄宋陳,都太天真。

倒是瘦民,這個還没滿廿歲的年輕人,會經歷他對政治的第一次失望。政治不適合他。或許下次見他的時候,他已經退出政界,也退出報界,成爲一名學者。當然,『學者』一詞,也涵蓋不下他將使用的新名字:梁漱溟。

1912 / 5月 / 认捐

5月2日　黄兴通电提出"**国民捐**"计划。

5月5日　武汉官民计划过新历端午，被黎元洪制止。

5月13日　报载海军总长刘冠雄拒绝接收前清海军部，因为库存只剩不到20两银子。同日，大总统下令劝告国民婚丧节约。

5月14日　《东方杂志》主编杜亚泉质疑"国民捐是否强迫"。

5月15日　内阁各员在参议院宣布政见。**蔡元培**反对五色旗，并主张女子参政权。

5月17日　财政总长**熊希龄**与英、美、德、法国四国银行团草签垫款合同，以应付捉襟见肘的财政。遭到黄兴反对。

5月26日　**黄兴**再次通电，提出国民捐"拟订简章二十余条"，定义国民捐为捐税。

借款难，不借亦难

恶公子与酸秀才

中华民国先天不足，财政上可谓一穷二白。不管是在朝者还是在野者，大家都明白，要撑过这一段过渡期，只能向外国借款。

政府借款，在晚清已是常态。清廷的主要债主，是英、美、德、法四国银行团。这些借款，清帝逊位前一直进行，清帝逊位、南北统一之后，借款仍在谈判中。如1912年3月4日《申报》报道，四国银行团正在与袁世凯谈判，预备借款4000万两，以其中700万两拨归南京政府，作为南北统一后中央政府对南方财政的支持。

南方系包括同盟会在内，也并不反对借款。2月1日外报披露，孙中山返国之前在海外发表的政论中称，"即以民间反对借款而论，亦系不信任恶政府之故，并非真与外资为难。共和成立之后，当将中国内地全行开放，对于外人不加限制"。然而，孙在临时大总统任期内筹划的"汉冶萍大借款"，也引发了巨大的反对声浪。

民国政府当然不会承认自己是清廷一样的"恶政府"，但问题是，无论孙中山还是袁世凯，在与外国银行团谈判时，都会遭遇对方"维护旧例"的规条。清王朝是家天下，可以不承认民众有关于国策的发言权（这也是清末宪政运动如火如荼的动力），而民国却不能不顾及民众的感受、舆论的呼吁。这一根本冲突，导致了民初第一次倒阁风潮。

唐绍仪作为民国第一任国务总理，自然想在借债问题上有所作为。1912年3月14日，刚上任一天的唐绍仪即宣布与比利时华比银行签订100万英镑的借款合同。数额并不大，但意在引入一个竞争对手，以便在与四国银行团谈判时有更多筹码。

四国银行团的反应极为激烈，他们后面站着四国外交团。此时中国政府在政治、外交方面极为不利：列强尚未正式承认中华民国，而2月底京津兵变，又给了列强不信任中国政府控制力的借口。

四国外交团内外夹攻中比借款，一面禁止华比银行在巴黎发卖债券，令比利时无钱可借；一面向中国政府施压，逼迫中比借款终止。

当时的中外借款惯例是：因为谈判借款旷日持久，而中国政府需款孔亟，不得不要求外国银行团先"垫款"，借款合同正式签订后再从借款中扣除。此时，袁世凯已从四国银行团手里得到了数百万垫款，而四国银行团即声称，如不取消中比借款，就扣发、追索垫款。更关键的是，他们发出隐隐的威胁，借款问题有可能影响列强对中华民国的正式承认。

在巨大的压力下，唐绍仪只能妥协。他同意了"第一取消比款，第二谢罪"，为此不惜承担毁约赔偿的损失（比利时方要求赔偿一年的"空息"及其他损失），与四国银行团重开谈判。然而，四国银行团坚持的"旧例"又将唐绍仪推到了绝境。

四国银行团对于借款，除了折扣（名借1000实给900）、利息等条款，还有两项附加条件：第一，要求每月开出预算，经外国顾问官核准，方可开支；第二，你们中国政府不是说借款主要用于遣散军队吗？不管你是在南京还是武昌遣散军队，一定要有外国武官在场监督，"每一兵缴械之后，即发支票一纸，自往银行收款"。这就是臭名昭著的"监督条款"。

其实当时就有人指出，如果是经济团体之间的纯经济行为，这些条件不一定无理。它建立在四国银行团对于中国政府财政监管能力的极度不信任之上。在谈判中，四国银行团曾要求唐绍仪说明他去南京就职时，高达500万元的用度是怎么花掉的——这件事国内舆论也啧有烦言，认为唐绍仪挥霍太甚。而唐绍仪完全交代不出。会搞出这样一笔糊涂账的政府，能放心把钱借给它么？

至于第二条，也是源于南北兵变的影响。在银行团看来，中国南北的军队，不过是一伙兵痞，如果没有外力的监督，他们会不会滥报兵额、虚领遣散费？从后来的事实看，他们的担心不无道理。反而外交团不同意这一条款，他们认为万一场面无法控制，发生哄抢及兵变，外交团无法保证外国武官的安全。

但从政治角度来说，这些条款又是中国人完全不可接受的。虽然前清的确有任用外人监督、稽核的先例，但如果民国政府与前清一样，我们又何必耗尽血汗创建民国呢？那个懦弱卖国的政府，理应随着清帝逊位而随风远逝，一个新生的共和国，怎能任由外人监督自己的财政，侵犯主权一至于斯？

唐绍仪当然知晓其中利害，他向银行团表示："国民决不承认，故亦不敢允诺。"于是借款破裂。唐绍仪转而提出了"发行公债"，他在国务院会议上发狠说，全国能出一万元的资本家也不少，找他一千个，就是一千万，就不用借债了！教育总长蔡元培则认为，不如号召南方军队不领遣散费，发给募款委任状，让他们自募款项。于是京师纷传，说"蔡乃圣贤主义，唐乃盗贼主义"。

《申报》5月11日评论云："非也，蔡鹤卿是酸秀才，说良心话，唐少川是恶公子，行负心事。而其不能行则一也。"

熊凤凰谈成了三百万

这些路走不通，兜兜转转又回到"借款"这条路上。唐绍仪与银行团、外交团均已交恶，借款的重任，便落到了迟迟不肯到任的财政总长熊希龄的身上。

中华民国首任财政总长熊希龄，终于在4月份走马上任。与银行团谈判大借款的代表，也便由唐绍仪变成了"熊凤凰"。

银行团对熊希龄的观感不坏，觉得他"似熟谙财政者"。尤其是熊在与银行团开谈时，没有采取如唐绍仪一般的决绝态度，而是承认银行团要求中国政府宣示借款用途，"并无不情之处"——按照外交总长陆徵祥回答总统袁世凯咨询时的措辞，四国银行团是"投资民国"，既属投资，岂能不查明款项的用处？

因此，银行团代表认为熊希龄"和原可亲，明达事理"，而熊希龄原本就认为借款是财政总长分内之事，岂能由国务总理代办？现在既然自己主办，当仁不让，不必事事请示总理。这就埋下了后来"逼阁"的伏笔。

这种借款，真的很难谈。1912年5月1日，唐绍仪向银行团表示，借款虽然还未谈妥，但我国财政已窘迫到了极点，几乎不可终日，可否请贵资本团即日先行交付3500万两，以济燃眉之急？自本月起至10月止，每月再交付100万两。资本团当然不干，说："贵政府总须先将每期所交付借款之额数，乃用途如何，一一指明，并将担保物盐茶二税之收入，以及改良后增加之实数，详详细细，编一预算表交于敝团，方能提到交款二字。"

当时的局势，又容不得借款决裂。

按照熊希龄的设想，要整顿全国财政，节减军费，设立国家银行，实行盐烟专卖，发行公债，理顺整个金融体制，至少需要六个月时间。如果这些政策延续下去，五年为期，将能"造成亚东第一富强之国"。

熊希龄的计划有没有空想成分先不说，现实是别说六个月，六天都未必撑得住。唐绍仪与银行团谈崩之后，国库里只剩下3万两银子。经过"多方向交通银行及各银号搜括"，居然弄到了54万两，算算可以坚持到5月10日，而5月12日是拱卫军、警卫军放饷的日期。财政部次长陆宗舆去向外国某资本家借款100万两，"奔走三日，受尽气恼"，只借到银30万两，及现洋30万元，可以支撑到5月16日（阴历三月底）。然而5月20日（四月初四），又要发放《清室优待条件》里答应的旗营饷银，怎么办？

首都行政经费无着，各省催款电报频频。尤其是职司裁军的南京留守黄兴，"告急之电，一日数至"，要求"急饷八十万两"，并称"二日之内若无接济，大祸一至，谁当此咎？留守不负责任"。上海各商会则要求发放欠款350万两。此外，山西、陕西、甘肃、新疆、安徽、浙江、湖北、福建等省都督，也是迫不及待。陕西代表于右任，更是每日到财政部"坐索"。更惊人的消息来自外交团。传闻说因为中国兵饷无着,时常兵变,各国正在商议增加在华军队数目,以便需要时出兵干涉。再这样下去,啊呀呀,政府非倒台不可。

这不是危言耸听。报纸上热炒"借款决裂,部库空虚",第二天,北京内外城巡警几乎全体罢岗,财政部不得不立刻开库发饷,才平息事端,但谣言仍然天天在衍生、流传。由此亦可知,黄兴等人的急电也应属实情。什么叫掐脖子?这就叫掐脖子。

熊希龄虽然比唐绍仪懂财政,也比唐身段更软,但想要不加附加条件,从四国银行团那里拿到借款,能行吗?熊希龄最大的功劳,是谈出了"垫款"二字,请银行团先垫一部分钱,让中国政府可以运转下去,将来借款成功,再从借款里扣还。可是这样一来,这款更是非借不可,不然拿什么还"垫款"?

5月17日,熊希龄与银行团草签了300万两的垫款合同与《监督开支暂时垫款章程》。相比于唐绍仪谈判时银行团的附加条件,这份合同去除了"外国武官监督",而将资方监督员改为"借款管理员",中外双方各派一人,并详细规定了垫款的发放过程。

各省都督听说借款有成,电报打得更勤了,"日必数起",生怕先到手的300万两没自己的份儿。

黄兴发飙了!

就在这时,晴天一声霹雳,南京留守黄兴发出反对借款的通电。

据说这段日子南京的催款电报,从来也没有断过,而且一开口就要300万两。然而,黄兴这封反对借款的电报,措辞极为严厉：

> 此种章程，匪独监督财政，并直接监督军队。军队为国防之命脉，今竟允外人干涉，至此无异束手待毙。埃及前车，实堪痛哭！二十年来，海内各志士赴汤蹈火、粉身碎骨所辛苦缔造之民国，竟一旦断送于区区三百万之垫款。吾辈一息尚存，心犹未死，誓不承认！

黄兴还谴责老友熊希龄"身负重任，竟敢违法专断，先行签约，悍然不顾，此而可忍，孰不可忍"？他要求参议院"责令毁约"，并表示"本留守直辖各军队欠饷已久，危迫万状，均不甘受此亡国灭种之借款，为饮鸩止渴之图"。

黄兴身为革命元勋，高风亮节，迨无可疑。他不愿意无数志士辛苦缔造的民国，刚一开张就濒于主权沦丧的危险之中。但在民元那种内轻外重的局势下，他发出这样一封电报，无异将北京好不容易达成的政治均势，只手打破。熊希龄瞬间变成了李鸿章第二。

难怪熊希龄一接到黄兴电报，立即通电全国：我熊某自幼读书，也是知道廉耻的人，一向反对借外债，难道一入政府，即丧天良？你们是知不道哇，我都被索款的人、电报，逼成啥样了？其实，就连英国、美国公使，都劝中国政府不要借债，难道我们还不如外国人爱中国？现在签署的，并非正式合同。"公等如能于数日之内，设法筹定，或以省款接济，或以国民捐担任，以为外交之后盾"，保证南北军队兵饷每月700万两不缺，熊某立即将所有垫款借款，"一概谢绝，复我主权，天下幸甚"。

这是将了黄兴一军。不借款,哪儿去筹钱?不过,黄克强认为他办得到,药方就是他和熊希龄电文里都提到的三个字"国民捐"。

国民捐，怎么捐？

清末就有"国民捐"

晚清的财政危机之深重，恐亦三千年来未有。有论者认为，危机是"小政府"的传统管理机制却被迫承担国门大开之后的"大政府"职能所致。举凡筑路、练兵、造船、炼铁，基础建设与重工业，都不是农业立国且"永不加赋"的大清朝所能负担的。更别提巨额的战争赔款（那倒有点咎由自取）。这种危机的成因，不能简单归咎于"清政府腐败无能"。

全面近代化之前，解决财政危机只有两条路：一条路是借外债，另一条路是借内债。借外债，肯定利权外溢，甚或危及主权，比如海关就得由洋人管理，铁路也得交洋人经营。随着民间社会商业兴盛，渐渐地政府就开始打"内债"的主意。当然内债也容易出问题，不然就不会有保路运动，革命也不见得会在辛亥年爆发。

"国民捐"就是这样被提出来的。

国民捐并不是一个新名词。早在1905年，北京报人彭翼仲等人就发起了国民捐，要靠四万万人的力量来帮助朝廷偿还庚子赔款。上至太后、大臣,下至囚犯、乞丐,远至南洋,捐款者十分踊跃,捐得几十万两银子。

清末的这次国民捐,由《京话日报》的一位热心读者王子贞倡议,《京话日报》主持者彭翼仲、梁济、杭辛斋等人推动。事在1905年9月。后续的事件,如当年12月主事黄玉麟呈请财政处创办国民捐,次年4月安徽吴紫瑛倡办女子国民捐,可视为国民捐运动的后劲。

《京话日报》发起国民捐时,清王朝的统治合法性尚未根本动摇,虽有庚子年"东南互保"的前例,但八国联军深入内陆,分占京师,反而给了内地大批民众加速国族身份认同的契机。《京话日报》自1904年8月创办以来,致力于北方中下层社会的启蒙,尤其是旗族启蒙,基础正在于庚子记忆的分享与反思。因此,王子贞劝倡国民捐的着眼点,也在于此:

> 诸位必说了,这是朝廷立的约,一定该朝廷还,可不与百姓相干。你不想想,金銮殿上,不能出金矿,大臣们不会点石成金,别再糊涂了,百姓闯的祸,还得百姓还。又一位也说了,我也没有练过拳,为什么该我还呢?自己问问自己,是中国人不是?必不能说不是罢?既是中国人,就得还国债,什么原故呢?同国人叫作同胞,都是黄帝的子孙,……你虽没有当过拳匪,亦不能不算中国人,身上总背着二十多年的国债,不但阁下本身,连你的子孙,也都免不了。

虽然王子贞与彭翼仲都预估"可怜中国人没思想,向不知国与家的关系,若教他拿钱还国债……大约比登天还难",但他们仍然借助各种机会推行此举。而出乎他们意料的，是向来被认为思想落后的北方民众，在国民捐一事上比南方人反应更热烈，其原因即主要在于庚子记忆的刺激。

王公大臣与旗人参与的积极程度更是颇让人震动，如梁漱溟记录："以庆亲王为首的五位军机大臣就都捐了；管理内务府大臣世续下堂谕于内务府三旗来提倡；学部尚书荣庆独捐一万两；吉林达将军自捐一万两，还募集了四万多元；广东岑制台、河南陈抚台各捐一万两。北京的佛教八大寺庙出头，号召全体僧徒开会认捐，而直隶（今河北省）同乡京官则集合在松筠庵会商认捐及向全省劝捐事宜。如此之类，不必悉数。"（《记彭翼仲先生》）而涿州监仓31名囚犯投函认捐，以及南洋群岛华侨集体签名来信，则被认为是国民捐运动影响广度的一种证明。

清末国民捐是自下而上发起的，相对而言"自治"的意味较强。运动过程中虽也有"勒捐"的谣言与实事发生，或出自地方官吏土豪的胡作非为，或由于围观群众的义愤填膺（如北京大栅栏张永聚认捐只捐五元，连《京话日报》的访员都声称"非叫他们拆让不可"），但总的来说，反对勒捐派捐的声音还是主流。山东有位佣工李墨林，千方百计让家里亲戚都认捐，以致与娘舅翻脸。《京话日报》报道此事时，彭翼仲评论：李墨林"热血有余，见解欠明"，会"把好事带累坏"。

光绪三十二年（1906）正月，户部银行颁发《代收国民捐简章》，内中明确规定：

- 银行代收国民捐款，系为公益起见，一切笔墨纸张等费均由银行同人捐助，不在捐款内动支分文，办事之人亦不开支薪水暨邀请奖叙；
- 银行代收捐款，无论何人及数目多寡，或信寄或面交，总分各行均可代收。当下给予收照，将捐款及姓名登记簿册，并按月登报一次，以昭信实。如逾月未见登报，许捐款人向银行诘问；
- 代收之款不但涓滴无遗，且由银行出予活存，常年四厘息银。如遇公家提用之时，将本息一并交出，并造捐姓细册，注明何人捐款若干，息银若干，统共银若干，以示大公；
- 银行只能尽代收代存之义务，所存款项统俟代表之人呈准政府提用，知照到行，由银行预先登报，再行交出。其银行所出收照，应由捐款之人自行交与公家，不交者即作废纸；
- 捐款之人均具有国家思想，固非有所希冀，无论捐款若干，银行概不代请给奖；
- 此项捐款出自国民忠爱之诚，公家既不迫人报效，银行亦不派人劝捐。倘有托名银行之人在外招摇、希图干没者，或被银行查知，或经他人函告，定将托名之人送官究治；
- 各处捐款银钱名色不一，银行一概秉公合成库平，银数填写帐册照，以免纷歧而昭画一；
- 银行代收捐款除存行生息，听候公家提用外，银行决不将此款移作他项之用；
- 此项捐款如遇公家提用之时，应请将捐姓及本息银数，刊布征信录，并出示晓谕，俾众周知；
- 银行代收捐款，一切帐册无论何人均可到行翻阅；
- 银行代收捐款，如将来公家决议不行提用，可由原捐之人执持收照到银行，将本息一并取出；

以上所拟章程，如有遗漏及应行增改之处，可由见到之人随时指示。

这份简章可以说相当完善，对于运营费用、信息公开、捐款用途与去向，乃至捐款人可否叙奖、有无劝捐都做了说明，应当是基于过往三四个月的国民捐实践提炼出来的经验汇集。

1906年9月底《京话日报》因政治罪名停刊后，国民捐随之冷却下来，但仍有人零星捐输。光绪三十四年（1908）年四月初五，清廷发布谕旨，称"国民捐款原为清偿外债起见……惟统稽成数，清偿外款，尚难预期，所有存储款项自应另筹办法，以期久远"。因此，"由该银行通行晓谕，凡捐款之人，有愿将原捐取回者，限期执持收照将本息取出，有愿改为存款者，本息亦听其随时收取"。

是年六月，朝廷驳回了前刑部主事邵椿年等"将国民捐利息拨作学费"的奏折，谕称"国民捐原为清偿外债，嗣经降旨发还，讵可移作他用，以致失信于民，该主事等所呈，殊属不知大体"。办学固然值得提倡，但跟国民捐是一码归一码，朝廷这点还是明白的。

不过此事并未画上句号，至1909年预备立宪，各省谘议局会议记录中，既有"国民捐发还之办法"的质问案，亦有"请拨还国民捐为自治经费"的提案（《东方杂志》），足见社会动员一事首尾之复杂，办理之必慎。

"向本国人借款"

民国了，财政问题仍然在困扰着中国。总的来说，前官僚与立宪派,倾向于继续借外债,只是要扩大债权国的范围,免得被人掐脖子;同盟会为首的革命党人,更倾向于发动民众,既可以聚集财富,又可以发扬爱国情怀,一举两得。孙中山就对西报访员说,如果列强逼迫我们,"则惟有与本国人借款之一法"。访员追问:先生相信中国之多财?孙答:中国窖藏资财甚多,如列强乘我之危,必将刺激国民,"奋然应政府之求"。(《申报》1912年5月7日)

黄兴在1912年4月29日的通电中称:"借债可以应急需,而国权未免亏损……因借债以陷入危境,致使艰难缔造之民国,沦为埃及,此则兴涌心涛,所不忍孤注一掷者也。夫国家者,吾人民之国家,与其将来殉债而致亡,无宁比时毁家而纾难,况家未至毁而可以救国不亡,亦何惮而不为?则惟有劝募国民捐,以减少外债之输入乎?"

黄兴提出国民捐是在1912年5月2日的通电中,那时大借款尚未成功,足见他一直在思考如何不借助外债来解决财政危机。通电中说:

> 吾国人数约计四万万。其中赤贫如洗者与夫偏地灾黎,固无余力可以捐助国款,而中人以上之产,即可人以银币一圆为率,最富者更可以累进法行之,所得较多者,亦可仿所得税法征之,逆计收入,褒多益寡,当不下四万万元。于特别劝募之中,仍寓公平征取之意,在贫者不致同受牵累,在富者特著义声,而仍不失为富,且捐率有定,可免借端苛扰之虞。

黄兴对募捐的弊端，应该感触特深。南京临时政府建立后，江南养兵数十万，又要准备北伐，偏偏政府囊空如洗。于是各种募捐运动风起云涌，出门转一天，保准能碰上几十起劝捐的，逼捐勒索的消息时有所闻。不少人听见"捐"字都害怕。现在黄兴提出的这个国民捐，至少有三个特点：（1）全国统一进行；（2）一般人捐款只限一圆，穷者不捐；（3）富者累进，捐款与产业挂钩。

黄兴的电文写得文绉绉的，一般人真未必看得懂。没关系，自有人来帮他用"人话"解释。两天后，《申报》的副刊专栏"心直口快"就以晚清白话文的惯用口吻翻译了黄兴通电：

> 你想借外国人的钱，不过几千万，便要把铁路关税等作抵，还要被他们监督财政。若借我们四万万同胞的债，只须每人拿出一块钱，便有四万万了，又不要一些抵物的。若说贫苦的一文也拿不出，却有拿得出几千几万的富翁来相抵。就有几个守钱房不肯拿出来，可以对他说，你每年买的洋货，至少数十元，这都是丢给外国，没有还你的日子，你就不该借些与国家么？且又不是丢吊的，隔几年就加利还你，岂不是乐得做的好事？

从社会心理来说，清末国民捐推行的重点在于国族认同，比如南方人北方人是否都该对庚子赔款负责；民元国民捐争议的要害，则在于"借外债"是否是新建的民国摆脱财政危机的唯一途径。而两次国民捐都须面对的最大问题，不在于捐不捐或捐多少，而是"怎么捐"。怎么捐，既包括如何收集与使用捐款，更包括这国民捐,到底是捐款还是捐税?

是捐款,还是捐税?

回应黄兴将军的提议,一位供职于上海制造局兵工学校的读者王维泰,"谨拟"了《劝募国民捐灭借外债抵赔款简章》,发表在1912年5月7日《申报》上。这份简章规定了国民捐的唯一用途"专备抵还外债,不得移作别用"。而且"国民捐款虽由官长经收,即汇存外国银行,按月有统一表报,决不存中国各行庄号,致多影射纠葛,以启国民疑虑"。更重要的是,"国民捐一人出一次为限,既经捐过,执有印单者,不得再强迫"。

通观这份简章,处处设防,无非是要"俾国民征信",因为中国百姓吃政府集资、捐款的亏,着实不少。清末的粤汉、川汉铁路,开头说是商办,人人都必须入股,没钱的农民用租谷抵股。过得几年,闻说经营不善,说改国有就改国有,你说搓火不搓火?关键是,不管商办还是官办,钱一收上去,怎么使用,你就管不着啦。国是要爱的,尤其现在是民的国,不再是朝廷的国了,但捐款不能只捐个"国民"的名义吧?在这位王先生看来,征收过程公开,汇存外国银行,可以防止贪污;每人只捐一元,并有印单为凭,可以拒绝勒派;捐款用途确定(只能还外债),可以避免浪费。

王维泰设计的简章,政府的介入程度很高,但同时也对"从前分省分县摊派定额"的陋习提出了修正。这都是多年"被捐款"的血泪教训啊。看来国民捐面临的问题,不只是国民"借不借"给国家,更重要的是"怎么借、怎么用"——政府是靠不住的,哪朝哪代的民众都懂。

然而，发起者黄兴的思路，显然与这份简章并不一致。他在最初提倡国民捐的通电里，基本上已算定"国民捐"是某种所得税式的捐税："最富者更可以累进法行之，所得较多者，亦可仿所得税法征之。"在黄兴再次发布的通电（1912年5月26日刊各报）中，声明"拟订简章二十余条"，关于运作方式，只有寥寥数语："其收款用联单，由财政司制成盖印，省议会加印……款由城镇乡各公共团体银行收集列榜，而汇总于财政司，随时交银行生息。登报公布，并由省议会稽查，非经国会认可，不得指拨以昭慎重。似此不另设局，不另支薪，可免虚糜，而归实用。大信既昭，人民无疑"。简章的重点，放在捐款的份额上：

> 以资产计算，除不满五百元之动产不动产，捐额多少，听国民自便外，其余均以累进法行之。五百元至千元为一级，纳捐千分之二。由千元至二千元为一级，纳捐千分之三。二千元至五千元为一级，纳捐千分之四。由五千元至二万元，每五千元为一级，二万元至三万元为一级，均递加千分之一至千分之八为止。三万元至五万元为一级，递加千分之二。五万元至十万元为一级，递加千分之四。十万元至二十万元为一级，递加千分之六，至千分之二十为止。由二十万元至百万元，每十万元为一级，递加千分之十，至千分之百为止。百万元至五百万元，递加千分之百二十。五百万元至于千万元，递加千分之百四十。千万元以上，统以千分之百六十。推算凡超过每级之价额，在万元之下，数不满百元，十万元以下，数不满千元，百万元以下，数不满万元，五百万元以

下,数不满五万元,千万元以下数不满十万者,仍照原级计算。至政学军商,各界及各工厂之职工等,除以资产,计算纳捐外,应按照其月俸多寡,分别纳捐十分之一二,以三个月为限,月不满十元者,捐纳多少听便。

通电还提出,除了应捐额度,"例外特捐"至百元、千元、万元者,政府分别给予铜牌、银牌、金牌的奖励。

这一来国民捐的性质就变了,不再是"公家不迫人报效"的随善乐捐,而是变成了以资产计算的按额抽捐,"捐款"成了"捐税"。

"欲集国民捐,非强迫不可"

1905年的国民捐,起初是民间发起的捐款,可是风潮起来后,捐还是不捐,捐多少,就未必是自愿的事了。有地方官吏派捐勒捐的,有主张商铺不捐款就砸店面的,有主张分三六九等在门脸儿挂奖惩标志……所以有地方贴出揭帖"不是国民捐,直是要命单"。发起人彭翼仲也说上述行为是"热血有余,见解欠明"。

这一次的国民捐也是一样。考虑到黄兴的身份,民元国民捐应该算作一次自上而下的运动(虽然政府高层多有不同意见)。而在法定抽税缴捐之前,"强制捐款"的苗头,已在5月10日的《申报》上出现。先是一则《少年中国党本部提倡国民捐办法十则》,宣布:"本党党员未输国民捐者,本党得将该党员选举职员及被选举为职员之权,停止三次","凡欲入党者,须对本党承认愿输国民捐,方可入党,否则谢绝"。

同日的副刊《自由谈》上，编辑王钝根直接宣称："欲集国民捐，非强迫不可。强迫之道，尤宜分别职业，斟酌轻重乎？"当然，他这篇文字一如既往的滑稽讽世，说国民中捐款最多者，"宜奖以名誉总统，或任择国中第一美女为妻，如报捐者为处女，则任择国中第一美男为夫"。

军队认捐，确实说不清到底是"乐捐"还是"苦捐"，官长一声令下，大家只好掏腰包。如南京第五师刘毅覃部就很典型："全师军官佐将军级捐全薪一月，都尉级捐月薪二分之一，军校级捐月薪四分之一，左右军校级捐月薪五分之一，额外官佐捐月薪六分之一，司书士兵以下随意乐输。"其余军队通电认捐，比例都差不多。

黄兴5月26日通电提出国民捐简章的次日，即5月27日，《申报》的头版评论就对之提出了质疑："各地之捐，宜由各地方自治团体定为规制，量力输捐，以表白其爱国之微诚，不必由行政长官代为之谋，致有类于勒捐之故事，损我共和之真相焉。""勒捐"并不遥远，清季民初，各地各军，这样的事还少吗？共和时代，还容许这样的故事重演吗？

捐款，还是捐税，涉及理念之争。中华民国承认私有财产不可侵犯，则法定税率之外，办非自愿，政府不能逼迫民众出一毫子，哪怕这人是贪官污吏、富商巨贾、浮浪子弟。同盟会从南洋、旧金山多次募得华侨巨资以支持革命，也不是用征税的方法进行的。但在黄兴等人眼里，国家危亡，国民有责，民国是大家的，大家都得支持，而且这支持要急！要管用！不强捐行吗？

集体还是个人？公域还是私域？国民捐映现出的，是近代中国至今未决的大问题。

留守府毕竟不是参议院，黄兴的通电也没有法律效力。但就在5月底，在同盟会的根据地之一广东，却发生了一场有趣的争论。

广东都督府请总商会七十二行商代表开会，到会者·百多人，主要讨论国民捐的进行方式。这种大会各省都在开，呒啥稀奇，湖北、河南还搞出了断指求捐、血书倡捐、乞丐乐捐等动人戏码。而广东这次大会，让《申报》记者都啧啧称奇之处是：

> 是日议事，最奇者政界则主张自由，商界多主张强制，为中外各国所罕睹。

按说政府喜欢搞强制纳捐，商界注重个人乐输，但广东却反了过来。商人激进程度过于政府，"商众之意，鉴于捐款疲玩，多数主张强制……其强制之法，有言宜行注册费，每人须纳一元，方得为民国籍者；有言按乡计捐，责成富户多出，以补贫民缺额者"。难怪《申报》感慨"亦可见粤省商人之爱国矣"。

如照此办理，会出现什么局面呢？回到5月14日的一则报道，发生在同盟会另一根据地江西：

江西吉安巨富周扶九，收到江西公债局的信函，劝他认捐二百万。这个数额太大了！周扶九不想给，又不敢不给，只好跑到上海暂避。然后派自家总管周丽泉到南昌晋见都督李烈钧，希望能够斡旋出一个可以接受的数目，再让东家回省交钱。可是省里不松口，周巨富只好一直待在沪上，有家归不得。周总管又去哀恳江西商会，希望商会代达下情，捐款数目"早日认定"。商会却反过来劝周扶九"多认为要"。磨到最后，"认定五十万之数"，由周管家在南昌缴清，"不必派员赴吉"——也就是说，如果数目没敲定，李都督是要派员去吉安强收的，难怪当初周扶九一溜烟来了上海。

这个例子，充分说明一个充满爱国心的政府，再加上一个充满爱国心的商会，可以联手制造多么成功的捐款运动。可是，周扶九甘心情愿吗？广东商人真的那么爱国吗？我怀疑。

《申报》6月1日议论道：这边说国民捐宜用累进法，用所得税法平均负担，人人不能幸免；那边说国民捐与寻常捐务不同，并无强迫性质，"宜不分年龄贫富，不拘数目多寡，以觇国人爱国心之厚薄"，都说是国民的义务，"我不识国民于此又将何去何从"？

活在成立才六个月的中华民国，当"好国民"，还是"被好国民"，是1912年的一道难题。

黄兴在民国元年的倡议颇多，从国民捐到政党内阁，被人指为充满空想色彩，设想的操作方式又往往过于急迫，更加重了其倡议的不可行性。对于黄兴想象中的国民捐，从袁世凯、熊希龄、蔡锷等要人，到上海、北京等地的大众报纸，都表示了质疑之意。

如果国民捐是一种捐税，是否仍有道义上的合法性？其间的两难，当然有人看得出来。如杜亚泉在5月14日上海扆虹园召开的"国民捐会"上演讲，指出"现在外债确不能借，因而办国民捐，但国民捐如强迫则不宜，不强迫恐难有效"。有人指出：为何不将国民捐转化为由国家向民众借取的国债？杜亚泉主持的《东方杂志》于1913年11月有文列出数据："清廷以军费告急，发行爱国公债三千万元，然所得实数仅一百七十万元也。革命军亦发行军事公债二千万元，其所得者，不满三百万元也。迨南京政府成立，发行公债一亿元，利率有八厘之高，然应募者亦仅六百万元也。"

国债没人买，黄兴将国民捐由捐款改变为捐税，也有其不得已的理由。

两次国民捐，都可以视作一把双刃剑。一方面，它检验中国民众对"国民"身份的认同强度，另一方面，它又是在验证国家（政府）的信用程度，特别是国民捐的运作过程，如何能让民众相信捐款的必要与合理，又如何能让民众可以监督捐款的去向与用途？无论哪次国民捐，从民众热情到制度配合，都是未曾解决的难题。

但国民捐的意义当然不仅在于最后捐款的数目。正如江苏都督程德全在通电中指出的那样："国民捐能集巨数，固为不世奇勋，即得尺得寸，亦足见人心不死。或疑昔年筹还国债，迄用无成，不知前清国本早亡，是以信用全失，民国方新，岂烦过虑。德全对于此举，以为有把握固必办，无把握亦必办。"前清政府确实信用不佳，所以才会出现史无前例的民间发起、政府配合的国民捐。但肇建未久的民国政府信用难道就一定比前清强？更何况既是共和体制，更多了一重限制，征求捐税、改变预算都是必经国会通过的大事，岂能由一位政治要人的倡议就直接推行？国民捐的不可行，殆无疑义，然而，其中纠结的身份认知、法理困境、人情变化，值得反思。

国民捐会是一个局吗？

5月由黄兴发起的国民捐，不管是媒体与公众，还是国内的政治观察家，都会敏感地想到最焦点的问题：北方政府，尤其是北方军队，会做何反应？

中华民国统一政府，其实是南北两块捏合而成。几经周折定都北京，南京的大批官员北上，两套班子合二为一，中间牛打死马马打死牛的事情太多了，有些人在南京某某部当司长，到了北京连顾问都当不上……由此引出的笑话，多了去啦。袁世凯任命黄兴为南京留守，一是有以位置革命元勋，二是让他善后南方军队遣散问题。谁料黄克强不安本分，强烈反对熊希龄财政政策，越俎代庖地提出国民捐和不兑换纸币主张，谁会听他的呢？

财政大借款，最大的用途，莫过于遣散军队，最大的争议点，也在将借款用于遣散军队时之主权纠纷。而国民捐希望取大借款而代之，遣散军队同样是其首要目标。因此，我特别关注各地军队在国民捐提出时的反应。

国民捐，是捐款还是捐税，有一个办法可以判别——看捐款数额，是一刀切，还是自愿认捐。比如6月6日杭州开"全浙国民捐成立大会"，到场团体七十多个，一千几百人，群情激昂，最后捐得三百二十几元。这数字有点不好看，但比较真实，说明与会者并未开空头支票，而是有钱愿捐的，就捐出来，不愿捐的，回家再想想。相比之下，5月26日汉口共和党主持的救国会成立大会，到场也是一千余人。因为某青年学生上台演说，"痛骂到会诸人之着外国服装者"，并且抽刀断一指，血书"用外货不用国货，亡国奴也"十一字，然后又有一位乞丐，将当天讨来的五百文钱也捐了出来，弄得会场气氛，相当紧张。此时收捐员出动，分头劝募，"计收得现洋一万余元，书面未缴者二万余元"。效果自然较杭州为佳，但究竟是否乐输，许诺者后来是否兑现，都不好说，因为现场那种道德逼迫感太过强烈。

军队里也有自愿认捐的。如《申报》5月17日刊载"浙江松军弁目团"来电，全团人马上自官佐，下逮兵夫，"莫不激昂，慷慨跃捐"，总额是"大洋一百九十九元零五分，小洋二百七十一角钱四百文。另捐军马一匹、马鞍一付、皮外套一件"。有整有零，有钱有物。

但大部分军队并非如此，首先黄兴的留守府就树立了样本："今午会议公决，将军阶级各员捐全月薪俸，都尉阶级各员捐二分之一，军校阶级各员及书记官捐月薪二分之一，司书捐月薪三分之一。"看上去也是民意议决，可是军队性质特殊，长官提了标准，自然上行下效，我不相信有士兵或下级军官敢提反对意见。

留守府做出表率，各南方军队纷纷跟进。海军、陆军第十师、安徽全军三师、浙江第五军、南京第五师、沪军光复军……捐输比例自十分之一到全俸不等，但"按比例捐款"却基本是确定的，这就意味着，不管情愿不情愿，每个军人必须向战友们看齐。

也不能全盘否定士兵们的爱国热情，尤其南方军队，有理想的新军、学生兵本来就不少。上海陆军第三营开会筹捐,"更有数兵士,认捐至十五元之多"。对此《申报》评论惊叹道:一兵士而捐十五元,等于扣去三月饷银,一方面热情可嘉,另一方面,是否有此必要?6月3日《申报》报道,海军舰队黄总司令索性连"集议"的程序也免了,直接下令每月舰队各官兵薪水提扣三分之一,以充捐款。

军队认捐轰轰烈烈闹了十几天,全是南方系,北方军队清风雅静,按兵不动。瞎子才看不出端倪哩。5月21日《申报》副刊专栏"心直口快"直接评曰:

> 黄留守发起国民捐,原是救亡无上妙策,独有袁世凯、段祺瑞两人,绝对不赞成,真是好良心。

袁总统、段总长,并未公开反对国民捐,但也不提倡,北方军队自然动作全无。直到5月27日,国民捐闹了快一个月,才有个河南护军使雷震春出来,表示全省军队,月薪50两以上捐全薪,50两以下捐半薪,共捐五个月。合计可得——"湘平银四千零八十三两"。算术好的同学算一算,雷震春自己捐了500两,假如高级军官一人捐5个月薪水,至少250两,只要15个军官就捐出这个数目啦——河南全省,才这么些军官吗?

同一日,天津都督张锡銮发表通电,提出七条国民捐建议。第一条便是"此项国民捐系目前救急计划,并借以觇国人爱国心之厚薄,与寻常捐务不同,并无强迫性质"。北方军界意见,于此可窥一斑。

进入6月,国民捐风声变得有些诡异。民间仍在热闹兴捐,又开会又游行。军方捐款的消息却变得越来越稀少,传出的,是另外一些消息:如财长熊希龄表示国民捐不如发行公债,黄兴大为愤怒,斥熊"发不兑换券、国民捐两事,则有意排难",而总理唐绍仪表示"国民捐可借以鼓动人民之爱国心,非遂可作为财政上之计划"。在6月5日这则报道唐总理表态的新闻下方,是一条没头没脑的专电:

天津因有人勒索国民捐,大起风潮。

自此之后,冒名勒捐、借机逼捐的新闻不绝于报端。6月13日,安徽繁昌县甚至因为抢收、侵吞国民捐,闹至全县罢市。6月19日,奉天发生兵变。随即有报道指出,兵变原因是"官长指派国民捐":"各兵士于端午节日沽酒聚饮,醉后谈及彼等饷既小于警察,而复勒缴国民捐,众皆不平,遂起作乱。"

这种情势之下,袁世凯出手了。7月1日临时大总统令,禁止勒派国民捐。7月9日,捐款最积极的上海也宣布了逼勒国民捐之禁令。

7月14日,财政部也出来说话了。当参议院部分议员质问财政部为何迟迟不将国民捐议案交参议院讨论时,财政部称"国民财产,为全国财源,绝流而渔,即能取给一时,断难善于其后"。财政部将国民捐定性为"黄留守以一时热忱,于无可设法之中,设此一策",而这条计策,国务院会议,大众公决,亦未通过,"故未提交贵院议决,自不足为法律,何能强人必行,至贪官恶吏借名勒逼"。这话说得比较结棍,几乎将国民捐惹出的种种祸事,隐隐笼到了始作俑者与支持者头上。

更让人吃惊的是，有消息传出，说大总统禁止勒捐的通令早已发出，但国务院总理唐绍仪依据《临时约法》赋予总理的权力，拒绝副署，导致这一通令拖延时日，连原件都随着唐绍仪下台一并失去。直等到陆徵祥接任总理，总统府重新缮写，才副署发出。这样一来，岂不是兵变、罢市，这些大事件，都要记到黄兴与唐绍仪账上？

种种蛛丝马迹，实在不能不让人怀疑这又是一次政治斗争的设计。国民捐重在军队，南方军队响应热烈，而北方军队表现冷漠，但偏偏南方军队无事，北方军队一有动作便成勒派，引致兵变。袁段二人，究竟在其中起了多大作用？真不好说哩。

而唐绍仪的去职，跟拒绝副署禁止勒捐的通令有无关系？此事是不是坐实了袁世凯对这位老友叛变的认定？国民捐的背后，牵动的可不仅仅是各地民众初试共和的爱国热情啊。

記周元

河南老哥本來朝着我說話，一聽這話火大了，『啪』地一聲，茶碗終于摔到了地上。嘩一下周圍的人紛紛閃避，倒好像空開個場子讓人耍把式。老哥又着腰罵開了：

『那個叫梁士詒的龜孫，俺不希得見！俺是誰？俺是河南拒款代表。政府要借洋人的錢，洋人乘機買咱的國權，消息傳到河南，俺們都氣壞了，大伙兒推選俺上京師見老鄉，非把這事兒抵制了不可！俺出發的時候哇，嘩啦啦，上萬的人到開封火車站送俺……你們說，俺要達不到目的，還能回去嗎？不祇有一死了嗎？』

他突然蹲了下去，掩着面，嗚嗚地哭了起來。四周的人更是無語。招待員叫茶房來打掃碎碗碴，又想去扶他。誰知這位一揮手，把招待員甩了個跟蹌：

『他還是俺們老鄉哩！有恁傲氣的老鄉麼？俺也不是沒見過總統。年初也是當代表，上南京去見孫大總統，直接進總統府，在門上「咚咚咚」敲那麼幾下！他就進去見着咱英，康唔英，俺就進去見着咧！那多爽快！』

啪啪啪，旁邊突然有人鼓起掌來。循聲望去，好一條大漢，穿着黑綢長衫，叼一根湘妃竹烟管。見眾人看他，這人從容放下烟管：『各位好，兄弟從保定來。也是拒款代表。』插播一下借款這事。南北統一之後，經費支絀，國庫祇

有三萬兩銀子，而全年財政支出預計將達到近億兩。政府與英、德、美、法四國銀行團商討借款，主持者從總理唐紹儀到財長熊希齡，已歷三月，銀行團始終堅持兩條：

（一）借款用途必須向銀行團列明預算，匯報開支；
（二）借款主要用于遣散軍隊，全程由銀行團派人監督。

消息傳出，舉國大嘩，戴天仇（季陶）《民權報》發表《殺》一文，稱『熊希齡賣國，殺！唐紹儀愚民，殺！袁世凱專橫，殺！章炳麟阿權，殺！』，他還因此被租界巡捕房抓去關了一夜。而各省紛紛通電上書，反對借款條件，要求政府拒絕這筆借款。

保定人站起身來，揮着手慷慨陳詞，從借款的由來到熊希齡如何賣國，再到借款條件導致民國有亡國之危，應該發行內國公債來紓解危機。『同胞！與其向洋人借錢，喪權辱國，爲什麽不由政府出面，向國民借錢？咱們中國四萬萬人，一人出一塊錢，這裁軍費、辦公費不都有了嗎？所以，向洋人借錢，就是存心賣國！』還真有人鼓掌，他洋洋得意地點頭致意。

隔壁座有個山羊胡子問他：『閣下這高見識，又有應對

◆ 拒款！拒款！ ◆

「老楊，又有新鮮事！您不去瞧瞧嗎？」

「參議院又打起來了？」

「那算啥新鮮事？我說的，是總統府對面，新開了個招待所！」

「是——嗎？那得去瞧瞧。」

我考您，該上哪兒去瞅這招待所？中南海？錯啦，這可是1912年。

臨時大總統府在石大人胡同，就是現在的外交部街，離協和醫院不遠。

這裏本來是清末的迎賓館，是爲了迎接訪華的德國皇太子專建的。袁世凱當了總理大臣，內閣就設在這兒。就任臨時大總統後，老袁連辦公帶住宿，都在此處。

所謂的新鮮事，就是自打民國了，動不動就有『國民』登門造訪『咱們的大總統』，總統府的接待處，天天人滿爲患。難道總統是說見就能見的嗎？見不着，這些人他不走哇，後來的人擠不進來，還有不罵街的嗎？索性，撥點兒辦公經費，在總統府對面租了一處民房，改成『總統府招待所』——

「政府不是空倉如洗，還得管外國借銀子嗎？」

「那也不差這點兒房錢！」

到那兒一瞧，喔！這麼三人！一個小院，三間正房，屋裏祇有幾張桌子，椅子條凳，但坐着站着都是人，穿什麼的都有。茶房進進出出地續水，都得閃展騰挪，嘴裏叫着『勞駕』『小心』……這哪是總統府招待所，這跟茶館戲園子有什麼兩樣？

最熱鬧的是一位老哥，坐在裏間拍桌子打碗，還動不動就擺出要把茶碗扔到誰頭上的架勢。周圍有兩三個人彎着腰在勸他，也不知道是不是招待員：「您消消氣兒！消消氣兒！何必呢⋯⋯」

我就擠進去問他：「這位先生，怎麼啦這是？」

祇是老哥本人更來精神了。「腫麼？俺是河南來的，是來見俺們老鄉袁總統的！沒想到見不着！派個姓梁的龜孫來擋駕！叔麼叫擋駕？唉？」

「嘖！瞧您說的，這大總統是日理萬機嗎？多少人等着見呢？派梁秘書長來見您，聽取招待員模樣的人側過頭。意見，再轉達給大總統，這不是一樣嗎？您何苦⋯⋯」

記 周 元

辦法，爲何不請貴省參議員在參議院提出來？？不是更有影響力嗎？』

『那不行。參議員名義上是公選的，現在的公選，大半靠不住！我有話直向大總統當面說，不好麼？何必與參議員糾纏？』

『哦』，山羊胡子似乎接受了這個解釋，『那，閣下方才說自己是拒款代表？請問這代表是怎麼當上的？』

『那還用說，的的確確是各界公舉的！』

『哈哈哈』，屋裏突然響起了一陣笑聲。保定人這才明白過來，臉上紅一陣白一陣，站起來又坐下去，終于是坐不住，擠到別屋去了。

沒人注意他。因爲有人大張旗鼓地擠了進來，一直擠到招待員的桌前，喘息着問：『我，我，我的票帖，梁秘書長，批了沒得？』四川口音。

招待員抬頭看看，瞧着是老熟人了。『原來是朱先生，今天就能批下來。您稍等等。』

看朱先生平復下來，我上去扯扯他衣袖：『朱先生好年輕！請問您票的是什麼事？也是代表四川拒款麼？』

朱先生正摸出塊手巾擦汗，一邊回答：『不是不是！我跟他們不一樣，我在上海南洋中學讀書，想成立一個愛

國！黨』，票請大總統存案。』

『建黨？』（忍着沒說偉業倆字）那不是歸內務部趙總長管麼？何必票大總統呢？』

朱先生用眼神『睨』着我：『兄弟，你太外行咯！內務部批的話，哪個男子看得起你？必須大總統批準立案，我再在報紙上登告白，找人通街發傳單，入黨的才會要好多有好多！』

『那，你先生這個黨，是什麼宗旨？』

『叫愛國黨，宗旨當然就是愛國吵！凡愛國者，人人可入。兄弟，你有興趣，要不要填張表？我給你前十號的黨員證……』

我最後是逃出來的。我怕影響歷史，時空會變異的。再說，我生活的那個時代，愛國黨已經太多了。

拒款！拒款！

三

```
┌─────────────┐
│ 1912        │
│     /       │
│   /6月      │
│ /           │
│   谜 团     │
└─────────────┘
```

6月1日　**宗社党**领袖溥伟约见日人宗方小太郎，希望用北京附近土地向日本抵押贷款，三年恢复清朝。

6月2日　内务总长赵秉钧部下多人捣毁批评他的**中央新闻社**。同日，上海拆除尚文门城墙时**发生坍塌**，压死三人，伤二人。

6月3日　海军总司令下令，舰队各官兵每月薪水扣除三分之一，充国民捐。

6月5日　唐绍仪表示国民捐不能作为财政计划。

6月8日　《申报》报道香港至天津轮船上有三名乘客患肺炎暴毙。

6月15日　**唐绍仪**突然离京出走。

6月17日　尹昌衡率领援藏川军万余人从成都出发。

6月19日　阴历五月初五，各地仍照旧俗过节。

6月22日　唐绍仪正式提出辞去国务总理职务。

全国拆城运动

1912年，报纸上说的现代社会，就是工业社会。工业社会的标志是啥？大烟囱，大机器，汽车为王，马路宽敞。中国的民国元年，英国整出了人类史最辉煌的工业象征——铁台里克号（现在译为泰坦尼克号）邮轮。冰山撞毁了大船，却撞不灭人们心头的工业化热情。

民国了，共和了，中国也就现代了。清朝的诸多忌讳，无疑都是前现代的蒙昧，早该彻底扫进历史的垃圾堆。

易帜，换制，更衣，改礼，这些都太内在，怎么才能更好地昭示这种改天换地的豪迈呢？

拆城呐。

神州大地上那一座座城池，就像中世纪象征之城堡，早就令时新之士看不顺眼了。城墙围住了城市的扩张，城壕隔绝了城市内外的连通，城门限制了汽车的行驶……这些前现代的庞然巨物，左右也挡不住洋枪洋炮的侵袭，毫无实用价值，平添商业障碍，要来何用？共和国除旧布新，此时不拆，更待何时？

上海拆城影响最大，因为那里中外汇集，媒体众多。但最早提出拆城的却是杭州，而且是以发展旅游的名义。1912年1月19

日《申报》报道，杭州"日后马路通行入城，湖山春色，亦可饱餐"，而且因为西湖边各祠庄，将改为各烈士专祠，有点儿爱国主义教育基地的意思。这样一来，"惟以城门梗隔，游人往返不便"就变成不小的罪过了。城市要发展，人民要旅游，故此，经政事部决议，将钱塘、清波两座城门一律拆去，"庶几地亩广大，嗣后添列商市，繁盛较于拱埠十倍"。垃圾清理也依据市场法则："速招人投标所有两城垣卸去之砖石等件，以开标之日，取定价数，银多者为标准。"

杭州还只是拆两座城门，上海城是要整个拆掉的。你放眼望去，一边是道路平整、房屋高大的租界，一边是城门低隘、房屋矮小的上海县，能不油然而兴拆城之念乎？从1900年起，上海就有拆城的动议，但屡屡被"保城党"以县城安全为由击退。辛亥事变，多数人主张拆城的商会掌了权，商会首领李平书当上了上海民政总长。于是，在又一轮绅商上书之后，经苏、沪都督府批准，李平书明令拆除上海城垣。他在《拆除城垣启事》中说：

> 为商业一方面论，固须拆除城垣，使交通便利，即以地方风气、人民卫生两项，尤当及早拆除，以便整理划一。从前不肯赞成者，大致保卫居民起见，但此次光复之前，城中居民纷纷迁徙，而城外东、西、南三区反安堵如常，是众皆知城垣之不足保卫。

虽然拆城费用并不便宜，"每拆十丈，需银一百两左右"，总工价需26万多两，而且需要拆迁大量铺户，但上海城拆迁工程还是义无反顾地动工了。

拆城带给市民的第一项福利，便是城门夜间不再关闭——从前午夜零点关城门，要是在城外过夜生活晚了，就只好就地歇宿了，幺二野鸡花烟间，就好"借干铺"，成就许多好事。现在城门彻夜开放，老爷少爷们没有借口夜不归宿，性工作者一定很不满意。

而拆城派于此得意扬扬。《申报》的报道题目是《保城党对之何如》（1月27日），文中说："本邑各城门自经兴工开拆以来，晚间已不复关闭，行人出入，莫不称便。城内各店铺之做夜市者，生意骤增，尤甚欢悦。"报道还说，为保障夜间治安，警局商会，会加派荷枪巡查者，大家放心衣锦夜行吧。

历史的记录与书写就是这样粗枝大叶，好事传天下，坏事不出门。在拆城派的欢欣鼓舞中，拆城的进度相当快。城墙之下，从前不少是无主之地，有人在此搭建平房棚户，或住或租；现在拆城大军来了，"饬十铺地甲传谕，统限三天内将小东门内之平房一律拆除"。三天！那些贫苦住户来不来得及找到新的住处呢？不知道。

不能说拆城全无阻力，当时的反对者即"保城党"也成立了诸如"城壕保护公会"之类的组织，以抵制阻拦拆城之举。但在苏、沪都督的干预下，抵制无效。这些公会组织里都有些啥人？他们为啥保护城壕？也统统不见于报道。

工程轰轰烈烈进行的同时，宏伟的计划也在制订：拆城填壕后，行驶电车之路线已规划完毕，路面阔约五丈，创上海历史之最。而筹措拆城所需巨款，解决方案是城基原下土地，由上海市民出价分块承领。

国内即时跟进的还有风气颇新的广州。在陈炯明治下，规划

"新广州"来得更生猛。"西关地方，拟改作商场，现有之住家一律迁入城内"。整个广州城内修筑一条十字大马路，南北东西贯通，"路阔百二英尺"！那岂不是有三十多米？现在广州无如许阔之马路，大约陈都督去职后，此计划并未彻行。

上海的拆城运动，发生了一些事故。6月2日，尚文门左近的城墙，拆除中发生坍塌，"当场压毙小工三人，压伤二人"。同时也有人提出，老北门城根，有一座"外国坟山"，修筑马路必须翻动。如果是中国坟山，好办，限时迁葬就是，外国人就难办。由工程处上报民政长，转交涉司，去跟法国领事商议。外国人同不同意迁坟，大家都没把握。

与此同时，《申报》的报道姿态也出现了有意思的变化，似乎不再坚持拆除城墙。1912年6月7日报道湖南长沙计划拆城，理由也是"修筑马路，以利交通"。但一来军方反对，痞徒从中挑拨事端，二来政府经济极端困窘，中央禁止各省自行举借外债，大借款又破裂搁浅闹个不休，湖南还得打肿脸充胖子，向中央捐资30万两银，确实没有实力来拆城，长沙也不可能像上海那样，靠民间购买土地来筹集资金。都督谭延闿只好出示安民："照得拆城之举，现在并不实行。"颇可玩味的是《申报》的报道题目《湘都督保全名城》，隐含赞赏之意。

各地的拆城后来大半废止，只有上海，依傍着欧风美雨浸润，拆城工程从1912年7月全面动工，至1913年6月完工。北半城变成一条大马路，长八百五十丈，名为"民国路"；南半城变成另一条大马路，长八百九十丈，名为"中华路"。论者赞为：从此上海旧城内外、华界租界连为一体，奠定了上海新城市的基础。

如果只从商业、交通、卫生等工业化因素考虑，拆城无疑是一种正当之举。1912年,并无"物质文化遗产"一说,高厚的城墙,甚至被视为专制王朝的象征。反对者也不会从文化意义立论,只要经济条件允许,拆城势在必行。

有意思的是,早在1912年2月,路政处勘察城墙时,就已指出:平房必须拆迁,"所有造在城上之庙宇,如振武台仍拟设法保存"。因为有振武台(关帝庙),这一小段城墙保留了下来,成为"新上海的古迹"。路政处的用意何在?是为了宗教信仰,还是鼓励尚武精神?总不是为了保存古迹,开发旅游吧?我挺好奇的。

老黃正要答我，洋車『叮鈴』一聲，已經到了地頭。舉頭一看，燈市口德昌飯店！老黃一面下車付錢，一面匆匆地說：『總之是鬧翻了，捕了全社人……你知道，前一段剛反了報律，報界俱進會那些組織自然大鬧了起來。六月四日，派了陸鴻逵、董榮光兩個人去見大總統……咱們先進去！』

一路往裏走，他一路還說哩：『總統府擋了駕，說此事交內務部辦理，請報界不要急躁，靜候結果……陸董二人回來一說，好傢伙，大伙兒都炸了營啦，歸內務部辦，豈不是趙智庵自辦自案？唔……』他從懷裏掏出兩張請柬，遞給看門的，看門的往裏伸了伸手。

我們一塊兒走上臺階，走向宴會大廳。『那後來怎麼了難的？』

『前幾天風聲緊哪，傳言說中央新聞的那班記者將處死刑。街上有了揭帖，說是北京軍警，誓要爲國除害，什麼《中華日報》《中央新聞》《新民公報》，統統幹掉。軍警兩界自出版一份報紙，叫《金剛報》，以抵制他報辱罵……正糾纏難分之時，半途殺出一員小將！』這哥們兒的說書癮犯了，『看官，你道是誰？正是那司法總長王寵惠。王總長言道，内務部干涉司法，全體司法人員極形憤懣！參議院

也來幫腔，說要向內務部提出質詢，這麼着，事情有了轉機……』

大廳筵開二十餘桌，已經有不少人入席，老黃找到寫着『中華通訊社』名牌的座位，順手拉我坐在旁邊。『請柬是找朋友要的，咱們就坐這兒吧……老袁要求趙智庵放人，趙智庵還放出風來，說奉天趙都督要求他將造謠者送往奉天，嚴加問罪，這一去記者非死不可（我有點想笑），他擔了偌大干系。不管怎麼說，人放出來了……老袁還派了王賡作調停人，融洽報界與軍警的關係……』

大廳裏忽然響起一片掌聲，想是主人到了。我扭頭往門口簇擁的人頭叢中一看，OMG！介不奏是俺們談話的主角，內務總長趙秉鈞嗎？！

我猛揪老黃：『怎麼回事？怎麼回事？』他呲着牙，一副關子賣成了的得意嘴臉。『別揪，別揪，我沒告訴你嗎？今兒就是趙智庵宴請首都新聞界啊。我特意幫你多要了張請柬，還不謝我？』

這一來，不便在席間談這事了（你知道隔壁坐的是哪位軍警？），先甩開腮幫子吃吧。

酒過三巡，趙總長站了起來，全場安靜。『兄弟日來多病，地方上的事情，精神未能貫注，照料不周，請新聞界諸

❖ 趙總長的夜宴 ❖

事情的端由，是五月三十一日《中央新聞》『告白欄』中有一篇名爲《看看趙秉鈞大事記》的來稿，裏面直指內務總長趙秉鈞的部下，軍警督察長烏珍爲『著名宗社黨』，並說他被東三省總督趙爾巽收買，準備裏應外合云云。正好這一天在京津快車上發現傳單，裏面說的事兒，跟報紙那篇來稿，差不多！

趙秉鈞把這事交給緝探局，緝探局派了一個姓馬的去中央新聞社，問他們這篇稿子哪兒來的，是廣告，還是來信？

『他們怎麼說？』

『中央新聞社那幫家伙也奇怪得很，居然說這是匿名投稿，他們想登在新聞欄裏，又怕內容不實，《中央新聞》又沒有來信的欄目……所以就登在「告白」欄裏，你說，這是不是找抽？』

『就沒有辦法挽回麼？非得捕人？』

『中央新聞社提出兩條路：一條，趙總長寫封信函，力辯前稿之非，也登在原告白的位置上；另一條路，沒轍，聽候辦理！』

『夠牛的啊！這《中央新聞》什麼背景？』

『你問我？我問誰去？這是椿無頭公案。趙秉鈞把這事交給緝探局，緝探局派了一個姓馬的去中央新聞社，問他們』

『誰幹的？』

『各報上都有，活兒忙，沒工夫仔細看。聽說給內務部封了？』

『好，我跟你簡單說說……』

六月二日下午七點，中央新聞社門前突然熱鬧無比。胡同口兩頭都被人堵了，整條胡同裏有軍裝，有便衣（後來知道有外城南營游緝隊，也有巡警緝探隊），總有二三百人。他們把守着外邊兒，一撥人衝了進去，就聽見裏面砸東西。罵人、扭打，不一會兒，押了十二個人，全帶走啦！附近居民都說，北京城有陣子沒這麼抓過人了，跟捕江洋大盜似的。

『知道！這就帶你吃席去，路上說，路上說……』

一路出了寓處，上了洋車，老黃再抹一把臉，跟我說端由。

『中央新聞社的案子你知不知道？』

『走！』他拖住我就往外邁步。

『等等！』我挣了一下，沒太使勁，被他拖着跟蹌到了門口，『我剛到……是不是先吃晚飯？……』老黃這模樣可不像要請我下小館。

北京的訪員老黃到火車站接我，再到他的寓所放下行李。

元周記

君原諒。并求諸君時加教督，讓兄弟所鑒戒，就以這杯酒，為諸君壽！』嘩嘩嘩，一片掌聲。趙智庵口才不錯啊。我看着這位祗剩一年陽壽的袁幕第一能員，他的眼睛彎彎的很好看，然而法令紋很深。

有人嚷了一句：『報界代表致答詞。誰代表吾們啊。』轉頭四顧。哈哈，就知道是你，大胡子！

于右任捋了捋胡子。他的陝西口音有點重。『今日報界承趙總長招待，同深感謝。在報界所求者，無非「言論自由」四個字，而政府……』他頓了頓，看了看趙秉鈞『政府望之于報界者，也無非「言論自由」四字，我想這四個字，就是社會愛護報界的範圍。代表報界，謹此奉答，并敬總長一觴。』

舌戰，短短一合。我怎麼覺得額頭上有微微的汗沁？六月初的北京，也還不十分熱。

老黃根本沒有聽，祇管喝酒吃菜。直到席散，我們隨人流走到燈市口，一時覓不到洋車，就慢慢往回走。老黃突然說：『這是最後的晚餐。』

我猛一驚，停下脚步：『怎麼？』

老黃轉過頭來，面無表情：『你不大在北京待着，很多事不知道。我祇告訴你一件。昨天下午，趙智庵在軍警

會議公所開討論會，與會者有北京二十區區長，內外兩警廳廳丞，內務部所有科長，軍事參議處全體人員，還有陸軍部幾位要員。會議推出了八位代表，謁見總統，要求速發命令，嚴定報律，否則，陸軍部、內務部將全體辭職。聽說……』他吸了口氣，『總統已經答應了。』

趙總長的夜宴

三

到处都是宗社党

清室的最后一丝希望

1912年2月17日。辛亥年除夕。晚。

两辆马车停在京奉铁路正阳门火车站门口。六点钟，暮色已浓，车上却未燃灯。

八九个人从车站里鱼贯而出，人人风帽斗篷，一丝儿面容都看不见。上了马车，立即开动，但仍然不燃灯。两辆车向南疾驰，过了永定门，才点燃了车灯，没过多久，又熄了。直到过了丰台，车灯才大燃。

这幕情景被写进了《申报》2月21日的报道中。记录者会跟着这两辆车从前门一直到丰台，肯定也非等闲人物。事实上，袁世凯手下的密探有理由重视这两辆马车，后来探明，这两辆车里的首领，正是肃亲王善耆，宗社党的领袖之一。

1912年1月12日，清宗室良弼、毓朗、溥伟、载涛、载泽、铁良等召开秘密会议，19日以"君主立宪维持会"的名义发布宣言，被称为"宗社党"（宗社，即"宗庙社稷"的简称）。据说其成员胸前会刺有二龙图案及满文姓名。

宗社党最初的目标，是夺回袁世凯的内阁总理职权，由毓朗、载泽出面组阁，铁良出任清军总司令，再与南方民军血战到底。随着袁世凯、良弼先后遇刺，隆裕太后决定逊位，宗社党的使命遂变成"复辟清室"。

自2月后，许多清宗室就从京师消失了，连御前会议都不再参加。他们中有人迁去了天津或青岛租界避祸，有的人，还在为清室的最后一丝希望奔走。

这时候大清的最后希望，只能是甘肃的升允，与东北的赵尔巽，再加上一个兖州的民军败将张勋。京师与甘肃隔着直隶、山西、陕西，但京师至奉天却有直达快车，东三省总督赵尔巽，及手下的张作霖、冯麟阁，都闹着要与民军决战。一时间奉天冠盖云集，皇族纷纭，黄龙旗高高飘扬，有"小北京"之称。

倚托东北这步棋人人都看得清，传闻也就分外的多。2月3日凌晨3点，京奉铁路山海关附近某铁桥，第四根铁柱被炸断。当时山海关驻扎的法国兵队听见为爆炸声。5点，京奉火车经过，出轨，三等车三辆坠落桥下，伤二十余人，死十余人（一说死三四十人，伤六七十人）。

这件事引得传言大起，有意思的是，传言分两种。一种说，这是宗社党刻意捣乱，以报复宣布共和；另一种，说是民党打听得清皇族多人欲往东北组建宗社党，所以炸毁铁轨，以阻止宗社党计划。

主持北方的袁世凯显然相信前一种说法，"急电现驻马厂之第四镇，抽调十营于二十五日乘津浦车抵津，换京奉车沿路驻扎"。事实上，他当然也更愿意相信前一种。

自打从北方传出"宗社党"的名号，这个组织就像幽灵一样，不断出现在南北议和的谈判桌上、讨论建都何处的通电中，以及舆论讨论共和的文章里。如3月4日《申报》一版的评论《临时新都私议》即称:"清帝虽云退位而宗社党之反侧未销,设苟无人以镇抚其间,安知不有死灰复燃之虞?"简捷了说,按某些人的说法,袁世凯一旦南下,宗社党立时就可能让北方局势逆转。

宗社党真有那么大势力?

宗社党的消息还在不断传来。据说他们的"勤王队",已在威海卫组织分府,"募得兵卒八营,聘请俄人为总司令","并在该处泼斯夫洋行定购快枪三千杆,弹子五十万颗,野战炮八尊,德意志机关炮三十尊,机关大炮一尊"(3月8日《申报》)。

而从北京到南京,更是在盛传:2月29日京津兵变,亦是宗社党煽惑其中。"宗社党首领铁良,于二月二十八日曾在朝阳门外,与某管带把晤其宗旨,先以炮队击袁",而且宗社党还打算招集京津保唐等地的叛兵,日内在山东再谋举事。又有说,铁良常与各镇军官秘密会议,极力运动第三镇协统卢永祥协助。

1913年3月20日,济南城内出现大批告示。告示称,现在革命党人虽举大奸臣袁世凯为大总统,创立共和政府,实为中国数千年来未曾见过的政体。还说袁世凯已有称帝野心,呼吁诛戮叛贼袁世凯,讨伐抱革命思想的朝野官民,复兴大清。

告示出现后,驻山东陆军下达紧急命令,宣布戒严。4月11日,《民立报》自北京特电,谓"日前山东济南城出现一伪示,末署张勋、溥伟之名,并盖恭亲王印。昨袁总统询问溥伦,谓确系恭王真印"。这一来更坐实了宗社党的存在。

紧接着,各地都发现了宗社党。南京、上海、杭州、武汉、长沙，纷纷声称抓获宗社党员，搜出委任状、大批炸弹、枪支，而且多有外国人参与。最有意思的是，兵变之后，天津某铺中突然发现500面龙旗，一时舆论哗然，都说这是宗社党将在天津起事的铁证。

后来政府又出面辟谣，说这些龙旗是"京奉路局工程师英人李吉士氏，拟于收买之后，携带回国列于博物院中，为将来纪念之品"。从上到下，都是虚惊一场。

《申报》4月21日的《清谈》栏目由此质问道："东曰宗社党，西曰宗社党，市虎杯蛇，不知宗社党究有何种能力，而能惊人如是？"宗社党真有这么大势力么？很多人心中都有这个疑问。

传闻中，宗社党的救亡之策，先是运动清隆裕太后出京赴奉，重建清廷。此议被太后拒绝后，铁良等人又劝恭亲王溥伟自立为帝，也无果。嗣后京师谣诼，说升允在西北，将拥立端王载漪——载漪是发起义和团之乱的罪魁祸首，庚子后被发配至西北，辛亥之后，他是清室在西北的宗室最近支，升允拥立此人，倒也合情合理。

但这些纷纷扰扰，并未落到实处，只是在大江南北，制造出许多紧张空气。这些风言传闻，关键所在，还是北京城里那个大权在握者：袁世凯。

袁世凯养虎遗患

据报载，宗社党传言纷纷之际，隆裕太后甚为担忧，她担心宗社党的举动惹恼民国政府，不仅会影响优待条件的实施，甚或会引来"灭族之祸"。因此她多次提出"消灭宗社党之方法"，即要求宗室中的活跃人物，如善耆、溥伟、铁良、荫昌等人，"二星期内必须返京",将他们范围在北京城内,那就翻不出天去。

隆裕太后都能想到的事,袁世凯会想不到吗?东三省反对共和,袁世凯还任由宗社党人自由进出关内外,尤其是善耆、溥伟,移居大连旅顺,与日本人勾勾搭搭,袁世凯的密探能够关注到他们的每一次进出京师,为什么没有采取任何限制措施?

只能解释为袁世凯在"养"着宗社党,有没有像在清末暗中资助革命党那样送钱送物不好说,但至少为他们活动提供了便利条件。而且他还利用舆论与传闻,将宗社党的势力夸大宣扬,制造恐慌气氛。

这跟袁世凯在辛亥出山之后,令冯国璋收复汉阳后即"等等看"的手法,如出一辙。事实证明,也同样有效。袁让南方很多人相信,北京兵变可能出自宗社党的煽惑,且进一步让他们认为,一旦袁世凯离开北京,则北方局势将重归动荡,民国前途堪忧。章太炎等人坚决支持定都北京,可见袁世凯这种养虎自大的手法,影响当不在小。

4月17日《申报》"京华短柬"栏有一条消息,颇耐人寻味:

> 闻日前袁大总统接到南方密电,谓宗社党留京之运动家,共有七十余人。该项人在京之住处行动,电中言之甚详,并谓该党之北京首领,系前清某贝勒。总统得电后恐此事传播入民党之耳,致起风潮,殊于北京秩序有碍,已密令某贝勒从速出京,并解散在京之该党人,免生意外枝节。

既然宗社党反对民国,袁又对其"在京之住处行动"知之甚详,为何不立加逮捕,以昭本心,而是密令其领袖"从速出京,并解散在京之该党人"呢？此时袁世凯已经赢得了首都、就职地点两场战役的全面胜利，正在谋划向列强资本团借款，很需要制造"京师一片祥和，北方局势尽在政府掌控"的表象，宗社党此时的活动，就有些不合时宜了。

用之即养之，不用则挥去。袁世凯这种功利主义手法，为民国留下了无穷的遗患。

宗社党的确存在。5月31日，日本人宗方小太郎访问溥伟，问他打算"何时举事"，溥伟回答"越快越好"。第二天，溥伟又托人会见宗方，称在北京附近有价值200万两的土地，希望以此为抵押，通过宗方向日本借银，用以在济南、汉口、广东、南京等地设立机关。溥伟相信三年必可恢复社稷。(《北洋军阀》)

一向以来，宗社党都被认为是守旧势力的代表。这其实是一种有意无意的偏见。在大清最后的贵族中，真正守旧者、既得利益者，入民国后都老实得很。5月7日《申报》"京华短柬"有消息云：

> 清廷逊位后，满人之反对共和者，实系少数，而富有资蓄者，则或逃至日本，或徙居天津青岛，更避之唯恐不速，近有数人，已在津埠，改易汉姓。--系荣庆，改姓赵；一系那桐，改姓张；一为奎俊，改姓王。闻荣庆原本汉军，此次改姓，实系归宗，且三人均有富名，因惧宗社党之牵累，故借此以自表云。

宗社党的发起者如良弼、铁良、溥伟、载涛、荫昌，都是清室皇族中的少壮派，他们大都毕业于新式的贵胄学堂，许多人曾经留学日本（良弼与吴禄贞是极要好的同学）。他们接受的西方新观念，比任何一代满人都要多。肃亲王善耆，也是王公中著名的开明派，主持清末警政，对立宪派十分友好。汪兆铭刺摄政王被捕，也是善耆一力主张保全。

对于清末立宪风潮，这些后来成立宗社党的少壮派、开明派，比其他保守的满大臣要更为积极。然而，他们也是"皇族内阁"的积极支持者，对于南方的排满革命，比其他满人更加愤激痛恨。

这里有一个站在汉人立场的研究者长期未能意识到的吊诡：当满人中的精英接受西方的一系列"先进观念"的同时，他们同时也接受了西方思想中的民族国家叙事，因此他们对于"满汉之防"更为敏感，他们可以接受君主立宪后的满汉非平等竞选，但不能接受原有王朝框架中的汉人弄权。正是在他们的推动与坚持下，一向软弱的摄政王载沣坚决地将袁世凯开缺回籍。然而，满人精英高估了己方对全国局势的控制力，武昌事变之后，他们只能眼睁睁看着半壁河山脱离大清的版图。

在朝廷决定逊位之后，宗社党一直不曾放弃复辟。他们出钱出力，计划刺杀他们最恨的人：奕劻、袁世凯。奕劻逃入租界，放弃在京的70余万家产，不仅仅是逃避民国与乱兵，更有对宗社党的恐惧使然。

而4月底所谓"铁血监督团"接受铁良一万元资助，刺杀袁世凯一案，只是宗社党资助各种势力反袁、反民国的一桩个例。这些钱，很多是虚掷的，因为这些旧官军、江湖杀手，大抵"无政治思想"。纯粹用钱收买的叛乱，很难成功。

然而，善耆、溥伟等人坚持不懈地为家国之仇而斗争，在日本的支持下，寻找一切时机出击。说他们"卖国"，宗社党绝不愿意承认。他们的国在1912年2月已经亡了，反而是后来的"满洲国"，虽然在日本卵翼之下，对宗社党来说，却总是满洲人的国。

元周記

會來得這麼快，短短三個多月，大清的江山便已易主⋯⋯」

「我看過案審口供，某先生說，您去年冬天曾寫信給他，說『行當鳩集同志，將與民黨力抗，必達目的而後已』。您是宗室嗎？」

「我嗎？算是個『覺羅』吧，可是早沒了爵祿。我跟您說，大清雖然屢弱，卻是亡不得的。我看你們那個孫文的文章，你們要『恢復中華』，打着什麼『鐵血十八星旗』，祇關內十八個行省，那滿蒙怎麼辦？西藏新疆怎麼辦？他說讓我們旗人回到滿洲故土去，笑話！東三省俄去日來，哪有旗人的立足之地？

「當年的天下是大清打下來的，蒙古、西藏、回部是向大清降順的。如果大清不存，洋人就可以借辭吞并邊疆各地，到那時，中國還能保住不被他們瓜分嗎？

「十四行省獨立，有幾個省不攻滿城，不殺滿人？戰火平定後，旗營人眾，必定衣食無着，啼飢哀號。你們記者搜羅天下新聞，應當比我清楚。若是民國成立，將如何處我族人？所謂優待條件，祇是對朝廷實際的好處，旗民生計如何解決？誰任其事？袁世凱嗎？笑話！那是曹操一般的人物，祇求自己能當上大總統，拱手將大清尚存的半壁江山送給了南方！

「我們一班同志，就是你們所說的宗社黨，確實志在恢復大清。我來汴京，便是要聯絡旗營，巡防營裏的弟兄，尋機起事，一定要重建大清的社稷！」

「可是金先生，」我忍不住說，『貴黨是不是太招搖了些？總機關設在您住的機神廟街，『晝伏夜動，行踪詭秘』。某先生說，他跟您長親、您，都是舊識，原本不忍告發您的，祇我看此地報紙上說，你們十幾人同來開封，分住在各旅館，又全無政治思想，開口閉口擔着風險，要多少開動費⋯⋯」他使勁搖了搖頭，「清三百年夙恩，他們竟全不念了麼？我還想問什麼。

「誰知道到這兒找人談說，旗人大抵畏葸怕死，巡防營積怨在心，再加之使動經費，受民軍壓迫，不說一呼百應，起碼也該是熱血男兒，不亞于武昌新軍⋯⋯」

金先生閉上眼睛，良久，長長嘆了口氣：「我在北京的時候，祇想着各地旗眾，民議論紛紛，他怕事兒鬧大了，禍及自身，才不得不去衙門首告⋯⋯」

「我祇好一面向門口走去，一面說：『金先生，再會了。您放寬心。據我所知，宗社黨一般不處極刑，咱們後會有期。』

暗黑燭影裏的金先生似乎微微睜開了眼，又似乎沒睜開。

宗社黨人

二

❖ 宗社黨人 ❖

他們讓我進了第一監獄,但叮囑要快,這個人是政治要犯,不能隨便見外人,尤其是記者。

他們叫他金先生。金先生坐在白木板桌後面,一燈如豆,昏暗得看不清臉的細部。袛知道他是旗人多有的容長臉,二十五六年紀,辮子剪掉了,但頭髮留得比一般人長一點,有些散亂地披拂着。長衫很髒,但他并不緊張,也不沮喪,嘴角似乎還有淡淡的嘲諷的笑容。

『金先生,您承認您是宗社黨嗎?』

他有些驚異地看我一眼,大概因為來人的京話講得還不錯,去偷去搶,不辱沒祖宗。』

『我能不承認嗎?你們有人證,有物證……再說這不是』他嘴角嘲諷的笑似乎更濃了。

『金先生,聽說您是京師大學堂肄業的?』

『是某先生告訴你們的吧?讀了三年,經科。現在民國了,聽説經科也要廢了?』

『呃,是的,蔡鶴卿總長近期發表談話,説經科將分別并入哲學門、文學門⋯⋯金先生,京師大學堂的高材生,却來從事復辟活動,不會太可惜了麽?』

『國都沒有了,什麼大學堂、高材生,有什麼用?我知道你是記者,我不妨跟你說說我的事,也好讓世人知道我們族人的苦衷。

『庚子年,北京被西洋東洋的軍隊占了一年多,我們旗人吃了多少苦,捱了多少罪⋯⋯是,孝欽太后被人所惑,任用拳民,才有庚子之難。打那之後,在京師、在外府的旗人,稍有人心的,都想着痛改前非,好好地救一救大清國。光緒卅一年,彭翼仲、王子貞發起國民報,我還在學堂念書,天天上街勸捐,親眼看着街坊鄰居把家裏的碎銀、銅子兒都拿出來,繳存在大清銀行裏。那時我還看見報上説,南方人多有不願意捐的,説拳亂是北方人弄出來的,不關他們的事。當時我心裏特別搓火,辦報的彭先生勸我,説不是所有南方人都這樣,中國人要聯合起來才能強大,不要有南北的畛域之見。

『我聽了彭先生的話。各省諮議局代表上京來請願,我們到前門車站列隊歡迎,希望大清盡速立憲成功,也和日本一樣,成一個一等的國家。就在前年,我還同着幾位同學,一道來開封,勸説這裏的旗營兄弟,要人人贊成立憲,與綠營、新軍弟兄和衷共濟,一致對外⋯⋯』

『為什麼單單選擇開封?』我插空問了一句。

『我舅舅那時在這裏當佐領,不過宣統三年初換防回京了⋯⋯總之我跟這裏的旗人混得很熟。誰也沒有想到,革

端午不放假？大家自己过

上回书说到，新政府不准大家过旧历年，严禁庆贺，更禁止赌博，只有年关收账可以——这种时候，商业总是显得很固执，我就要，我就要。连政府也不得不考虑商人们的习惯，5月底财政部向参议院提交《会计年度提议案》时首先指出，各国会计年度基本分为三种：法兰西、奥大（地）利、比利时，采用一月一日制；英吉利、德意志、日本、丹麦采用四月一日制；采用七月一日制的国家最多，如美国、意大利、西班牙、葡萄牙、那（挪）威、墨西哥等。财政部认为中华民国应当采用七月一日制，理由是"我国商人习惯皆以端午、中秋、除夕三节为结算期，营业税所得税等相此三节而酌定之，亦宜在阴历五月以后"。这就是端午的力量。

话说回来，旧历年没让过，旧历端午即五月节，让不让过，谁知道？湖北是"首义之区"，自然要当表率。湖北老百姓一琢磨：要不，咱过新历的五月五？一人动，百人随。1912年5月5日，武汉城内外，都拉开了过节的架势，尤其是城外的白沙洲、金沙洲，从来就是过节的中心区。二洲居民瞬间进入节日模式，旧节程序全套搬演，什么纸扎龙船、迎天符，抬着诸神出庙巡游，好不红火。巡警听到声响，跑来视察，居民纷纷说什么"收瘟摄毒，预防时疫"，巡警也摸不清上头的意思，没敢太加干涉。

这一来，这股节日风可就刮进城里，军政各界，纷纷私下议论。甚至有胆大的跟上官提出，是不是放假一天，大家过节？去年是新军、今年成了民军的兵营里，更是说法多多。往年端午，当兵的不但可以请假外出，还有酒肉犒赏，今年咱是不是照旧哇？

终于让黎元洪知道了。副总统兼湖北都督立即通令，禁止各机关过节。通令中说：

> 过节原为吾国陋习，毫无意识，现在民国肇兴，亟应改良社会，荡除民国之旧习惯。凡奉公人员，尤宜以身作则，力矫前弊，以资表率。兹届新历五月，诚恐仍沿旧习，竟过端节，为此传知各司处各军队各司厂，一体知照，不得仍沿旧习，循例贺节。

说实话，按新历过节，本来也有一点名不正言不顺，大伙儿被浇了一瓢冷水，只好作罢。这事就算这么被压下去了。

1912年的6月19日，才是阴历正宗的端午节。千年习俗，能否一朝铲除？黎副总统少不得防微杜渐，预先发了通令。各机关各军队，根据黎副总统的指令，发布文告。《申报》的访员抄下了第一镇统制黎本庚的文告，刊登在地方版上。

文告比上次的通令说得详细，首先是谴责过往的端午节："旧历端午，往往有无赖流氓，耸惑愚民，开龙船大会，为敛钱之举，于风俗治安，两有妨碍。"接着，黎统制（或者说他的文案夫子）

饶有兴味地做了一番简短的考证："本统制查五月五日，节号天中，三闾屈原是日投水，后人景仰前贤，悯其爱国捐躯，投粽果于江以吊之，此事曾见于书。"既然于古有征，又富美意，为何还要禁止呢？主要是针对"龙舟竞渡"，即使是古人，"有识者早非议之"，到了今日，"无业流氓，假庆贺佳节为名，赛会筏船，丑态百出"，前清时代，尚宜革除，何况中华民国"咸与维新"，必须严禁。

由此我们似乎可以看出黎元洪将"过节"视为"陋习"的命意所在。庚子以后，维新派深恶愚民误国，连带把民间社会的种种旧俗都视为糟粕。光绪三十一年（1905）正月，从北京到上海，各大媒体都在讨论"改良过年旧俗"。论者认为，中国新年的弊端有二，一是"繁文"，二是"迷信"，什么送神、烧香、赌博、拜年、算命，种种宜忌，种种礼节，都无补于世，且虚耗财力。

维新派并不是彻底反对"过节"，他们只是希望"新民"，提倡有益的节日活动。诸如上海、苏州等地于1912年1月15日庆祝民国"第一元宵"，便有提灯游行、悬挂彩灯、燃放烟火等新式节目，多半是效仿租界的西人行径。但是他们天然厌恶民间的自发聚会，诸如聚赌、龙舟、巡游、社戏，既增加治安成本，又可能被地痞流氓借作敛财之道。中国要成为"文明国"，岂能不革除这些旧俗？

维新人士的见解显然影响了政治高层（有些维新者本身就进入了高层），这才会有以黎元洪为代表的政府出面禁止民间过节，尤其是带有狂欢性质的新年、端午。

那么，效果如何呢？我们来看《申报》访员的报道。

6月19日当天，"武汉政学军商各界仍循旧例庆贺。各署、局、军营、学堂，虽未放假，而到署办公者，殊觉寥寥。军人非请假出外,即在营置酒酬酢,学生则多旷课不到"。明明有严令在前,难道长官、教员,统不管么?据说他们也很无奈,因为端午过节是"习惯所在",他们也害怕一经约束,引起风潮,所以"莫敢阻禁"。通令文告的威力,碰到强大的民间习俗,似乎也无计可施。

其中关键,恐怕在于端午旧俗背后,有着强大的经济动因。在武昌,各行政机关办事人员,"竟要求借支津贴薪水,以为过节之消耗费",这好像不太妥当,可是人人如此,谁愿意独当众怒?民国已经半年,最初的廉洁公直,似乎也渐渐消泯。官吏职员手里有了钱,带动假日经济,"市上售食物者,生涯极为畅旺",而城内商店,援引旧例,停市半日。

不上班,商店也不开门,去哪儿呢?汉口哇,那才是节日的销金窟。"租界以内妓院酒楼,日未午,已见各司人员幢幢往来,叉麻雀,跑马车,兴高采烈,胜于往常。"

至于本地居民为多的汉阳,赛龙舟,迎神会,明目张胆,谁去管他?青壮小伙,赤了上身,扛着龙舟旗鼓,就从街上黎统制的煌煌告示面前呼啸而过,招摇过市。又有谁来严办?军士,巡警,也在过节。

《申报》的访员(当然是维新派)明显很愤愤于这种图景,感慨:"吁,可异也!"当然,他也只能在报纸上发发牢骚。

说穿了,这件事还蛮吊诡的。报纸上天天在说"民国创立,主权在民",可是"民"在律令里却没有遵守"旧俗"的自由,过新历端午被禁,过旧历端午还是不许。可是,人要过节,洪水都挡不住,连制定命令的人,也管不住身边的人、家里人,甚至自己过节的欲望。他们废禁旧节的理由,无非是功利化的"糜费""混乱"等原因。这倒让人想起宋代陆游笔记中一个司马光的故事:

司马光是反对过节的维新先锋派，尤其不喜欢过"金吾不禁"的上元节。想必也是觉得男女混杂，荡闲逾检，成何体统？某年上元，夫人要求上街"看灯"——这可是宋代上元的一大盛景，看过《水浒》的人都知道，东京灯节，连李铁牛都久闻盛名，非要宋江哥哥带他去耍子不可。

司马光板着面孔对夫人说："家里自有灯，何必上街去看？"

夫人讲："兼欲看人。"大年下，谁不图个热闹？

司马光愤愤地，也可能是苦笑着——这取决于他怕不怕老婆——说了一句："某是鬼耶？"难道我不是人，是鬼吗？

你看，从司马光，到一千年后司马光的徒子徒孙，都在强词夺理，半点儿不顾广大人民群众的心理感受，只要严肃认真，不讲团结活泼。

总理出走之谜

总理，总理你到哪儿去了？

公众从《申报》上得知这件离奇之事，是由1912年6月16日的一条"特约路透电"："唐总理忽乘早车赴津，国务人员咸相错愕。至其离京原因，尚未探悉。"

一般来说，路透社这种外国通讯社，总能报道一些中国媒体不能、不敢报道的新闻。但即使是路透社，也是语焉不详，连唐总理哪天赴津都没交代。相信读者看到这条，也一定"咸相错愕"。

等了两天，6月18日，大家才能看到一些详细的报道。从当天"专电"里，公众才知道，唐绍仪突然出走，是6月15日凌晨的事，而且触因非常诡异：

> 十四晚外城麦田有人放枪防贼，城内误为兵变，东交民巷电灯骤灭，以探海灯巡城，人心大慌。是时唐总理在国务院内，适有一卫兵酒醉，误放一枪，唐惊疑殊甚，彻夜未眠，天未明即私行赴津。梁士诒追往求回，十六夜车仍未返，京

中遂哄传总理失踪，播为奇谈。

而"特约路透电"则透露了一个细节：唐绍仪出京时带有"箱笼八件"，看这样子是不想回来了。而另一个细节是：总统府秘书长梁士诒去津劝唐，是奉了袁总统之命，袁世凯同时向天津派去了专车，专候唐绍仪返京。

6月18日梁士诒返回北京，唐绍仪并未同返。次日的新闻更奇异了：据说梁士诒回报，说唐自称"外人既与我反对，军士又有谋之者"，不肯返京。据梁判断，唐之语言情况，"似有脑病"。

晕，难道是一出"飞越疯人院"？

接下来的消息，是唐绍仪提出辞职，袁总统再派陆军总长段祺瑞赴津挽留，唐仍然拒绝。此时出现了一个反复：17日袁世凯请参议院选举署理内阁总理，当日下午参议院举定外长陆徵祥。谁知梁士诒回京后，唐绍仪突然又提出撤销辞职书，18日回任。袁世凯通告参议院取消前议，参议院同意了，同时要求袁世凯"宣布唐突然离京理由，以释众疑"。

但显然唐绍仪爽约了，而且于6月20日传出了"去上海"的说法。袁世凯自然没有宣布唐绍仪离京理由，反而又提出要任命陆徵祥"代任总理"。这不是拿国会和内阁涮着玩儿吗？"参议院议员对于唐之私走，或主质问，或主弹劾，议论极为激昂，中西报纸亦尽力嘲骂。"而北京城内谣言蜂起，有人说广东即将宣告独立，唐绍仪是要南下返乡，又有说宗社党领袖铁良已抵北京，打算乘内阁无主之时起事，一时人心惶惶。甚至据外电报道，外交团也被此事惊动，"恐有意外之祸，已议再调兵队驻扎北方，以资弹压"。

唐绍仪这一走，留下的谜团很多：

（一）他为什么要出走？为什么归咎于外人和军士？

（二）他为什么不循正常途径辞职，而要采取这种非常方式？参议院会放过他吗？

（三）现在正是大借款谈判紧要关头，他走了借款怎么办？（上海的伍廷芳就认为唐决不可能真的去职。）

（四）唐绍仪是以同盟会员的身份出掌内阁，他若辞职，同盟会诸阁员如蔡元培、宋教仁、王宠惠、王正廷要不要联同辞职？（18日蔡元培亦赴津见唐，还带回了唐的告假书。）

（五）谁会出任唐之后的内阁总理？

（六）唐在辞去总理后会干什么？

公众最关心的，肯定是唐绍仪为什么会出走。可是唐自己不说，一切都只能是猜测。有人指出王芝祥未能任直督是唐出走主因，也有说唐赴津是因为"谋去熊希龄未成"，当然也有人说唐绍仪是受不了外交团逼他交代南下组阁的花销账目。而政府的公开对外口径，只有"因病就医"四个字。

在某些人看来，更刻不容缓的问题，是继任者为谁。陆徵祥代理总理，有人说不如就他算了，虽然名气不大，但也没有什么骂名，跟各党各派关系都不太亲密，而且他是公使、外长出身，跟外交团关系不错。不过，比较激进的一派觉得这人是前清旧官僚，是个滑头，不配当总理。

同盟会一直认为唐内阁是同盟会为主导的政党内阁，现在唐绍仪既然离职（传说有人提议将唐开除出同盟会），同盟会遂提出：

以政党内阁的惯例，总理应由同党之人继任。据说那位嫌弃农林总长之职的宋教仁颇跃跃欲试。

另外，还有不少提名者：黎元洪、徐世昌、张謇、伍廷芳、熊希龄……这些人在选第一任总理时就在提名名单里，现在又拿出来过一遍。

不过陆徵祥已经代理，暂时不会影响行政体系的运转，尤其在外交团对陆徵祥表现出明显的好感之后——公使们甚至打破惯例，率先拜谒陆徵祥，让北京政界小小吃了一惊。

竟然是跟"西妇"私奔？

6月22日，也就是唐绍仪正式提出辞职表的那天，冷火里突然爆出了热栗子。《申报》"专电"栏里出现了一条："唐绍仪将赴香港，偕一西妇同行。"这是啥意思？西妇？

不管什么时代，媒体与公众的那根八卦神经永远是紧绷着的，何况总理出走一事本极离奇，什么参议院国务员外交团王芝祥，这些理由都显得太寻常，而一个女人的名字，反而能够以毒攻毒，给这件离奇的事，一个离奇的缘由。

堂堂民国总理，为了桃色事件出逃？这话说给谁听，谁信？新闻发布者想必也有自知，因此这则登载在1912年6月27日《申报》要闻版，题为《唐少川有桑中之喜》的消息一开始就说：

> 此信出自总统府，并为袁大总统亲口所述，记者敢设誓，以证其确实，并愿负法律上之责任，如有一字虚言，唐可按律控告。

记者还表示"唐总理之潜逃,前三函历述其原因,今乃知皆非主因,知其主因,为之气结神昏者累日"。这哥们儿太会写新闻了,有出处,有感慨,还有誓言,读者岂能不屏息凝神看下去?

下面这段主文,更是丝丝入扣,让百年后各种娱乐八卦绯闻独家,都相形见绌:

> 唐近在六国饭店勾搭一西妇,或云英人,或云德人,孀也,年约三十余。一日唐至总统府有事他行,传呼套车,门者云,唐总理车送一西妇至六国饭店,尚未回来。盖唐与所勾搭之西妇同车,唐至总统府,而车送西妇至六国饭店也。逃之日,京某报载内务部侦探见唐在车,其旁立一西妇。昨日总统府得报告云,唐所勾搭之西妇,为德国某医生之妻,医生已去世。近有外人知其事者,将与唐寻衅,唐大惧乃逃。适某客在座,总统语之曰:原来少川有桑中之喜。堂堂总理为此而逃,乃更可丑云。呜呼,如此之人,记者虽欲詈之而无词矣。

全文照抄,以免今之读者,认为我饰辞夸张,又或是引述走样,该记者地下有知,"按律控告"洒家。

"桑中之喜"出自《左传·成公二年》。楚国派一位臣子到前线为使,结果该臣子临阵娶妾,与之偕逃。旁人评曰:"异哉!夫子有三军之惧,而又有桑中之喜,宜将窃妻以逃者也。"("桑中"则来自《诗·墉风》:"美孟姜矣,期我乎桑中")有美偕逃,用典用得好不贴切,谁说袁项城不读书?

《申报》立刻追加时评,用这则材料为嘲骂唐绍仪之声浪平添一道亮丽的风景："有女同车，来朝而走马，既享第一总理之荣名，又得孟光偕隐之艳福，吾羡之，吾实慕之。彼区区千万人唾骂，奚伤也？"一文一评，几乎坐实了唐绍仪这项罪名。

不过，纵然记者赌咒设誓，相信这么离奇的理由的人，怕也不会太多。尤其是其后唐绍仪的行止之中，这位"西妇"也未露过面。所以今之史书，一般将此新闻，视为谣言。要说不是空穴来风，也只能怪唐绍仪平日用度豪奢，爱好冶游。

不管怎么说，"弃职潜逃、腾笑异邦"这顶帽子，是扣死在唐绍仪头上啦。其后还有一些谣言，如说唐绍仪离京是袁总统密许的特别行动，为了避免参议院追究比国借款用途，等到新国务院成立，"仍将回京以充总统顾问"——这么说，中央在下一盘很大的棋？

回顾：唐总理的政治道路

两个月前，他还是堂堂民国第一任总理，炙手可热。同盟会中，他位最高权最重，举国而论，也仅在袁世凯一人之下耳。

五个月前，他以南北和谈北方总代表的身份，由袁世凯提名为统一后的中华民国内阁总理。当时的舆论认为，民国第一任总理，必须是新旧总统都信任的人。他是袁世凯的老部下，又是孙中山的香山小同乡。他是北方代表，在议和过程中对共和表示同情，赢得了南方的好感。他12岁出国，留美7年，跟欧美公使们也很有共同语言。

为了满足同盟会"孙文让出总统，总理该出自同盟会"的鼓噪，他又在孙中山和黄兴两名大佬的介绍下，加入同盟会。他什么都顾到了，总理之位简直不做第二人想。

当他1912年3月29日第一次出现在南京参议院的讲台上，是何等的意气风发！他谈到了中国面临最大的问题：外交、实业、军事，而最棘手的还是财政。他忧虑着1912年底，民国财政将出现巨大的赤字，却浑没料到自己在这个位置上还坐不到三个月！

4月20日，他回到北京，开始了正式的总理生涯。果然，最大的财政问题逼人而来：公使团否定了他主持的比利时借款，要求中国政府仍然像前清一样，只能向四国或六国银行借款。紧接着，银行团追问唐绍仪：你南下组阁据说花了500万元，这些钱都花到什么地方去了？有发票吗？有详细用途单吗？我们的钱，可不能借给一个胡乱花钱的总理领导的政府！

这闷头一棍打得唐绍仪眼冒金星。而且，大借款一日不解决，列强一日不肯承认中华民国，外交也基本上是鬼扯火。他被迫将续谈大借款的权力交给了新任财政总长熊希龄。

后世的历史叙述，一般将唐绍仪内阁崩盘的最后一根稻草归于"直督之争"。这事的背景是这样：从南北和谈起，同盟会压根儿就没信任过袁世凯，变着法子想着怎么制约这个前清大官僚：

快速通过《临时约法》是第一招，改总统负责制为内阁负责制是第二招。这两招袁世凯都默不作声。第三招是定都南京，迎袁南下。定都南京反对声极烈，南方很多人也不同意。迎袁南下，又被一场有意无意的北京兵变给搅黄了。

第四招是推举黄兴当总理，未遂。没事，同盟会招儿多着呢。

第五招是南军北调——让南方多余的军队去守新疆、蒙古等边境，袁世凯坚决反对。

第六招是派兵护送国务员北上。这招名义上很正当，是从北京兵变生发出来的：你北京不是不够安靖吗？咱南方派兵护送各位总理总长没问题吧？老袁也没表示反对，只是派员勘查南苑，那意思：北京城内驻不下那么多兵（有消息说南京要派一到两万兵北上），你们要派兵也行，咱们就把政府设在南苑好不？连官署带兵营全齐了。南苑，当年那叫一个荒凉。这当然也不像话，同盟会再次退让。

第七招是早就埋下了伏笔的。2月16日，清帝刚退位那阵子，南京参议院就通过了《接受北方统治权案》。内容是北方诸省，要在一个月之内，组织临时省议会，并选出都督。几个重点省份，孙中山和黄兴心里有名单，比如柏文蔚去山东。直隶都督呢？3月15日，由原直隶谘议局改编的直隶临时参议会，选举同盟会员王芝祥为直隶都督。可是，袁世凯拒绝发布这个任命。

这事就这样成了一个结。后来酿成了震荡一时的"省制之争"。打结的原因很明显：南方光复诸省都是独立之后，由本省议会选举都督，各省再派代表组成参议院，选举总统，走的是美国道路。可是北方不一样，那里本来就是袁世凯的地盘。何况，清帝逊位诏书中有"由袁世凯全权组织临时共和政府"的字样，甭管这句是不是袁世凯自个儿添的，南方抗议未果后也不曾撕毁和约。总之，袁世凯认为他对全国有名义上的合法统治权，对北方更有实质上的治权。他怎么会容忍同盟会在他的老巢斜插这么一杠子呢？

当然，袁世凯拿出的理由也说得过去：中国方经大乱，树立中央威权刻不容缓，否则必为外人所谋。如果各省都自行选举都督，必然会出现民选都督与中央不协调一致的状况。只有都督由中央选派，才能保证中央地方如臂使指，提高政治效率，一致对付外敌。这套说法,民初支持的人也很多——中央集权,举国对外,这是普鲁士、日本的道路。谁强就学谁呗,中国改良,一贯如此。

唐绍仪是袁世凯的老部下,按说不应该看不清楚这一点。史书上说他一味按照《临时约法》的规定,试图组织完全的责任内阁——这事的前提当然是南北必须和融,所以他对于同盟会向北方诸省渗透的计划,乐观其成,在南京时拍着胸膛答应了王芝祥,保他当上直隶都督。

跟着袁世凯从朝鲜生生死死杀出来的唐绍仪,头脑会那么简单吗?他真认为老首长甘心当中国的华盛顿?我总怀疑唐绍仪不致如此懵懂。不过我没法确定,从后来发生的事情来看,唐绍仪身上的不可解之处,真的很多。

1912 / 7月 / 暴力

- 7月1日　袁世凯下令禁止勒派国民捐。
- 7月4日　中国籍男子李汉雄在香港邮政局前刺杀香港总督**梅含理**未遂。
- 7月5日　唐绍仪在天津往上海客轮上被访客用手枪威胁，再度潜逃回天津寓所。
- 7月6日　《国风日报》等七家报社人员捣毁《**国民公报**》报馆，打伤经理人徐佛苏。
- 7月7日　上海发生法租界**电车**售票人员与华界路人互殴事件。
- 7月15日　**端方**头颅抵达青岛。前湖广总督**瑞澂**在上海病逝。
- 7月18日　香港臬署判刺客李汉雄"监禁一世兼作苦工"。同日，唐绍仪登船从天津往上海。
- 7月23日　参议院草定下议院各省代表人数：直隶最多46名，江苏、浙江次之，蒙古有30名，西藏最少10名。
- 7月24日　印度华侨宣布愿意承担西藏全部军饷。
- 7月25日　英国公使宣言英国在西藏自由行动。

唐绍仪夜船惊魂

唐绍仪为何出逃,始终是一个谜。后世史书,特别强调唐与袁的冲突,并暗示唐绍仪可能惧怕再待在北京,他的生命将会受到军方的威胁。这一解释也是当时同盟会不少人坚持的看法。

同盟会在唐绍仪出逃事件上,有两种意见。一是认为出逃是一种可笑的渎职行为,要求将唐绍仪开除出党;另一种意见则认为唐是因为坚持《临时约法》规定的总理副署权,在与袁世凯的斗争中受到生命威胁,同盟会应该支持他的举动。像陈其美在致国务院的急电中,即有"逼之者何心?继之者何人?"的诘问。

陈其美为此付出了代价。攻唐最烈的几家报纸,如《亚细亚日报》《新纪元报》《中国公报》等,联名致电黎元洪与各省都督,要求组织联军进攻上海,干掉陈其美。这一行动,据说出自总统府秘书长梁士诒的指使,对于本来在上海根基不稳、颇失人心的陈其美来说,无异雪上加霜。陈其美后来被迫辞去沪军都督一职。

最惊悚的一幕出现在7月5日夜里。唐绍仪携眷已经登上新铭轮,次日将从天津直驶上海。突然来了两位访客求见。会见中一位访客突然拔出两支手枪,直指唐绍仪。唐问其何意,客答:余欲知君离京之故。

持枪者叫黄祯祥，是同盟会中的急进派，时为武昌邓玉麟手下军官。他来质问唐绍仪，不见得是黎元洪或邓玉麟的主意，可能是个人意气使然，却反映出当时许多人，特别是同盟会会员，对唐绍仪出逃一事的郁愤之情。

面对手枪，唐"挺然直立，详述时局之观念，盖有不得不引退之理由"，黄听后，"肃立表明满意"，然后就跑下船去。过了一会儿，他又回来了，原来他去买了张船票，要与唐绍仪一家人同赴上海！

唐绍仪刚才虽然侃侃而谈，不失前总理气度，但要他带着家人跟这位煞神同舟数日，怕也没这个胆量。当下两拨人各回房间。次晨天未大明，唐绍仪再次上演潜逃戏码，一家人偷偷下船，回了天津寓所。黄祯祥倒是一觉好睡，醒来船早已出海，咦，唐总理呢？

两次逃亡，仍然众说纷纭。比如，一家人悄悄离船，会不会动静太大？所以有消息说唐绍仪是只身离船，家眷与行李随新铭轮运往上海；又有消息说唐黄分手后，唐就逃到船主室躲藏，怕被黄知觉，半夜由两名西洋人挟带登岸。等船开后立即致电上海，要求逮捕黄祯祥。

因为这一突发事件，唐绍仪放了沪军都督陈其美的鸽子。陈都督本来前往浦江码头迎接唐总理，结果他在码头白白守候了两个钟头。

迟至7月18日，唐绍仪才又登上了去上海的轮船。这次吸取教训，十分低调，连码头迎候的人都很少。然而7月30日《申报》，我们又看见一则新闻：

昨日又起谣传，谓前晚有一年约二十余岁之女士，身带手枪炸弹，突至唐寓所，声言民国财政孔亟，令唐自发天良助饷若干，否则即以炸弹相赠。唐闻言惊避。

如果这事并非谣言，这可是唐总理第三次避逃了。中华民国首任总理，总是这样惊弓之鸟似的东躲西藏，"逼之者何人"？他有"不得不引退之理由"，能当面说服黄祯祥，却不能大白于天下，这又是为什么？

元周記

李漢雄這一槍沒能擊中梅含理，從梅坐的轎子右側擦過，而射入右邊的總督夫人轎內，後來在此轎左柱上找到了這顆子彈。

據目擊者說，梅總督神色十分鎮定，從轎中站起來，以手撫胸，表示并未受害。總督夫人則雙眼垂淚，但也未發出喊叫。緊接着二人前往大會堂發表演說，完全看不出曾遭遇這一場凶險。

差人加樂當日負責保衛總督安全，他也出庭作證：

經過郵政局門前，被告西服草帽，忽然從西邊騎樓人叢中躍起，衝過兵隊，直衝到總督轎前，左手扶着轎杠，右手掏出一物。我認為形跡可疑，急忙上前察看，誰知槍已經響了。我立刻用手拿捉他的右腕，被告又改用左手持槍，要扣動扳機！我用力一推，將被告推僕在地。被告也與我奮力糾纏，兩個人在地上打滾……我已經感覺到有很多人圍了上來，但我不知道圍上來的是什麼人，怕是被告的同黨，因此我一直牢牢地壓住被告，不讓他起身。直到五百三十九號幫我抓住被告，被告的槍也已不在手上，我才放手起來。將人、槍都交給兵隊，繼續護守總督前往大會堂。

他說完後，旁聽室響起了一片掌聲。

港報曾采訪事發時站在騎樓下的某華人，說是事發非常快，轎子過去之後，『人影一閃，即聞轟然一聲，約兩秒鐘，久仍不動聲息，而斯時轎已停，警察與各人隨擁至。約數秒鐘，轎復起行』。

也有消息說，當時圍觀李漢雄被擒的路人，激奮鼓噪，高喊『殺之殺之』……隨手翻一張前天的報紙，『今日香港中國商民派代表晉謁港督亨利美君，表述華人對于港督遇險之驚慌，并聲明港人皆誠愛英國。又言亨利美君既為英政府代表，復為華人契友，華人皆深抱歉忱，且尊重而愛戴之』……

終於輪到被告陳詞了。我不自覺地挺直了腰板，後世出版的某本香港史上寫着『此案未曾偵破』，難道李漢雄不肯說話？

法官：被告，現在你要當堂供述，你的供述一定要慎重，否則會成為你定罪的依據，也可譯為：唔系事必要你講，但你講嘅每一句話，都會成為呈堂證供。

李漢雄：法官大人，梅含理以前在香港任巡警長時，以嚴苛的手段，對待吾們華人。後來渠（他）調任飛茲島（即斐濟），對待當地華人又系如此刻薄……還有，香港地華人行商，鐘意用『龍仙』（清政府發行的龍洋），用了很久啦，彼此方便，與廣州商行交易也不用換錢。港英政府從來沒用過

刺梅

二

刺梅

現在是1912年7月8日下午2點15分。史上第一樁刺殺香港總督案即將第三次提訊兇手。

要找到一個靚位并不容易。從一點鐘開始，旁聽室就座無虛席，而庭院、庭外直到監房門口，都擠得水泄不通。圍觀人群以市民居多，不過我也瞥見一大隊工人，約有廿名，穿着工裝，擠在道旁觀看，他們不用上班麼？

『真系奇，打工仔都黎睇嘢？！』旁邊有位香港同行哼了一聲。看來這情形的確少見。

遠處『轟』地一聲，聲波漣漪般陣陣涌來，想必被告已經出了監房，正由『差人』押送着往法庭走來。

大概一刻鐘，法庭的門開了，差人與被告出現在門口，走向被告席。被告系一名中國籍男子，二十多歲，身高一米六五左右，穿淺藍色華服，容貌平常，神情鎮定。

我手上有一大叠剪報，都是關于此次刺督案的港報、西報、滬報的報道。因爲譯音的關係，被告的名字一直飄忽不定，有黎香洪、李翰彥、李漢鴻好幾個版本。今天問過香港同行，才知道被告真名應該是『李漢雄』——這不奇怪，連被刺的新任港督將Henry May 譯爲『亨利美』，上海報紙也搞勿清爽叫啥，哪裏知道人家在香港當過巡警長，早有漢名叫『梅含理』？

據港報報道，刺梅當天，李漢雄的裝扮是『穿黑絨西裝衣服，內穿白汗衫，黑頸帶軟衣領』。聞此人曾在香港某醫院供職數年，故『操英語甚佳』。

這恐怕是真的。當法官與『皇家副狀師』分別用英文宣布開庭與宣讀起訴書時，李漢雄注視着他們，像是能聽懂的模樣，無待身後的通譯譯成粵語。而每次法官問他『是否明白』，通譯還沒說話，他已經昂頭回答『是』。

根據鶴臣副狀師的起訴書，刺殺經過如下：

本月四號上午十點鐘，梅督由卜叻碼頭登岸，接晤官紳，觀看兵隊。後即乘輿赴大會堂，輿異以八夫，梅督在左，梅夫人在右，女公子四人，各乘輿後隨。沿途兩旁，列兵隊，每名距離三步，遙爲拱衛。另有印度警差八名，與之兩旁保護，其在右之四差，由差弁加樂管帶，每差距離二步。途經郵政局前，被告由人叢中躍出，趨至梅督輿前，右手持槍，向梅督之頭部轟放。加樂是時距離約九步，見被告攔輿，即奔前察看，則槍已放一響，加樂即執其腕，而落其槍。最近之第五百三十九號印差，亦已趨至相助，按被告于地。倘非該弁等之赴救迅速，則槍必再放，難免釀成命案。于是衆差紛集，將被告捆綁。

龍仙，也未曾迫使在港西人使用，即系唔關英政府事啦？何以突然下令禁用？違反者還要罰廿五元？這是仇視華人的意思，而且此事將牽動廣東全省……（諸位，我在此翻譯了一下，否則李漢雄所講恩平話，原文照錄，哪有如此好懂？）

法庭內開始響起嘈雜的議論聲，法官不得不打斷李漢雄：被告，難道你爲了上述之事，便要行凶嗎？

李漢雄：不單祇爲了以上的事，還有好多，所以我一定要刺殺渠。

法官：你現在說的，沒有一件事與本案有關。

李漢雄（冷笑）：何以無關？禁用銅仙且苛待華人，便是關涉。

法官：本案你不認罪，才可以如此供說，否則本席不能爲你錄取如此無用之口供。前兩次你在提訊時，已經認了是不是？爲什麼今日又說這些？

李漢雄，吾便宣讀要在今日場合，才說出吾爲何剌殺梅含理！法官曄然。法官拼命敲着法槌。

『被告，本席今日判你先押禁獄中，到本月十八號到桌署（後來譯爲律政司）正式審判。若你再有話說，要留至桌署才能再說了。』

差人立即上前，將李漢雄快步押回『域多利獄』（維多利亞監獄）。香港同行告訴我，一般犯人閉庭後會稍留片刻，期滿還是可以出獄的。

大大地嘲笑了一通。他說：西人說的『一世』，就是二十年。

我以爲『監禁一世』即是無期徒刑，被報館的西事通

香港桌署昨日開訊李漢雄行剌港督一案。到堂觀審者數百人，未開堂之前，在署門外之華人甚多，皆欲一睹李之狀貌，廊內亦有西人及警升等聚集，大堂上犯人圍後之傍聽坐位皆無虛席，堂中則有陪審員，觀審之西人及法律界人員多名……正桌司戴維士出堂開訊，法政司鴉剌巴打主控，被告不延律師辯護，參事官將訴狀宣讀。中述兩罪案，其一是槍擊梅督，意欲謀殺，其二是欲以槍擊傷人身……李自行認罪……本署判汝監禁一世兼作苦工。被告聞判詞，極爲鎭靜，毫不動容，隨巡警而去。

十八日我已回到上海。十九日上午，報館收到香港電報，打開一看：

以備媒體發問。像今天這麼快，從未有過。我們走出法庭，街上人群尚未散去，所有人的目光，都望着域多利獄的大門。

這一場大案，從開庭到定罪，僅用了十五分鐘。真快。

报馆把报馆打了!

一句"假政府",引来真打手

这天傍晚六点,一伙人,大概二十来个,跑到《国民公报》馆门口,一开始彬彬有礼,递个名片给门房,说是新闻界同行,想来拜会贵报经理人徐佛苏。

来的人,领头的是《国风日报》白逾桓(同盟会干事)、《民主报》仇亮(同盟会会员)、《国光新闻》田桐(同盟会干事),包括《民主报》《国光报》《民意报》《女学报》《亚东新报》等七家报纸的工作人员。

门房将他们请了进去,并入内室请徐佛苏出来相见。谁知道甫一相见,来人即"蜂聚痛殴"徐佛苏,紧跟着有人冲进内室,殴打主笔蓝公武(对,就是这位先生首译了康德的《纯粹理性批判》)。有位议员李国珍(他曾在参议院严厉质问总理唐绍仪比利时借款用途,让唐愣了一个钟头说不出话来),正好也来报馆聊天。一块儿打!

这一顿打得不轻!据说徐佛苏、蓝公武被打得"口鼻流血,面青气喘,两足跟筋露血出","内外受伤,咯血不支"。报馆一切机器什物,捣毁一空,直接经济损失达三千六百余元。《国民公报》从次日起停刊不说,该馆代印的《新纪元报》等几家报纸也一并停印。

他们打完,并不走散,而是二十几个人簇拥着徐佛苏,前往巡警厅自首。徐佛苏后来说,他们不准徐换外衣,并且"沿途殴打"。

说实话,巡警厅也不太敢惹这帮同盟会的太岁,而且国会未开,法律未定,巡警厅使用的还是前清的法令,未免不太硬气,本来颇想息事宁人。不料,同盟会这几位"硬求关押"。于是送医的送医,关押的关押,但当晚两边的人都放了。

这场架的起因是什么?

原因很简单,7月6日《国民公报》所刊时评,称南京临时政府为"假政府"——同盟会方面认为,进步党系的这份报纸,不承认清帝逊位前的南京临时政府的合法性,而只承认民国政府自南北统一始建立。《国民公报》则辩称,"此系主笔沿用东人(日本)名词,作假定政府解,即临时政府意也"。

同盟会七报出发前曾商定,不以同盟会的名义去打《国民公报》,而是"报馆对报馆"。

第二天,双方都向法院提起了公诉。同盟会方面是告《国民公报》"叛逆",《国民公报》社告同盟会系"破坏共和"。

7月7日,北京《新纪元报》《亚细亚日报》《新中华报》《京津时报》等20余家非同盟会系统的报纸,在城南广和居举行集会,决定联合向大总统提出申诉。

消息通过路透社等外媒传到了伦敦、巴黎,这么大规模的新闻界斗殴,外国同行也十分惊诧。

章太炎直斥打人者为"暴徒"。

副总统黎元洪急电袁世凯，请他严惩田桐等打人者，"使暴任性，俾知做戒"。

《申报》报道："积恨触发，致出此野蛮手段，无法无天，万众悲愤，京师各界无不切齿。"

很多老同盟会会员，如刘揆一、胡瑛等都对这种暴力行为表示不满。

同盟会总理孙中山保持沉默。他后来曾经表示：言论自由不是谁都可以享有的，"忠于帝国主义及军阀者皆不得享有此等自由"。

据说临时大总统袁世凯很高兴。他一听说这件事，立刻吩咐秘书处，将每天的报纸分党派进呈，让他可以掌握不同党派之间的斗争状况。

开了打报馆的先河

打人事件后，"京中党争骤激，解救甚难"。

天津的同盟会系报纸《国风日报》时常批评袁世凯。《国民公报》事件发生后，北方各军队继起发难，开会集议，对《国风日报》"宜照日前打《国民公报》例打之"。

《申报》报道：某某声言，将以手枪毙《亚细亚报》总理薛大可。

7月10日，《申报》发表评论称："曩者政府将行报律，论者犹以为非；今以私人而干涉报界之言论，并以野蛮行为而毁损言论者之身体财产，此真环球万国之所罕闻者也。而不意于吾国首善之地见之，不意于吾国堂堂同盟会干事及新闻记者辈见之。"

打人是同盟会会员惯用的伎俩。当年在东京，文字之争是章太炎主持的《民报》VS梁启超主笔的《新民丛报》。线下，只要梁启超等人在什么地方开讲座,同盟会骨干,如张继等常常冲去砸场子,一人一根手杖,打得梁门作鸟兽散。

《亚细亚日报》一向被称为政府的御用报纸,在传出北方军人要打《国风日报》的消息后,该报发表评论:

> 《国风日报》对于大总统种种诬蔑,罪有应得,北方军队义愤勃发,实行保障共和,亦为可嘉。但对于此事,如不满意,可请愿控诉于司法机关,或该管官厅,令其更正。若欲野蛮手段对待,则违背法律甚,非本报所期望于爱国之军人之本意也。

民国元年,同盟会在舆论的记载中,给人留下的就是"骄横跋扈,罔顾法纪"的印象。当时北方学生界的代表,如李大钊,也愤愤地指责同盟会自许民国元勋,骄纵至极。他选择支持袁世凯。

九个月后,宋教仁被刺。同盟会不顾全国舆论将宋案依法处理的呼吁,直接发动"二次革命"。

这次,不少一年多前的同盟者,章太炎、张謇、蔡锷……这些大V都不再站在同盟会一边。没有了上海商会的支持,不可一世的陈其美连上海制造局都打不下来。

二次革命迅速失败。此后,胜败双方都走上了"控制舆论"的不归路。

暴力迷恋之反思

很多人喜欢说中国是"礼仪之邦",其实中国社会有"大传统""小传统"之别。"君子动口不动手",前提得是"君子"。而小传统中对暴力的迷恋,源远流长,尤其是转型时代,更为凸显。

清末的立宪、革命两条道路,也不妨视为大小传统的分野。主张立宪、赴京请愿、官绅(商)合作,这是自上而下的改良之途;联结会党、购买武器、发动起义,这是自下而上的革命之路。前者定归主张斗智,后者则天然沾染上暴力的色彩。

武昌首义,同盟会参与不多,让该组织真正异军突起的是上海光复。陈其美收买军官、抢夺都督、诛杀陶骏保、刺杀李燮和、暗杀陶成章、抓捕宋汉章,每一步行动,无一不充斥着暴力。与之相应的,是北方革命党人的一系列暗杀行动。

自然,不是说非同盟会的人,就一团和气。湖南的焦达峰、陈作新,山阳的周实、阮式,都是同盟会会员而死于当地士绅之手(详情参见拙著《民国了》)。更往后的还有张振武、王金发被杀。

但总的来说,民国肇立,尤其南北统一之后,以共和-进步党为代表的立宪派,基本放弃了暴力手段。因为清末立宪运动的主旨,就是要建立一套现代政治规则。为了这种政治规则的建立与巩固,对清廷与皇族,他们都可以妥协,何况是一个表面上拥护共和的袁世凯?

民初的"党争",共和-进步党一系占了上风,因为他们是当时中国唯一经历过议会政治实践的一批人。同盟会员这方面能力比较欠缺,说理说不过,就会油然而起动手的念头。

在以"排满"为号召的革命过程中,暴力被赋予了合法性,因为没有无量鲜血,不可能换得河山易色。然而,如果已经承认了统一政府与议会政治,再动辄使用暴力,就很难占据道义的制高点了。

1912年6月30日,同盟会在万牲园开会,欢迎南方九省来的代表。席间有人放言,"袁大总统为第二拿破仑,袁所最惧者炸弹,吾辈当以炸弹从事"云云。武昌首义元勋邓玉麟其时也在座,他的随员黄祯祥站起来驳斥发言者。大意是,吾辈既经公认袁为总统,则对总统应各尽其拥护之职;若反对总统,即为反对共和,若诸君以一党私见,置大局于不顾,实为民国罪人。

黄的意见代表了当时的舆论主流观点。起义虽由革命党人发动,但立宪党人花了很大气力,出资、奔走、游说、让步,才使南北双方在刀兵未动的情形下,共同缔造民国。现在许多同盟会会员自恃功高,动不动就喊打喊杀,别说政治对手不干,不少自己人听着都皱眉。

黄祯祥还提到一个话题,他说:"武汉起义时同盟会党人潜伏海外,当时血战者鄂中志士居多,今共和告成,乃贪天之功以为己力,实属无耻。"黄的看法很具代表性,尤其能代表武汉一系的观点。从革命功业、治国经验、外交基础等方面而论,同盟会都未能让人口服心服,我们凭什么要听你们的啊?

总的来说,虽然宋教仁一手改组的国民党在首次大选中获胜,但同盟会的革命暴力气质,与议会政治颇有些格格不入。宋教仁之被刺,究竟是谁指使,史学界尚有很大争议。而孙中山坚持发动二次革命,则可视为"革命的纯粹主义",失败后跟吴佩孚等人同调,寻求"武力统一",其实是要将暴力进行到底,重造一个理想的全新民国。

国民党在1927年终于卷土重来,次年以武力方式完成形式上的全国统一。但在此时,民初辛苦培育的宪政资源已经全然耗尽,北洋政府是同样的暴力崇拜者。北伐的胜利,只是暴力对暴力的胜利。得于斯者失于斯,21年后,历史重演。

电车铛铛响

华界要有自己的电车了

本来上海人是可以坐上全世界第一批电车的。那是1888年，美国人刚刚造出第一辆有轨电车，英商怡和洋行就向上海公共租界工部局申请在上海建造有轨电车。像这种关乎全租界的大事，工部局都是通过纳税人会议解决。结果，在会议上，煤气公司与自来水公司的代表坚决反对怡和洋行的提案，理由是"电车轨道回转电流会侵蚀煤气管道和自来水管道"。

这一拖，就拖到了1906年。这一年，天津租界的有轨电车已经通车运行。事实面前，反对声音终于不那么强烈了。工部局批准了建造有轨电车。1908年，上海第一条有轨电车通车，共长6.04千米。

上海市民对于这一新鲜事物，是不太敢尝试的：传说"电车"通身带电，坐上去难保不触电而死。所以，一开始电车是免费乘坐的，电车公司还邀请华人名流虞洽卿、朱葆三及电车公司的中外董事20多人乘坐第一班电车，车厢外挂着"大众可坐，稳快价廉"的标语。第二日，《申报》《新闻报》等几家大报都发布了通车典礼现场照片。最后，电车公司使出了绝招，乘坐电车不仅免费，乘客还可以获得花露水、牙膏、香皂等赠品。这下子，终于有华人市民敢于"铤而走险"了。

电车进入中国，一开始就有个绰号叫"铛铛车"，因为电车没有喇叭，司机一边摇着手柄掌控方向，一边用左脚踩踏板，一踩，挂在车外的铃铛就铛铛铛地响，前面的行人才知道避让。

电车在上海公共租界和法租界（比公共租界晚两个月通车）铛铛铛地跑了三年。第一条线路从静安寺起步，经愚园路、赫德路、爱文义路、卡德路、静安寺路、南京路，直抵外滩，长不过6千米多一点，通车于1908年3月5日。至1912年，两个租界共通线路8条，总长41.1千米，有机车65辆。

如果清政府没垮台，估计电车福利只能让上海、天津的租界独享。这一改天换地，不少大城市的新领袖们心眼都活络起来：格么好的物事，哪能让洋鬼子吃独食呢？

几乎是在同一段时期，也就是1912年5月前后，北京市、武汉市、上海县都开始讨论修筑电车线路的计划。

上海决不借钱搞电车

想开用电车的三座城市，各有优劣。

北京胜在地位尊崇，筹款容易。5月21日，报上传出消息，说北京"已议定筹款办法，中国认股二百万两，日本认股六百万两，如不足再招股"。

武汉也不落后，黎副总统元洪公一手主持，向大英劳勃脱大来公司借款三四百万英镑——不是只用来修电车路的，汉口被冯国璋一把大火烧得七七八八。一张白纸，好画最美最美的图画。街道几乎全部重修，"各街道拟用木块砌筑"，同时铺设电车轨道——啧啧，不是更容易被烧？

上海的劣势很明显，城小路窄，要修路，先拆城。电车路"阔须五丈"，不是中国小城市传统街道可以承担的，只有拆城墙，填城濠，还得拆掉城根的许多房屋，才能开出上海华界的第一条电车路。

当然，上海的优势也同样明显——它身边就有一个样板嘛！它只需"派人至英法电车公司，将营业章程译出，以资仿办"，再筹足资金，照板煮碗，还能办不好么？

说到资金，才是上海搞电车最大的特色。1912年6月24日，沪南市政厅议员吴叔田发布《对于南市华商筹办电车案之意见书》，第一条劈头便提出："南市电车可办，洋工程师可雇，而洋股决不可附，洋资断不可借！"

这也是上海市政厅民政总长李平书的主张。事实上，清末英租界、法租界多次想将租界中的电车线路延伸到华界，每次都被商会会长李平书严词拒绝。华界电车一定要华人自办，这种坚定至于固执的信念，不知道是不是受上海租界电车运行伊始"华洋分乘"的刺激。总之，北京可借款，武汉可借款，上海坚决不借！

这种牛气，是要有实力做底气的。偌大中国，资金自主，当然舍上海其谁。李平书任命陆伯鸿来搞电车公司，准备招股4万股，每股10元，优先招股20万元，据说"交纳者甚为踊跃"。大家对陆伯鸿有信心，是因为他当过南市电灯公司经理，在华界推行电灯十分成功。

1913年8月华界电车通车，据说车头均装了绿白红三色的三盏电灯，这是做啥？老乘客会很神秘地告诉侬：绿、白、红，不就是陆、伯、鸿吗？这署名，太强大了。

上海南市自办电车的方式，无疑树立了某种公共建设的样板。它一开始就选定了商办道路，既拒斥外资，又同官方保持一定距离（跟上海红十字会的做法相似）。它在技术上倒是全盘西化，陆伯鸿请的总工程师是德国人高尔熙，章程几乎照抄英法租界电车章程，电车12辆、拖车6部、钢轨钢柱暨电车一切应用材料，都是向德国祁门子（又译西门子）洋行订购的——老子就是不用你英国法国的人和货，免得将来你掐我脖子。

华界铺设电车，比租界繁难得多，主要是华界房屋密，人口多，产权又分散，所以花钱买房拆房，在空地上铺设路轨，费用颇高。上海华商电车股份有限公司一共发行了4万股，每股10元，计40万元。这钱一半拿来买了地，当时上海地价大概是每亩550两白银，另一半20万元，向德国西门子洋行订购了12辆电车，6辆拖车，还有钢轨钢柱等一切应用材料及筑路工程费，都在里面。

按英租界的章程，电车大概是两千米一站，每一站，头等车票价银三分，二等车银一分，按照猪肉比价，大概相当于现在的二元五、一元。不过，1912年4月22日，电车公司基于"沪上电车近来搭客日挤"，将票价涨到了一分五厘一站——五厘就是半个铜圆，怎么收？你这一次上车，付两枚铜圆，卖票的还给你一张五厘票，下次搭车，你拿出这张五厘票，可以只交一枚铜圆——弄得你要预付下次车资，你说，这算不算霸王条款？

华界的第一条电车线路，设计长度是九里，分六站，每站一里半。头等车第一站收铜圆三枚（银三分），第二站加收三枚，之后每两站加收三枚。二等价目则是第一站车资铜圆一枚，第二站加收一枚，之后每两站加收一枚。价格差别不大，不过华界电车比起租界，设站更短，更便于乘客上落。

而且华界电车有青出于蓝的设置，那就是拖车。拖车是拖在电车头二等车后面的独立车厢，用途是"于火车来往开行时间，专备拖车两乘，以备客人安置铺盖行李，并派司员在拖车上代为照料，以免失窃而便行旅"。这个好哇，人性化服务。

电车，问题多多

不过，**修建电车**，不仅仅是一个技术、资金或服务的问题。吴叔田在《意见书》里就提出技术、资金之外的几大问题：

（一）电车既行，小车、东洋车必逐渐减少，贫民生计所在，应如何安置？本厅车捐所入，应如何贴补？

（二）将来与法界轨道接通后，是否法电车亦可通行入华界？

（三）日后如有不测，损害或伤毙人命等事，该公司应如何赔偿抚恤？

第一个问题，电车公司章程里提出了建议，从每月电车收入中，每100枚铜圆抽纳捐费五厘，即0.5%的收入上缴市政厅。不过，这一点"尚须与市政厅磋商而定"。

第二个问题，在上海华人开修电车线路之前，法租界的电车轨道已经越界进入华界。所以华界电车，从小东门到西门一线，是与法商电车公司共享轨道。而这一段路程，经常会有无赖流氓上车滋扰，法领事曾就此向上海市政厅抗议。市政厅表示电车开得太快，巡警站在路边，很难施加保护。几经商议，上海警厅派出几名巡警，守在交界处，法界电车一旦开出来，巡警就上车保护，直到电车到达终点，再掉头返回法租界。同时民政长也晓谕华界居民，无论与"管车人"发生任何纠纷，都必须告知随车警察办理，"不得自行争闹，致肇事端"。虽然采取了上述这些措施，但是这种管理界限不清的冲突，却一直伴随着租界存续期的上海电车。

第三点，电车撞死人赔多少钱？租界也有先例。1912年5月，一名修理小工鲍圣和被英租界电车撞伤毙命，开车人徐阿三当即被捕。后经会审公堂中英双方共同审理，判定徐阿三"开车不慎"，结果是赔洋200元，并罚洋200元（没钱的话，关押半年）。《申报》报道此事，题目就叫《一命四百元》，其实死者家属到手的，不过200元。以米价算，400元不足今日之4万元，一百年前一条命，也就是这个价了。

人力车夫不干了

果然，自从华界铺设电车的消息传出后，不知为何，运行三年都没发生什么争端的法商电车，屡屡出现乘客与司机或卖票人口角吵闹甚至打架斗殴的事件。电车公司一调查，发现这些争执基本上都发生在法商电车进入华界的那一段路上。连上海县民政长出示的布告都称"在有识者方且引为耻辱，在好事者不知是何居心"。你乘客是为了代步，司机和卖票人是为了营业，有什么好争执的？难道是为了乘客逃票？可是运行两三年了，为什么最近华界路段的争执突然增多了呢？

　　最严重的一起事件发生在7月7日。法商电车的八号售票人在西门外与一名叫许金观的华人斗殴，二号查票员法国人巴而登上去帮着打架，把许金观打伤。华界巡警把几人一齐带回区警局，经过警局人员的劝解，双方同时释放，警局还特意派人将巴而登送回法租界。

　　不料，电车公司第二天又通过法国领事向上海中外交涉使司抗议，称巴而登投诉在西门外被多名华人殴打，受伤颇重，要求赔偿医药费1000元。交涉使司向华界西区警局查明情况，警局报告的情况如下：

　　许金观当晚在西门外吊桥旁纳凉，法商电车经过，八号售票人忽然下车，将许扭殴，二号查票洋人又跑来帮忙，并将许金观挟至车上，要带回公司。路人咸抱不平，拥上电车，将许夺下。该处岗巡曾协同邻岗巡士解劝无效，始由众人帮同送往警局。八号售票人开始一味抵赖，在路人指证下才承认先行动手。至于那位西人，巡警将他送回去的，未见其有受伤表现，而且第二天还有人看见这人在电车上继续查票。

　　于是警局表示，没有受伤凭证，难以承担"保护不力"的责任，也不可能赔偿1000元医药费。交涉使司便照此回复。(《申报》1912年7月17日)

　　不过此事仍然莫名其妙，八号查票人为什么会跳下电车主动攻击许金观？两名电车公司职员为什么要将许金观带回公司？路人又为什么同仇敌忾地帮助许金观？新闻报道中完全没有交代。而且，此事发生后，西区警局随即颁布了新规定，新派巡警数名，守在法租界与华界交界处，电车来了，巡警立即上车，沿途保护，直到电车回到交界处，巡警才离开电车。

也就是说，危机是真实存在的，那是什么呢？

关键还在票价上。华界电车票价是参照公共租界与法租界的电车票价制定的，第一条路轨共计9里长，分为6站，每站1里半。乘客座位分为头等二等，头等每站3枚铜圆，全程12枚；二等每站1枚铜圆，全程只收4枚。

这时已经不是三年前，上海市民早已不再怕坐电车会触电，反而尝到了电车"稳快价廉"的甜头。华界电车一开，市民势必首选电车代步，这就会冲击到华界本来的主要交通工具：人力车。

感受到巨大威胁的人力车夫，开始联合起来反抗电车。华界电车尚未开通，行经华界的法商电车就成了他们的主要攻击对象。他们把石子泥块堆在路轨上，让电车无法通行，需要司售人员下车清障。电车公司也曾派员与车夫行会协商，反而被打伤。闹得最厉害的时候，新闸巡捕房派出巡捕镇压车夫的抗议行动，一名车夫中枪身亡，另有两人被打伤。巡捕房还赔了一笔钱。

那天晚上许金观做了什么，已不可考。或许他往路轨上放了障碍物，或许他只是纳凉时指着经过的电车破口大骂，惹恼了心有积怨的售票人。总之，俗语说"一鸡死，一鸡鸣"，一个新的行当兴起，总会有被替代的行业遭受重创。100多年后，共享单车与黑车、自行车铺之间，又何尝不在演出同样的台本？

元周記

於是盼咐下去：加緊查！這一查就是一個多月，在武昌軍隊兵變傳聞甚囂塵上時，在同盟會與共和黨拔槍相向時，孫武上京返漢又辭職躲進租界時，李桂榮跟着都督府派出的辦事員，在武昌城內外到處奔走，打聽消息。南京、上海都有回信，端方兄弟首級決不在彼。武昌方面也有人證明，兩顆頭顱後來返回武昌，本當交黎都督處理……後來就不知道了。

就在李桂榮束手無策之時，有人找上門來了。

『他說大爺二爺的元陽，是在三十一標兩個軍官手裏，姓甚名誰他不肯說，祇開口要兩萬元。我們哪有這許多錢銀？祇能回頭再哀懇黎副總統……』

黎元洪似乎是下了決心管到底。找不到那兩個軍官，他就讓人帶着李桂榮，在三十一標宿地找老兵，一個一個地問，『老子不信這幫龜兒子能做得嘞格秘密』！

居然問到了！地址是在武昌城保安門外相國寺左廂土坑中。六月二十一日，李桂榮跟着都督府的人前往相國寺，才發現那土坑好大！要緊問寺裏的住持，住持僧先是一推六二五，李桂榮眼睛毒，覺得和尚神情有破綻。

『他一直往我臉上瞅，說話也吞吞吐吐，還幾次想打發個小沙彌出寺去，被我們死死把住了門。當時那局面，要多僵有多僵……』

都督府的辦事員祇好遣人回府，取來了黎副總統的手令，『着該寺主持將端方兄弟首級交與親屬』。和尚沒了辦法。

刨到天黑才刨出個木箱子，是盛洋油用的。大家都說看……他們就拆開來看，我說『是了』，封好，買了紅布包上……我一直沒敢看……』

『那爲什麼您不啓程返京，反而在漢口租了大智門的房子？』

『先生！難道不給大爺二爺留個全屍？家裏有人去了四川，聽說大爺二爺的身子，還埋在資州關帝廟旁……說好我在武漢等、等屍首全了，再往北京運！』

我聽得有點兒呲牙花子。端方在資州被殺，頭有人收拾，我聽說要示衆，身子有沒有人管，還兩說呢。可這話也沒法勸人。那，祇能指望端大人英靈不遠，保佑諸位成功。

『謝謝，您先生是個好人。』

采訪完回上海一個月了，我看《申報》，發現趙爾豐的靈柩，從成都經水路到武漢、上海，七月十五日已抵青島。『是日寄居青島之前清顯宦，多往奠祭，沿途車馬，絡繹不絕，各處居民，圍而觀者，以千百計云。』就在同日的報紙上，還登着消息：前湖廣總督瑞澂，就是辛亥雙十那會兒跑得飛快的那位，在上海死了。

祇有端方的尸首，還全無消息，也不知李桂榮他們，了北京沒有？

元周記

將軍底頭

「能看看嗎？」

「不行！」

生硬的拒絕，并未讓我有絲毫的不快與失望。畢竟，一位陌生的記者，跑到你的租屋裏來，要求看看你舊主人的頭顱，換成你，你會答應嗎？

但我的眼光還是忍不住會瞟向屋角：兩盞小小的香燭，一塊紅布包着一個一尺見方的物體。不能看，可是我知道，那是一個舊的木箱，箱子裏盛滿了桐油，或許上面『美孚』的中英文還模糊可辨。箱子裏盛滿了桐油，桐油裏浸着一團麻布，麻布裏，是兩顆人頭。

端方的頭！端錦的頭！

不能看太久，我趕緊把眼光移向白木桌對面。

他叫李桂榮，是端方從前的馬弁。長衫外披着戴孝的麻衣。六月的漢口已經相當熱了，但他坐在那裏，滿臉都冷。

我和這位馬弁大爺已經談了快兩個鐘頭，前前後後，也挖得差不多了。

很多人看過端方的頭。1911年11月27日，湖北入川新軍在資州反正，殺督辦川粵漢鐵路大臣端方，及其弟端錦。1912年1月10日晚7時，端氏兄弟的頭顱，放在裝洋油的鐵盒裏，由重慶民軍代表李某押解上船，運抵武昌。鄂軍都督黎

元洪下令將兩顆頭顱游街示衆，武漢萬人空巷，圍觀此頭。次日，李代表乘輪赴南京，要將兩顆頭獻給臨時大總統孫文。

我還記得，孫大總統察核後，即就地掩埋，也有的說，革命的見證與成果，將送到上海博物院安放，『以供衆覽』。

『家裏忙得什麽似的，南北消息又不通……未了托到一位搞洋務的黃開甲黃大人，他又托還吳祿貞吳統制的頭顱，希望送還大爺二爺的元陽。可是黎副總統一口回絕，說除非清廷送回他們派人刺殺的吳祿貞吳統制的頭顱，才會跟咱們交換……』

後來南北統一了，五族共和了，京漢交通也恢復了。端方長子端繼先立即派李桂榮來武昌，面見黎元洪，請他指示端方頭顱埋于何處，以便起運回京安葬。

黎元洪見過端方頭顱，當時還罵了幾句『滿奴該死』。

不過事過境遷，五族共和，吳祿貞也行了國葬，老扣着前清大員兄弟的頭顱也無意義——趙爾豐爲尹昌衡所殺，不也允許他家人去四川領尸運回青島安葬嗎？可是這端方兄頭顱何在，黎副總統真不知道！

這要攔之前或之後，黎副總統忙于軍務，或忙于政爭，這事就得變成懸案。好在民國初立，『五族共和』『體恤旗人』喊得山響，聽說黎副總統還曾自掏腰包，送幾位貧窮的旗人婦女返京哩。仁厚也好，做秀也罷，倘能幫家人覓回端方首級，對于黎元洪的聲望，衹會有好處。

1912 / 8月 洗牌

- 8月15日　首义元勋**张振武**在北京被捕，立即枪决。
- 8月19日　部分湖北籍参议员因张振武被杀，提出对黎元洪的弹劾案。
- 8月20日　临时参议院拒绝了对黎元洪的弹劾案。
- 8月23日　陆军总长**段祺瑞**就张振武案到参议院回答议员质询。黎元洪通电宣布张振武罪状。
- 8月24日　孙中山受袁世凯邀请抵京。
- 8月25日　同盟会等六团体在京宣布成立国民党，**宋教仁**被打了一耳光。
- 8月26日　上海霍乱逐渐蔓延，总巡捕房一名高级警官染病去世。
- 8月28日　清华学堂学生因不满教习，发起罢课。
- 8月29日　日本将上海列为"有虎列剌症患口岸"，从上海驶往日本的所有轮船，都必须在港口隔离消毒。

棋盘街突然杀人事件

第一条报道来自路透社

后来的新闻报道说,1912年8月14日晚上,他还特别约了同盟会会员孙毓筠、宋教仁、张继、刘揆一、李肇甫、刘彦、田桐,与共和党党员十余人会饮于德昌饭店,借以联络感情。席间,他慨然以"调和党见"自任。"春山兄真不愧是共和元勋啊!"听着类似的谀辞,他脸上一定浮出得意的微笑。

他当然不知道,此时此刻,总统府里的军法会议刚刚结束。他和他身边的部下,命运已经注定。

执行的时间是次日晚。

第二日晚的宴会更为盛大。是姜桂题(一说王天纵)受大总统之托,在六国饭店晚宴武昌来的"革命巨子"。段芝贵是主要陪客,他身上,便揣了处决这些客人的密令。

赵秉钧、胡惟德、傅良佐这些北洋大员都在座,人人都知道今晚客人的命运,再镇定的也难有好胃口,于是纷纷提前告辞,一顿饭吃得兴味索然。

宴毕,武昌来的主客乘车回寓,车入大清门,出了使馆租界,就有军警将分界的栅栏关闭了。车上的人当然不知道，21点开始，北京已经全城戒严。

抓捕就在棋盘街，据说还动用了绊马索。23点30分左右，民国首义元勋张振武被捕，送往步军统领衙门，立即枪决。同时，张振武随行军官方维在金台旅馆被捕，在京畿执法处枪决。

据《申报》8月21日报道，当张振武被绑至步军统领衙门时，执刑者给他看了黎元洪13日拍来要求处决张、方二人的密电。张振武斥为"捏造"，执刑者又给他看袁大总统签署的处决令，张振武道："余去年即应死者，延至今年已算长命。但今日乃谓之共和国，亦何黑暗乃尔！"

张振武说的"去年即应死"，应该在汉阳与冯国璋作战期间，他连夜驰赴前线，落入水中，几乎淹死。不死于创立民国的忘我血战，而毙命于民国首都的深夜街头，这位前湖北陆军小学教员，想必也极不甘心。

按规矩，死囚有权留下遗言。执刑者问张，张振武先要求写一封家书，等到笔墨取来，他又放弃了这个要求："余一刻难活，请即行刑，家书亦不作了。"

张振武一死，善后工作迅速展开：张振武带来的军官，除了方维，还有11人。第二日凌晨，他们都被送上京汉列车，执法处还给每个人发了遣散费，分两等，有的60元，有的30元。

总统府也于16日发出3000元银洋，交给随行来京的张振武之妾，作为张的丧葬费用。还有人通知张、方居住的金台旅馆，一切账目，都开单向总统府支领。北京同时也解除戒严。

短短半日，这件事就从京城地面上消失了。8月的艳阳下，似乎什么都没发生过。

媒体并没有睡着。10点05分,《申报》特约访员已经到达电报局,发出了第一条电文:"张振武、方维今晨(二十六号)枪毙后宣布罪状。袁大总统念其有功民国,特命照大将军礼治丧,优恤家属。"因为发得急,括号内本该是"(十六号)",误作"(二十六号)"。

可是,这条电报到17日的上午11点才到达上海《申报》馆。以当时的电报速度,这么慢有些不正常,我们有理由怀疑,执法处虽然没有公然实行新闻电管制,但电报还是在拍发交递的过程中,被耽搁了。

可是执法处与电报局挡不住外电报道。因此,《申报》第一条关于此案的报道,来自"特约路透电",内容是:

> 昨夜前门外最大中国旅馆有警兵围集入内,拘去张振武(译音)等十一人。张于今晨一点钟时,业已枪毙,其同党现均下狱,京中人心,今日颇为震动。按张为汉口起义最先最有名中之一人,黎都督荐之袁总统,袁畀以西藏某任,张辞不肯受,乃复回鄂。闻近今汉口之谋变,及枪击湖北省议会议员,皆张主谋,兹偕军官十三人来京寓该馆。黎都督因发觉以上种种详情,特电京拘之,闻张党名方伟(译音)者旋亦枪毙。

这条电讯颇有错讹之处。例如张振武并非于金台旅馆被捕,"同党"也未下狱,袁世凯许给张振武的,也不是"西藏某任",而是蒙古调查员。当然,"方伟"也是方维之误。不过,大体事实是清楚的:张、方被杀是黎元洪的主意,而"京中人心,今日颇为震动"。这两点是最重要的。

外界迅速得知张、方被杀是应黎元洪请求,是因为袁世凯根本没有想替黎隐瞒。杀张当夜，步军统领衙门与军政执法处，便联合宣布了张、方罪状，劈头便是"照得阳历八月十三日奉临时大总统军令，八月十三日准黎副总统电开"云云。

不过，据18日"特约路透电"，张振武被杀前最后的晚餐，"辛亥三武"的另一人孙武亦在席上。16日晚，孙武曾偕数友往总统府见袁世凯，询问情由。"孙出后谓袁总统自认枪毙张、方，实出自专。惟称二人均有确实罪据，而皆属妨害民国，故不得不开临时军法会议，审实罪状，实时政法。袁总统并未言及黎都督有来电等情，对于所行办法允负极完全之责任"。这一笔，为袁世凯对此案的态度，又增添了可玩味之处。

17日是星期五，当日便有参议员提出，当就张方案向政府提出质问书，但有人主张再等等看。第二天是周六，参议院照例休会。这事就拖到了星期一。但湖北参议员已联名去电武昌，质问黎元洪。

黎元洪将如何回应这些严厉的责问？民国肇立后一场最大的政治危机，已被引发。

"中国不复有政府有法律"

8月19日参议院讨论弹劾案并不顺利。张振武之来京，基于刘成禺等民社派议员之邀。他们背了卖友的嫌疑，自然极力主张：（一）要求袁世凯公布张振武之罪状；（二）政府违法，"参议院应行解散，以抵制新政府之现非法之气象"。

对于第一点，支持者众多，赞成咨文呈递袁总统的，有52票，只有11票反对。但是第二点太过激烈，少人响应。又有湖北议员提议立即弹劾黎元洪，也没什么人赞成。大多数的人意见，是按照程序，先向总统递交呈文，"如政府覆文不能令院中满意，则将先请袁总统亲自到院解释；如仍不能满意，则即将弹劾袁总统或政府云"（《申报》1912年8月20日）。

8月20日的讨论更为激烈，参议院乱成一团，抢夺议长席，鼓噪声不断。得知议院拒绝弹劾黎元洪议案后，湖北议员集体退席，表示抗议。"有一议员哭言曰：张振武之被戮，适足证中国不复有政府有法律云。"

在袁世凯的要求下，黎元洪公布了张振武的"罪状"：所谓"蛊惑军士，勾结土匪，破坏共和，昌谋不轨。鄂中几次风潮，伊等均为主动"。这些事是不是真的？其他地方的人也不知道。你问老黎要证据，他说事关军机，不能泄漏。于是张案又陷入了瓶颈。

湖北人难免有拥黎拥张的立场之别。对于其他省的议员来说，他们在意的主要是程序问题：即使张、方有罪，为何不先提起控告，即遽行处决？政府对此回答：张、方都是军人，按军法从事，无须经过法院。于是，又出现了"张、方是否军人"之争，连张振武入京时穿的是军服还是便装都变成了证据。

同盟会的态度更极端一些：就算张、方是军人，就算他们打算搞二次革命推翻黎元洪，也只是推翻一名湖北都督，并非推翻中华民国，而且正、副总统，并无直接杀人之权。蔡元培、吴稚晖等人，在上海成立了"法律维持会"，支持参议院严诘政府。

当然，反对的声浪也不小，代表的媒体有政府机关报英文《北京日报》。极端反对者认为，首先张振武有无犯罪，黎元洪作为他的直属上司，最有发言权，袁世凯老成持重，会听信黎元洪之言杀张、方，必有其不便明言的缘由。更关键的是，因为张振武、方维的被杀，导致议会与政府分裂，甚至要解散议会重组政府，必然导致大局失控，有可能引起"列强干涉之危险"。反对者质问：是袁、黎违反宪法危险大，还是列强干涉危险大？要知道，列强可是天天想着阻止妨碍中国的统一与强大啊。

有没有觉得这种腔调很熟悉？在多灾多难的20世纪，每当出现法理上的危机，总会有人用"国家危机"来说服大家。中国传统本有"经""权"之辨，跟亡国的危险相比，什么事情算是大呢？什么样的法律不能成为具文呢？

即便自由主义大师如哈耶克，在《通往奴役之路》里也留了一个口子：在战争期间，政府可以改变法律与社会规则。问题是，"战争期间"的认定，改变法律的必要性，都有"谁是判定者"的问题。如果政府抛开代议机关，可以自行做出判断，那人民还能有什么手段来防止一个极权政府的诞生？

中华民国临时参议院对这一点当然有所警惕，所以他们呈文总统府，质问国务院，诘难段祺瑞，一直着眼于法律程序问题。但是政府对此避而不答，段祺瑞来院接受质询，倒是有人提了这个问题，但这个问题还是很快就淹没在"张、方是不是军人""戒严令是否有效"这些细节问题之中，段祺瑞根本没有回答"为什么不走法律程序"这个问题，就在议员一片詈骂声中退席。而参议院是否弹劾总统与政府，又达不成统一意见。最终此事还是不了了之。

从舆论反应来看，公众也是关心内容重于关心形式。中国人爱读《三国》的多，正反双方都拿《三国》打比方。支持的人认为杀张、方是诸葛亮挥泪斩马谡，反对方则将此事比为黄祖杀祢衡，曹操不肯担杀士之名，送给刘表，刘表也不肯杀祢衡，最后粗人黄祖背了这个骂名。

这个比方在前清或者行得通，但在共和体制下，虽然正式议会尚未选出，正式法律亦未颁布，但总统下令越权杀人，无论如何说不过去。可惜，统一的中华民国源自南北和议的这一事实，导致了"形势"比"法律"强。舆论、公众，包括许多议员，都被笼罩在"脆弱的民国会因为极端行为毁于一旦，西方列强将借机瓜分中国"的阴影之下。因此，参议院的态度虽然不可谓不激烈，但对于政府，却构不成有效的制约。

或许也是这一役，让同盟会中的法制派受到了极大的打击，以致他们在宋教仁被刺案发生后，已经无力阻止革命派要用铁血来对付北京的倡议。1912年8月20日那位议员的哭号，终于变成了谶言：中华民国不复有政府有法律。

段祺瑞来了议院

整个京城，数参议院的戏最好看，随便什么议案，服制啊，官制啊，连购吸吗啡要不要入罪，怎么惩处，都会吵个天翻地覆。

当然最好看的，还是国务员来参议院的日子。

按照《临时约法》，大总统一旦选定内阁总理，总理就开始组阁，定好人选，要将内阁国务员诸名单交给参议院审议，全员通过才能完成组阁。而总理及国务员除了就任之初要到议院宣布政纲，遇有大事，参议院有权传询该管的国务员。

唐绍仪主阁时还好，因为大借款不断反复，唐总理与财政总长熊希龄出现在参议院的机会都相当多。可是，自从唐绍仪弃职潜逃，内阁集体辞职之后，这种景象就很难见到了。

临时大总统袁世凯让前外长陆徵祥当第二任总理。1912年7月19日，新任总理陆徵祥到参议院提交国务员名单。第二天的新闻报道"陆总理昨至参议院，专为交际演说，不涉政事。议员大哗，对于新国务员，本可同意者亦转而不同意，颇有摇动总理之势"。他提出的六名新国务员，一个也没有通过。

外间风传，说陆徵祥到了参议院，只讲了一堆琐事，什么"不吃花酒，不借钱给人"，一家总理，哪好在议会里只讲这些事？这个前清官僚，真是太颠顶糊涂啦。

嗣后报纸发表了当天的记录稿。陆徵祥是这么说的：

> 鄙人在外国前后几二十年，于国中情形，多不熟悉，所有几次回国，总计不到一年工夫。鄙人偶尔到京，与一般有权势者向不往来，又不吃花酒不打牌不送礼，所以他们亦不与我往来，因之对于以前之政界情形，颇不了然。但鄙人虽久在外国，则此心则无时无刻不顾念祖国……

要说陆徵祥没什么具体政纲是事实，但以讹传讹，将之形容得如此不堪，可以看出参议院与舆论界对这届政府，真的也没什么好印象。

7月29日，共和党议员谷钟秀等提议弹劾陆徵祥。因为当天到院人数不足全额三分之二（参议员动辄请假，议长发过好几次脾气了），弹劾案未能提出。弹劾案明确指出：

> 国务员提出后，陆徵祥到院陈明，是为国务总理第一次出席参议院。然未闻有何政见，惟历叙其履历，能开菜单，不吃花酒，不要生日种种，支离猥屑之词，使全院面觑旁听，诧骇总理如此，实民国之羞。若谓陆徵祥非发表政见而来，

不过出以寻常交际之词，试问参议院为何地，国务总理为何人，国务总理第一次出席参议院为何时，以寻常交际视之，随意乱谈，非叔宝全无心肝，何以致此？

从此，陆徵祥打死再不也肯再来参议院，他手下的国务员自然也乐得不来。府院之争，此时就已如火如荼。

8月15日，武昌首义英雄张振武、方维在北京被袁世凯令执法处枪决。消息传出，参议院大哗，质问无论张、方有罪无罪，怎可不经过法律程序杀人？立即要求大总统解释。袁世凯将事情推到黎元洪头上，黎元洪来电又说张、方罪大恶极，原因不便公开。议员们转而将矛头指向总理陆徵祥、陆军总长段祺瑞。

由于袁、黎都声称张、方二人是以军人身份被军法从事，因此，事情的关键就落在了直接向执法处下令的段祺瑞身上。

据说段祺瑞将在8月22日到院说明此事。那天，几乎全北京的中外媒体人都到齐了，旁听席塞得水泄不通，还有不少人在院外候着。

可惜段总长还是没来。来的是法制局局长施愚。这不是火上浇油么？可怜的施局长站上台去，还没开口，就有议员问他：你是不是代表段总长？

"不是不是，我只是来说明段总长不能出席的缘故……"施愚连连摆手。

"既然你不是国务员，又不能代表国务员，你凭什么到议会来发言？"说话的是彭允彝，未来的教育总长。

"我们现在向政府质询为什么不依法律杀人？你有资格答复吗？没有？那就滚出去！"这是湖北的刘麻子，刘成禺。"对！滚出去！滚出去！"一大帮议员气势汹汹地站了起来。

施局长再也站不住了，一旋身，从礼堂侧门窜了出去。

第二天，段祺瑞便出现在了参议院。他军装笔挺，立在台上，冷冷地扫视着台下众议员。议员们当然不肯吃这一套。他们推口才便给的彭允彝带头质询。

彭允彝提出了三个问题：

一、电报是否可以杀人？
二、军令是否可以杀人？
三、不经审判是否可以杀人？

老段不愧是军人，他也是一二三地回答。他说，一、电报为黎副总统所发，张振武在黎之管下，为黎有权可杀之人；二、戒严时军令可杀人，有大戒严有小戒严，北京及各处常多兵变的谣言，小戒严令从未取消，张、方此次来京随带多人，有实时危险之虑。故小戒严令可以适用。

第三问！第三问最重要，怎么能不经法律程序就杀人？

段祺瑞没有回答。一说到戒严令，议场里就乱了！有人问，为什么杀张时不提戒严令，现在才提？有人问，为什么宣布的张、方罪状都是在武汉，却适用北京的戒严令？还有人问，除了黎元洪的电报，还有什么证据……这一来，老段根本来不及答第三问……

议场内的声浪响彻：

"王八蛋袁世凯！强盗政府！小鬼政府！！王八蛋小丑政府！！！王八蛋段祺瑞，滚过来！！！"

段祺瑞走了。这就是民国元年，国务员来参议院的常态。

谁打了宋教仁耳光？

1912年8月25日。北京虎坊桥湖广会馆。

这个日子有什么特别吗？当然，这天是同盟会等六团体开大会宣布成立国民党的大日子呀！

关于这一天的盛况，我以前写过一篇，先请你看看：

谁动了那些宝贝

说实在的，沈佩贞并不是天生的总统门生、帝制分子。民国元年，她还是同盟会一员干将，与另一位女盟员唐群英齐名，高唱共和，热爱民主，衷心反对专制独裁的清朝余孽袁世凯。

民国元年（1912年）8月25日，虎坊桥湖广会馆举行同盟会改组大会，会议的主题是吸纳其他五个小党，成立一个大的政党——国民党。这不是简单的政党合并，用秘书长宋教仁的话说，是要将同盟会由一个革命组织转变为一个普通政党，进而在议会选举中战胜梁启超他们的进步党，单独组阁。

这是一件大好事，而且孙中山先生将莅临会场发表精彩演讲。这是中山先生在北京第一次与全体会员见面。为了更能说明会议的重要性，上海的同志将在同一时间举行大会，共同完成这次改组盛举。

湖广会馆的剧场并不大,只能容纳一千多人,但今天来的人将近两千。8月的北京,秋老虎正玩得高兴。在沉闷的嗡嗡声中,面对摩肩接踵、挥汗如雨的人群,宋教仁艰难地用湖南官话宣读了即将通过的新党章。

这个时候,沈佩贞和唐群英发难了。唐群英站起来大声质问,可是别人的鼓噪声完全淹没了她的声音。两位革命女性立即付诸行动,冲向主席台,扭住宋教仁就打。宋先生遭受两位女将的粉拳暴袭,不敢还手,只好挣扎着退场。

秩序大乱。大声吵嚷"反对"的,找主席算账向台上冲去的,声明退出拼命向外走的,就近扭住什么人殴击的,努力劝架又要防自己被打的,两千余名未来的革命元老和革命叛徒打成一片,众声喧哗,湖广会馆在吵闹声中摇晃。

据说,上海会场发生了同样的盛况,并且一哄而散。北京这边还好,一个威严的身影出现在台上。给孙总理一点面子吧,会场终于安定下来。于是,主持者一面请两位伟人讲话,一面发票,投票表决新党章。

孙文的发言历来比较长,但今天他说得就不是一般的长了。每当他挥动手臂,准备结束演讲的时候,旁边的张继等人就走过去请求他继续讲下去,以维护难得的秩序。

据目击者称,孙文漫长的演讲一直延续到投票结束。这场盛会从早上八时开始,至此已经日落,没有安装电灯的湖广会馆渐渐陷入黑暗。与会的代表整整一天水米未进,好在青年居多,还扛得住。最惨的还数孙总理,他穿着大礼服,浑身流汗在盛暑里讲了五六个小时!——所以该当广东人和湖南人当领袖，至少比别地的人要耐热些。

国民党就此诞生，并在半年后赢得大选胜利，从而引爆了开启中国15年分裂局面的二次革命。

对了，我忘了讲是什么让女将们如此狂怒。我至今无法理解，宋教仁为何要在他草拟的党章中加上这么一条，声明国民党不接受任何女性加入？

以上是根据民国元老的回忆录写成。但是与《申报》的报道一对照，我不免在心里犯嘀咕：我是不是太相信那些老头儿的记忆力和诚实度了？比如，他们说，那天孙中山和黄兴都在湖广会馆现场，还发表了演讲。我也就照此来写——其实黄兴此时还在南方，他要等到9月11日才和陈其美同志一块儿进京哩。

为了筹备本次大会，同盟会等六团体于8月18日已经选出了一堆临时干事。19日的报纸新闻说，"洋装玉立"的沈佩贞女士，当日就曾冲进会场，要求把自己选成临时干事。是的，沈佩贞、唐群英，还有王昌国诸女士，都在辛亥革命中立下了汗马功劳。可是，新党党章已经确定了"女性无选举权与被选权"，你们这是闹哪样？于是诸女士大骂大哭，尤其指责宋教仁"受人愚骗，甘心卖党"。最后还是张继千劝万慰，许以从长计议，才了得难。

不知道是不是受了这起事件的影响，8月25日的会议也是状况迭出。上午九点，同盟会先开孙中山欢迎会，来了一千多人，最最重要的中山先生却迟迟不见。从外交部胡同到虎坊桥……难道他被堵在二环上了？去！北京1912年一共才几部车？再说这会儿哪儿有二环路？

中山先生11点05分才走上了湖广会馆的戏台。好，鼓掌！请中山先生讲话！没啥好听的，来北京这些天他都讲了N遍啦。"吾同盟会本以破坏为宗旨，以独立为目的，今天，大功告成，目的已达，即应改变宗旨，由破坏而进于建设。若再持原来之破坏主义独立宗旨，民国前途，宁有望乎？"是啊，想成为议会第一大党，再进而成为执政党，不搞统一战线咋行？"去年武昌起义，亦不尽同盟会之力……"这是老实话，"须与他党和衷共济"——贵同盟会自己跟自己能和衷共济吗？

接下来由干事张继报告六党合并情况。张继可能是忙昏了头，站在台上期期艾艾说不出话，湖南人宋教仁赶紧救场，跳出来代为报告。听众们这才发现，原来张继把要合并成国民党的六个党的名字，忘掉了！这事弄的！

宋教仁话还没说完，哗的一声，来了！七八个女士从台侧冲上台去，把什么宋教仁张继，全都赶到一旁，连站在后面的孙中山，好像都被挤了个趔趄。

取宋而代之的是一位女士，记者不认识，但口才很好。她说，同盟会政纲中原有"男女平权"这一条，现在不知道为什么，被删去了！（说到此，伊狠狠地剜了局促不安的宋教仁一眼，她们都觉得是他整的幺蛾子。）删去此条，就取消了同盟会！取消同盟会，就是取消中华民国！

秩序大乱。许多人抬脚就往外走，挤得还不想走的人摇摇摆摆，吵吵嚷嚷。张继觑了个空，大声宣布"散会"，但是还要等一等，"请大家到会馆门口摄影留念"！

下午两点大会召开，其他五个党的人也来了，会场人数达到了2000人以上，中国会馆封闭的房屋结构，8月北京的天气……我很欣慰，在那篇旧文里，至少"热""闷"这两点，我没有写错。

临时主席张继正在报告六党合并原委，门口一阵轰动，唐群英来了!这帮女将里她和沈佩贞是领袖。沈佩贞上午出现了,唐女侠未见,原来她担任援兵。

唐群英也是带着人直接冲到了台上。唐的湖南口音,火爆燥辣,湖北人张继根本不是对手,但唐的目标不是张,而是她的老乡宋教仁。她和另一个女青年,冲到了宋教仁面前,砰,揪住了宋大人的燕尾服。中山先生……怎么不见中山先生呢?是不是已经走了?

两位女将揪着宋教仁,严词诘问,人声杂乱中听不太清,左不过是"为啥要删改党纲""当初要咱们女子革命,现在却不准女子平权"一类的老话。说时迟,那时快,只见那名青年女子(不是唐群英!)抬起手来,啪啪两声,宋教仁脸上已起了红印……

不会吧?宋先生,你就算不好意思还手打女人,总可以闪避一下吧?怎么站在上面呆若木鸡?

全场大惊,喧哗声都小了许多,终于有人冲了上去,将宋先生与女将们隔开来。有人大叫:"勿要动手!勿要动手!表决!表决!民主!"

好吧,新组成的国民党首批两千多名党员,举行了他们的首次表决:"是否在国民党政纲中加入男女平权一条?"张继继续当主席,主持点票——其实不用点,支持的手臂寥寥无几。

接下来就是劝说唐群英等人平息,最好离场,不离场也不要再吵吵啦。唐、沈等人还是很有民主意识的,虽然嘴里怒骂不已,但声音小了下去,也不再动手。

此时有人宣布,孙中山先生到会!欢迎中山先生演说!不愧是伟人哪,离开与出现都那么及时。

第二天报纸上的新闻,貌似还真有记者跑去采访宋教仁,问他为啥打不还手?宋教仁笑道(是苦笑还是冷笑?):"彼等此举,适见得男女之不可平权也。"

五月初，章太炎到京。記者蜂擁而往。有人問章太炎對諸國務員的看法，說到蔡元培，章大師祇說了四個字「一個好人」。再追問對蔡之教育政策有何看法，大師說：「蔡所持精神教育方針，祇宜于高等學會；若行之普通教育，則率天下而遁入元虛，恐無有再謀衣食住行者。」

我去教育部會議，就是想聽一聽他講教育。

不出所料，教育部會議上，蔡總長的開場白就是：「吾國今日，當造就健全之人才，不當專偏重于一方面……」

他說，前清學部定過五項教育宗旨：忠君、尊孔、尚公、尚武、尚實。現在我們把後三項改個名稱，叫做「公民道德、軍國民主義、實利主義」。忠君與共和不合，尊孔違反信仰自由，應該去掉，用「世界觀」與「美育」代替。這五者不能偏廢，如果祇注重軍國民教育，人人尚武，那就是準備用全國人人去當炮灰的顛武主義；如果祇注重實業教育，人人都尊崇實利，那又是將國民當成鑄幣的機器，都未為適當。應該首先讓國民具備普通知識，尤其是明了「國」與「人」之間的關系，然後可以談專門教育。

蔡總長人很清瘦，身量矮小，紹興口音果然難懂，我努力聽了個大概。他身邊的次長范源濂，明顯不太贊成這位上司。范接着說，蔡總長的話，「兄弟是極佩服的……」

「下面肯定都是反對的話。」旁邊的記者跟我咬耳朵。

果然，范次長頓了一頓，說：「蔡總長所言，雖係正論，教育理念，也需要視時勢而定。我國現在的經濟，靡頹已極，列強乘機希圖操控我國經濟，「如不急急提倡實業教育，則抵抗之道立窮，其何以為國」？

我見到了蔡元培。不管時人怎麼說，他仍是我在民元年最尊敬的人。我走上去，向他深鞠了一躬。他很吃了一驚，連忙用手來扶。

我說有兩個問題想問問他，他微笑着說：「請便。」

「聽說當初南京臨時政府成立，章炳麟先生曾經請您不要加入政府？」

「哦……你從哪裏聽說的？章先生跟孫前總統、黃留守，當時有些意見，他在各省代表選總統前，跟我提過，說浙江人不要去幫他們廣東人、湖南人的忙，如果孫中山當選，你一定不要入閣。」

「那您當時答應了嗎？」

「呃……我的確是答應了。因為我確實不願作官。我們一起來京迎袁的時候，在輪船上沒有事，還發起了「六不

◆ 專訪蔡元培 ◆

「明天去哪個部?」

「教育部吧。」

「哦,老兄真有閑情……哈哈……」

「人都說,南邊來的總長,就數蔡鶴卿、宋漁父兩位最清閑,整天待在鐵獅子胡同沒事兒幹,活像一對鐵獅子……」

「老宋還好,成天跟唐總理嘀嘀咕咕,談他那套議會政治的大道理……還要把鹽稅、茶稅,都收到他農林部去管……內閣開會,唐總理和宋總長話最多,怨不得人家開玩笑說現在是『唐宋時代』,哈哈……」

「蔡鶴卿那口紹興口音,我頂吃不消了!上次國務員到參議院陳述政見,他老先生足足講了一個鐘頭,我都快睡着咧!册子上也沒記幾個字!」

我知道他在笑什麼。自從中華民國建立統一政府後,國務院各部都定于每周一、三、五開會,二、四、六往總統府集議。各部會議,大都開放給新聞界,自由旁聽。祇不過,同行們一般喜歡去財政部、外交部,那兒連日都在討論大借款問題,熱鬧着哪。還有官制問題、裁軍問題、蒙藏問題,哪個不比教育重要哇?

「他到底說了些啥?」

「還不是那一套社會教育美育世界觀教育!我當時是真睡着了,第二天看報紙,哦,老先生還講了兩點,一是反對五色旗,二是主張女子參政。啊哈,迂腐哉,蔡老夫子……」

他們打着哈哈散去了。在京師的新聞界看來,蔡元培是個好人,但全不會做官。是的,他是從南京臨時政府到北京國務院,唯一留任原職的總長(王寵惠從外交調了司法)。他的教育部,在南京那三個多月,用錢最少,聽說祇有三十多人,每人每月祇支三十元,一個月總用款四千多元,連陸軍部的零頭都不到!

二月底,蔡元培到北京來迎接袁世凱南下就職,結果碰上兵變,被迫讓袁世凱在京接任臨時大總統。為這事,聽說南方很有人惱火他,打算把他踢出內閣,孫中山與唐紹儀力保,才得留任。

大借款決裂,國務院議事之時,唐紹儀主張以武力強迫紳富,逼勒捐款;蔡元培則說,財政緊張,首在軍費,應向全軍曉以大義,勸他們不要領餉,盡快遣散。會後,京師哄傳,說唐是盜賊主義,蔡是聖賢主義——《申報》評論則說,唐是惡公子,蔡是酸秀才,他們的主張都一樣——沒法兒實行!

元周記

會」，你先生想必也聽說了……「六不」裏就包括了「不作官吏，不作議員」，元培不願作官，這在浙江大家都知道的。」

「還是我這個人的性格不夠強硬罷。孫先生派人來勸，說教育非我執掌不可。元培辭不掉，祇好答允。章先生聞說，非常惱火，派人扣下我的行李，而且威脅，如果我當了南京的教育總長，就把我背信棄義的事情，由報紙上宣布出來……」

「啊?!」這倒是章太炎的性格。

「後來我到了南京，面見孫中山，仍然想推辭任命，沒有成功。我祇好寫了一份背約謝罪的廣告稿，寄給章先生的一位弟子，請他們刊登在報上。」

「其實並沒有刊載，對吧？不然我豈能不知？」

「是的，後來章先生的弟子帶話來說，章先生不願意發表，那就算了。」

「我記得年初很出名的，是您和章先生聯名刊登的啟事，尋找失蹤的劉師培先生。申叔先生投靠端方，失陷於四川，章先生和您，與劉先生雖然道不同，仍以朋友之誼，惜才之心發此啟事，又為他向民國政府求情。世人都很讚賞您二位的高義哩！」

蔡元培有些不好意思了，他摸摸唇邊的髭鬚：「你先生是很有見識的人，當然知道政治上的學問，公德與私德，是要分開看。譬如太炎先生，我們是老朋友，他的性格，怎麼說呢，用得上「乖張」二字形容，然而他的小學與古文，的是可取。我們不可因他政治上的激進，就否定他學問上的高明。我再說一位，你先生想必也是知道的。」

「不知是哪位大賢？」

「廈門辜鴻銘。他至今不肯去辮，忠清之心，明示于世，但我聽說他的英文程度，國中數一數二。現在是嚴幾道先生署理北京大學校長，我跟他提過，辜湯生這樣的人，應該延攬到大學裏去。」

「那蔡總長聽過章太炎先生對您教育政策的月旦麼？」

「略聞一二。太炎是比較峻急的人，所以他以為專門教育要優先實行。其實普通教育與專門教育，前者像人的神經與頭腦，後者像人的手足與肌肉，你見過有手有足卻沒有頭腦的人，能長久活在世間的麼……」

外面響起了車鈴的催促。蔡先生朝我點點頭。「先生思捷識博，元培改日再請教。現下還要到財政部有個小會，祇好急慢先生了。」

我望着蔡總長漸遠的背影，以一個粉絲的心情，又默默鞠了一躬。

專訪蔡元培

三

1912 / 9月

理欲

9月4日　南京下关有一名外国人染上霍乱去世。

9月10日　《大陆报》刊载日本国民党领袖**大石正己**专访,声称"中国终必为各国瓜分"。

9月11日　**黄兴**受袁世凯邀请抵京。

9月18日　欧美外交团召开会议,决议从中国当年庚子赔款中拨出8000英镑,在东北设立5所**疫症**医院。

9月19日　参议院讨论省制省官制,主要争议在于**省长**由中央委任,还是省议会选举。

9月22日　上海接到日本来函,承认上海为"无疫口岸"。同日,前绍兴都督**王金发**在北京金台旅馆打伤《神州报》驻京记者。

古有廉蔺，今有梁杨

"请问……"

"请问……"

太多人发问了，被采访的人反而插不进嘴去。

本来媒体今天来总统府，是冲着黄兴黄克强来的。自黄兴9月中旬进京，已经一个礼拜了，袁世凯拿国家元首的礼仪来迎接他。虽然日前南边已经来了前大总统孙中山，而且跟袁大总统那叫一个推心置腹，半夜还一块儿讨论国家大事呢。但这位黄克强不比孙中山，他可是在武昌真刀真枪跟冯国璋干过的人，年初在南京参议院嚷着要派宪兵进参议院，把主张迁都北京的议员都抓起来，不就是这位爷吗？

而且听说黄克强此次进京，可不像孙大炮总是空谈什么铁道计划，他的主张是"政党内阁"。大家都知道同盟会一直嚷嚷政党内阁，但从唐绍仪、陆徵祥到赵秉钧，总理换了三任，阁员提议动辄在参议院受阻，别说所有阁员归属同一政党，就是不问党派，连一个囫囵的内阁还凑不齐呢，政党内阁？喊！

不过，黄克强不愧是跟孙中山一起干了多年的革命领袖，坚忍不拔兼异想天开。他的策略是，甭管谁当总理，当阁员，一概把他们劝入国民党——国民党是由同盟会等六个政党联合成立的。

黄兴一到北京，先就当面劝袁大总统入党，再就是劝赵秉钧总理入党，这俩大腕都还没应，他又去说服其他阁员，碰上强硬的财政总长周学熙，嚷嚷说宁愿辞职，也不入党。消息传出，舆论大哗，都憋着要看这出《龙虎斗》的好戏。

今日大总统设宴招待黄克强、陈英士一行，一众记者涌来总统府，也是想看看又有没有什么火花碰撞出来。万没想到，大总统请来的陪客里，有一位好久没出现在京师政坛的角儿。

这个人叫杨度，字皙子，清末立宪运动中的厉害角色。1905年五大臣出洋考察宪政，连吃带玩，归国前要写报告，急着找枪手。熊希龄推荐了在日本的梁启超和杨度，共成《考察各国宪政报告》二十万言。此事瞒上不瞒下（梁当时还是清廷罪人），杨度一时声震中外。

听说杨度与孙文在日本经常辩论"革命还是立宪"的话题，还约定了日后不管中国走哪条路，都要互相帮助。只是辛亥事起，革命排满之声响彻云霄，所有强烈主张君主立宪又不肯改弦更张的名人，如梁启超、杨度，统统被某些军政府或媒体称为汉奸，宣判死刑。广东省议会甚至打算通过决议，褫夺在海外的康有为、梁启超一切公权，而且不承认这两个汉奸是广东人。

康有为、梁启超在海外一时回不来，杨度也像很多清朝遗老，退隐青岛，号称"经营实业"，摆出不问国事的姿态。这，怎么又来北京了？

更让所有人眼镜都跌得粉碎的是，黄克强居然跟这位杨汉奸一见面就热烈地握手，神态极为亲密。什么情况？

黄兴转头向媒体介绍：皙子与我是旧识，当年我们一起在上海闹过革命，组织爱国协社……后来虽然革命、立宪分途，但我们都是在为中国之富强勠力。"去年我与皙子在上海秘密会议，商定南北统一，赞成共和，北方大局，有赖皙子一手促成，其功甚大……"

"皙子，"黄兴顿了一顿，转过头看杨度，"现在民国成立，却内外交困，希望你能加入我们国民党，共同巩固民国。"

咦？有没有听错？杨度居然是共和元勋？黄兴居然要杨度加入国民党？难道杨皙子就要起用了？众人把眼光投向坐在一旁的老袁。大总统稳稳坐着，面不改色，仿佛黄兴只是发出了一个饭局的邀请。

杨度不得不出来说点什么了。他用与黄兴非常相似的湖南口音开了口："某人数年前本主张君主立宪，去冬为国家大计，牺牲党见，改换宗旨，赞助共和，即并将我一身信望，尽付牺牲！"他的面容一整，望了望黄兴，也看了一眼袁世凯，"政治活动必赖信望为先，然后效用始大。如某信望丧失，不宜再入政界，拟以后投身社会事业，以报国家。请诸公允许某人置身政界之外。"

"皙子，你莫要固执。你对共和告成的功劳，外间人多不晓得，但本党中人，知者甚多……袁总统也可以证实。大家仰望你久矣，何谓丧失信望一说？"

"克强，人贵有自知之明，某人在社会上声望如何，难道某不自知？未必都能如克强你所言……"

"皙子，你还是要出山的。"袁大总统终于也说了话。然而，直到宴席终了，杨度最后也没松口。

"皙子先生，请问你不肯加入国民党，听说共和党多数党员也欢迎您入党，您会加入共和党吗？"

"某人立志投身社会事业，实在不能再入政界，诸公好意，某心领了……如果诸公真有心改良政治，何不邀请梁任公入党？任公之学问才具资格信望，皆远过于我。如能邀得任公，胜我百倍。"

有位记者嘀咕了一句:"杨皙子居然推荐梁任公?不是说他俩不和已久吗?"

有人提出异议:"梁任公还在日本,再说,他一向主张君主立宪,岂肯为民国服务?民国政府又能否容得下他呢?"

杨度长瘦的脸上浮出一丝笑容,提高了声音:"梁任公虽未主张共和,其人道德文章,实为我国维新之原动力。各位想必知道任公出逃东瀛,乃与清廷作对,其弟子蔡松坡君,在云南首倡义旗。方才某人听说,任公受总统之邀,即将归国。如若任公归国之后,能入政界,某人虽然不才,也不愿从政,但在袁、梁、孙、黄诸人之间,我愿以个人资格,予以感情上事实上之助力……"

"那皙子先生您呢?大总统一再相邀,为什么您就不可以为国事尽力呢?"

"我立志不能接受机关职务,但大总统与克强若以个人交情与某议论国事,某人自当知无不言,言无不尽。"

杨度与梁启超真的不和吗?

听说,因为当年梁启超主编的《新民丛报》,刊发了杨度的教育革命文章,被人向清廷告发。那时杨度刚刚考上经济特科廷试第二,正准备大任,突然传出消息,朝廷要逮捕他,吓得他立即效任公故智,逃入日本使馆,再逃入日本轮,躲往东洋避难,身上又没钱,只能住小旅馆,不少故人也躲着他。听说他天天喃喃自语:任公害我!任公害我!恨恨不置……

"那他为啥还鼎力推荐任公?"

"大家只知道杨梁不和,却不知道杨皙子在清末立宪时就曾着力推荐过任公。所以我常说'古有廉蔺,今有梁杨',他们俩的交情,复杂得很哪……"

女权强，女德更强

社会转型期，家庭伦理的变化总是滞后于政治变革。所以尽管大清亡了，民国立了，大家都成了共和国民。但伦理道德方面，社会主流还是相当保守的，媒体还是在宣传鼓励"守节"。其中比较有名的，是彭家珍烈士的未婚妻来了场生死配。

彭家珍是四川金堂人，1906年毕业于四川武备学堂，后赴日本考察军事，又入四川高等军事研究所。1911年秋任天津兵站司令部副官，加入同盟会，任同盟会京、津、保支部军事部长。1912年1月26日，彭以炸弹行刺宗社党首领良弼，刺杀成功，彭亦被一弹片飞伤后脑，次日凌晨牺牲。是年彭24岁，被民国政府追赠为陆军大将军。

他的未婚妻王清真，想必也是金堂人。闻此凶讯，毅然决定仍嫁彭氏。或许是为了彰显节烈，她的婚礼安排在成都举行。王清真先借住灯笼街122号。1912年5月5日晚，亲友登门预贺，"门外悬红灯彩，设鼓乐以迎来宾，门以内则全行素白，并延聘女伶，演唱京剧"。5月6日，王氏过门，迎亲队伍之前，一人打着白布长幡，上大书"义烈士彭公大将军夫人过门守节"，后面跟着步队、马队，演奏军乐，又是一架彩亭，中供彭烈士肖像。"王氏坐八抬大轿，上扎黄白绫彩，后随送亲女轿。军乐铿锵，车马络绎，街道为之拥塞"，四川都督尹昌衡也到场祝贺，众人连声赞叹。

《申报》虽然在一个月后才发表这则消息，仍然充满感情地赞叹："呜呼节烈萃于一门，烈士死且不朽矣。"（6月5日）

烈士当配节妇，普通人也当追仿。上海青浦有位徐隆德，还是"竞新小学毕业生"，于6月10日患伤寒去世。其未婚妻周氏"闻耗大恸"，先是打算以身相殉，被家人摁着，没死成，又"决计奔丧守节"。12日，"亲诣徐君灵前哭拜毕，当夜与徐君灵牌补行婚礼（俗名抱牌做亲），誓从此守节终身焉"。《申报》编辑亦是赞叹"呜呼烈矣"。

与此相对照，是6月16日同日新闻里，湖北武汉的汉阳门外筷子街52号姓王的，家里本来有个守节的寡妇，24岁，已经守了7年，"向来克尽妇职，一方莫不推扬"。公公婆婆怜惜她年少守寡无聊，让她进实业女学，学些缝纫技能。谁知道这位节妇却跟一个制衣工场的工头胡某"私自妍识"。胡某给武昌义军做军服，挣了钱，居然（！）找媒人上门说亲。王家公公大怒，不仅把媒人赶走，还要求媳妇改行。结果这位寡妇根本不认错，反而收拾了自己的贵重细软，离家出走。这还了得，王家招呼街坊亲友，在大街上拦住媳妇，大打出手，想把她拖回家去。寡妇一点也不怯场，沿途大喊：

> 寡妇再醮，专制时代且不违法，今国体尊重人权，其孰敢阻我女子自由权乎？

围观者不计其数，该妇人面无愧色，这下反而王家面子挂不住，只好把家门一关，听任胡工头来娶了这位泼辣的年轻武汉女人。

对此，《申报》下的标题是《廉耻道丧》，道是"鄂省近来女权日昌，淫奔之风亦日炽"。武昌是首义之地，女权也领风气之先。然而，媒体褒前而贬后，连称"不可思议"。

民国元年有"女权"，也有"女德"。"女德"势力显然更大。

元周記

爐子上放着一隻小鐵盆,另外擺着幾碗生牛肉、白菜、鷄蛋。清淡得很,勝在潔淨。時時有幾個塗脂抹粉的『酌婦』進來斟酒。她們聽不懂中文,我們也講不來日語,比比劃劃而已。

老王顯然心裏不太平,才吃幾口,就問我:『楊兒,前天《大陸報》發表的大石言論,你怎麼看?』

1912年9月10日,《大陸報》刊載對日本國民黨領袖大石正己的采訪。大石揚言:中國終必爲各國瓜分而已,因爲『其國版圖雖有四百萬方英里之廣,其國民雖有四萬萬人之衆,然皆不知愛國爲何物,且無一人能得衆望,而勝統治者之任』,加以各省分隔交通不便,今日之中國乃半身麻木不仁之病夫』。

大石表示,現在英國、俄國都在積極向中國要求西藏、蒙古等地的權益,德國、美國也躍躍欲試,日本『安有卷甲偃兵之理』?必須加入在華爭奪利益的行列,甚至『引令他國以共同一致之手段對付中國』。

最刺激人的地方,是大石擺出爲中國考慮的姿態,聲稱中國大局糜爛,不可挽回,唯一自救之法,是『弃去四周之土地,而以本部未經外人加手之數省,組織一堅實之國』。此論一出,舉國嘩然。這兩天我自北而南,沿途聽見知識界討論的,多是此事。

『老王,你怎麼看?』

『我當時在報館看到這段新聞,氣得差點子把桌子拍碎了,恨不得立刻召集國民軍數百萬,打到東京去,占領富士山!』

他的聲音大了些,旁邊的東洋酌婦雖然聽不懂他說什麼,也嚇了一大跳,清酒都倒到了杯子外。老姚揮揮手,讓她們出去了。

『昨天還收到東京電,說現在東京陸軍各學校,皆已停招中國學生……真是可笑,難道中國人非得去你東洋學陸軍,才能强兵嗎?想滅亡中國,先得問四萬萬人答不應!』小韓也激動起來。

老姚的手向下按了按,示意輕聲些。他曾經到日本留過學,算是這群人中的知日者,但也有人背後說他是親日派,或者幹脆就是漢奸。

『我倒是覺得大石的言論,有值得中國借鑒之處。大家知道,大石正己跟大隈重信、犬養毅這些人一樣,是日本政客中的進步者,主張日本一定要外向發展,甚而吞并支那。我記得大石在訪談中提到「中國今日可與日本復古時代情形相比較,當日日本黨派林立,互相水火,正如中國目下之情形相同,外國乘機以圖自利,亦正如彼等目下施于中國之手段相同」。那麼,爲什麼日本當年沒有亡國,而中國就會亡國呢……』

『他說的就是「日本人愛國」,而中國人不知愛國爲何

❖ 火鍋與愛國 ❖

「不如去試試東洋風味？」

此言一出，另外三個人都有些沉默。

我去北京待了一段，今日早車剛抵上海，今夜幾個報館的朋友要替我洗塵，去哪裏自然無可無不可。老王呢，我知道他向來是有些憎惡那個鄰國的，這兩天尤其。

「東洋風味還算有趣，祇是進門要脫鞋子。小韓是為什麼厭……」小韓皺着眉頭。

這算是撞到槍口上了。老姚立刻講起小韓的笑話來。這個笑話，在上海報界盡人皆知。小韓頭一回跟老姚去吃日本料理，全不知道進屋要脫鞋這一說，臨到進門，急出一身冷汗祇因他平日沒什麽換襪子的習慣，又是冬天，一雙襪子大概穿個把月，現在要當衆脫鞋，豈不難煞？情急之下，衝到附近的武昌路，現買一雙洋襪換上，才免了大伙兒鼻孔的劫數。

「而且他那天穿的還是中式帶扣棉鞋，脫穿起來分外困難，我們至少有半點鐘在等他脫鞋進屋！」

好在那祇是童年陰影，小韓今日穿的是皮鞋洋襪，何況老王、小韓都要給客人面子，看我并不抗拒，他們也不好掃興。

于是一行四人，坐上兩輛東洋車，殺奔虹口。從虹口到楊樹浦一帶，集中了日本人辦的工廠、碼頭、公司，「差不多成了日本街市」（上海的望京啊，我心裏嘀咕）。而食肆酒館，集中在北四川路，華燈笙歌，人稱「第二南京路」。

用老姚的話說，今夜祇是要「好好吃頓飯，談談天」，既不打算叫局，也不會去光顧日界著名的『行樂和菜』（所以我也不知道那兒有沒有女體盛之類的幺蛾子）。去的那家料理叫作『松上家』（原來不祇有松下，還有松上），在橫浜橋附近。弄堂門口中央懸着一盞方燈，燈上白底寫着『松上』兩個黑字，旁邊又有幾個東洋字。一進門，滿是東洋氣象：地板離地二尺多高，上面鋪着席子、席子擺設櫃臺、小桌、蒲團。

「上樓去！上樓去！」老姚輕車熟路。

樓上的房間鋪滿席子，乾淨是乾淨，就是以中國的標準看，未免小了一些，也低。老王在南方人裏算是高大的，幾乎就有要碰着額角的危險。大家連忙坐下，才注意到牆角擺着一大盆菊花，開得正盛，一陣陣的清香襲來。

「這麽小的房間，能布置得如此清幽，東洋人這方面真有天才！」老姚贊道。

老王可不這麽看：「東洋人布置小屋子的本領比布置大屋子的本領好，可見他們宜小不宜大！」

牛肉火鍋很快擺上來了。一張小臺子中間安放一個火爐，

元周記

物」！去年武昌首義，各省響應，民氣奮發，最終推翻惡政府，怎麼叫作不知愛國爲何物？」老王都快挽袖子了。

「然而大石說得也不無道理！去年清軍革軍，都在尋求外人幫助，民國成立，各黨派也還在「求外助不已」……」

「滿人總是喪權辱國，當然會求助外人，我民軍全恃民氣，以制清廷，哪有借助外力來欺壓同胞麼？現在民國了，難道政府還要借助外人來欺壓同胞麼？」小韓加入戰團。

老姚也有點兒眼紅，清酒的勁兒沒這麼大吧。「我可是聽說，咱們的革命偉人、前大總統孫中山先生，跟東洋人有私下的密約！此次明治天皇逝世，爲什麼有人建議讓孫中山擔任赴日專使？他跟東洋人的關系可不一般，連「中山」兩個字都是取自東洋名字……」

「放屁！」老王眼瞅着就要站起來掀桌子。

我趕緊勸和。「兩位！兩位！看我份上，看我份上！……兄弟剛在北京參加歡迎中山先生的活動，中山先生在演說裏講得很明白，「領土、人民、主權」三者，不使外人侵犯，其餘工商，無不應持門戶開放主義……」

「孫中山這一點我也不贊成，東洋人在上海，在內地，有多少商業往來，他想亡我中國，我們就不該跟他做生意！抵制日貨！」

「可不是嗎？今天來吃東洋菜，我心裏就很不樂意……」

門外嘩啦一聲巨響，甚脆甚宏，好像許多磁器玻璃破碎的聲音。緊接着就是尖叫聲，奔跑的脚步聲。小韓靠門最近，站起來呼地一聲拉開木樻就出去了。

我的第一反應是：不會是愛國民衆來砸日本料理店吧？規模浩大的抵制日貨運動，三年前在廣東爆發過，而上海，得等到「五四」前後才會有。

小韓匆匆地回來……「沒事，幾個東洋人跟藝伎嬉鬧，打翻了酹婦手上的啤酒瓶子……」

大家也再沒有了吃興，匆匆挾完鍋裏的肉菜，叫人來結賬。爲了打破散場前有些難堪的沉默，我提了一個話頭。

「諸位知道這東洋的牛肉火鍋，有什麼掌故嗎？」

這下連東洋通老姚都不知道。三個人看着我，靜聽下文。

「我也是從書上看來的，說是東洋人以前并不吃牛肉，自從開國之後，才模仿西方人吃牛肉，尤其是熱血青年，短髮敞衣，喝酒燒牛肉吃，扼腕談天下事，立志維新開化，以當時也把這東西叫作「開化鍋」……上海人那麼多，不可能人人都來吃東洋牛肉火鍋，可是東洋人當年愛國開化的經驗，倒真是不可不學哩。」

火鍋與愛國

三

> 1912
> **10月**
> 新旧

10月3日　上海寰球中国学生会举行辩论会,题目为"中国应否采用欧美**自由结婚**之制"。

10月7日　黄兴托杨度约见**梁启超**,希望邀请梁加入国民党。

10月10日　庆祝民国元年国庆,北京再次出现多起**剪辫**纠纷。同日,《申报》公布两首**国歌**的歌词稿。

10月12日　参议院再度讨论省官制,拟设民选省长管理地方自治,中央简任总监管理国家行政事宜。

10月23日　北京报界开会欢迎梁启超。

10月30日　十六省都督联名通电,主张省长应由中央简任。

10月底　上海拆除1910年鼠疫流行时期隔绝华界与租界的**铅皮墙**。

结婚有文明，恋爱无自由

1912年10月3日，举国筹备民国首次国庆节之际，上海的寰球中国学生会举行了一场辩论会，题目是"中国应否采用欧美自由结婚之制"。辩论会场面相当浩大，有男宾女宾二百余人到场，包括当过临时政府外交总长与司法总长的伍廷芳，商务印书馆主事人、前清翰林张元济。

辩论会自然是分赞成与反对两派。赞成一派的领头人物非同小可，乃是中国第一位女西医、赤十字会创始人，有"女界梁启超"之称的张竹君，而且赞成派人数众多；相比之下，反对一派就弱得多了，人数也少。决定胜负的评议员三人，领头的正是寰球中国学生会会长李登辉（不要跟后来台湾那位搞混，这位李登辉是归国华侨，在这场辩论会之后的第二年，他一手创办了复旦大学，自己担任首任校长23年）。

出乎众人意料的是，虽然在场大部分人都有留学经历或西学背景，但辩论结束，三位评议员投票，赞成派只得一票，反对派有两票，"中国不应采用欧美自由结婚之制"胜出。(《申报》1912年10月5日）

这只是民国元年婚姻观念的一个缩影。1912年，"文明结婚"

是一个好词,意味着婚礼仪式的改良。《申报》1912年5月1日曾有一首《新女界杂咏》,内中单表"结婚"是:

> 无媒婚嫁始文明,
> 奠雁牵羊礼早更。
> 最爱万人齐着眼,
> 看侬亲手挽郎行。

5月7日一则新闻报道印证了诗中所言:谈先生与宋女士在上海愚园订婚。双方家长到场,由介绍人介绍两边人马,细谈大概两小时,"彼此皆极表欢洽之意",最后双方交换戒指等饰物,行握手礼而散。

政府也提倡这种方便、节俭的仪式。5月13日大总统令:劝告国民,"冠婚丧祭诸费,必不可少者,极力从俭,其可少者,一概省之"。6月25日,《申报》报道民国礼制草案已经由国务院提交参议院审查;8月13日报道草案通过。其中规定婚礼和庆典、丧礼一样,只行脱帽三鞠躬礼,女子不脱帽。

但同时"自由婚恋"还不是一个褒义词。新闻里会出现"习闻自由之说,行为每多失检"的描述,评论则强调"从前之女教,弊在不重学术,而专言道德,今日之女教,弊在专重学术,而不言道德"(《女子宜注重道德》,《申报》9月5日)。"自由"好像成了与"道德"相对的一个概念。

刊载于9月19日的《自由女之新婚谈》,是一篇半虚构的文字,特别能看出当时的主流观念。文章说甲乙丙三位邻居女子,相约结婚行自由婚礼,不遵旧习。婚后回门,三人聚会交流经验。三人齐声赞叹,都说新式婚礼极为便利。

首先是服饰,只要穿上西服皮鞋,不用凤冠霞帔锦衣绣裙红鞋绿袜。接亲的时候,直接上马车,不用媒婆背着出门,也不用假装啼哭;结婚的时候,只需宣读婚约,交换戒指,不用什么一拜天地二拜高堂夫妻对拜,又伤膝盖又伤腰。

行礼既毕,新娘不用躲在房间里忍饥挨饿,饼干汽水,随便吃喝。进了洞房,更好了,以前新娘子保持矜持,要端坐不动,得等喜娘千呼万唤,才能去照顾基本喝醉了的新郎,搞不好还有闹洞房的恶客,听洞房的小鬼,讨厌得来……新式婚礼,一切便利,连上床都便利多了。

接着三女又分叙自己是怎么订婚的。文章一开始就说了,这三位女子,年貌相若,然而论到门第,甲女最高,乙女次之,丙女最次。所以她们的订婚方式也不同。

甲女说,她与丈夫婚前素未谋面,更谈不上交际,完全由媒人介绍,父母认可,只是废除三媒六证、纳采问名这些旧法,婚礼是"最新式"的。乙女、丙女都嘲笑她,说她只是"半截自由"。

乙女则是在某校上学,与其丈夫就读之学校,只隔了一条街,由此相识、交际、生情,两人有了意思,再找介绍人订立婚约的。

丙女说,你这算是自由了,但还没到自由的极点。我跟我老公,是结婚前两个月,在某某会场相遇,这人风流俊美,我就看上了。第二天主动去拜访,相谈甚欢。这样往来一个星期之后,约着一起出去旅游。整整半个月,在旅馆里双栖双飞,经过了这么长的时间,彼此的爱情都没有改变,才决定订婚。因此我俩的闺房之乐,哎呀呀,那不是一般人比得上的呦。

甲女、乙女一齐扭过头去,diss她:"这叫纵欲在先,遮丑在后,哪是什么自由?只能算伪自由,哪能跟俺们的自由比呢?"丙女大怒,站起来就走,从此与甲乙二女绝交。

民元的婚姻改良,变化的主要是外在形式,内在的观念并未大改,从政府、报纸争相表彰"烈女"可见一斑。女性对自己的身体与婚姻自由处置,仍被认为是离经叛道之举。上海有富商,因为女儿闹自由恋爱,曾下狠手将女儿扔进黄浦江中。此事哄传一时。

《申报》副刊有个栏目"海外奇谈"。曾经有一篇嘲笑美国"妇女婚姻极其自由",说他们的离婚率竟然高达15%,平均每场婚姻不超过5年,尤其是离婚理由,千奇百怪,真是笑死人了。

比如有个女的,控告她丈夫虐待她,只因为两人一起骑自行车,约好慢慢骑,结果丈夫一上大路,两轮如飞,将老婆远远抛下。该老婆觉得没有安全保障,向法院起诉离婚并要求丈夫赔偿1万美元,居然胜诉了!

还有一个中产阶级女人,结婚11年,丈夫老老实实,听话得很。一天这女的突然也去请求离婚,理由是她先生不肯洗澡!而法院居然认为理由正当,哎呀,这是什么鬼啊?

所以有篇来稿开玩笑,说不如我们成立一个男的民国,一个女的民国,结婚之后,如果女的出轨,男的向男法院起诉,男的养小三,女的向女法院起诉,要是互相有啥轻慢欺凌之处,也都向各自性别的法院起诉。哈哈,戏言,戏言,大家听听就算了。

辫子问题，越闹越大

应该说，辛亥革命之后，辫子问题就没消停过。这种风潮，或许可以上溯至清初"留发不留头"的情绪反弹，但更主要的原因，恐怕是因为"辫子"是一种最明显的符号：你还留着辫子，最轻也是"愚昧不化"，往重里说便是"心怀前朝""反对共和"——其实当年多尔衮没准就是这么想的。入关之后，两眼一抹黑，谁知道你们这些人表面恭顺，心里在想啥？是我的子民，就得认同我的规程，还得明显地标识出来。

如今只是将这个过程翻转过来，就像民国元年国庆，将"大清门"的匾额翻转，想直接写上"中华门"，却发现背面赫然是"大明门"三个字。

中国人总讲，身体发肤，受之父母，不可毁伤。被迫剪辫成习惯之后，对辫子的保护，仍然是整个社会的敏感点。《叫魂》中描述的妖术大恐慌，就是由剪辫传闻发端的——中国人大都相信人的精血也与那幼弱的发梢同气连枝，伤害不得。如果革命是要大家从此不剃发，返回宋之前的发式，或许不会遭受这么强烈的抵触？偏偏革命是要把头发剪得更短，当然怨不得小老百姓要抗拒这象征"共和"的剪发了。

1912年10月10日，是中华民国第一个国庆节。北京城里张灯结彩，大肆庆祝，四乡居民纷纷入城观礼，单是主会场琉璃厂就聚集了10万人！这一天最不和谐的插曲，便是许多人聚集在城门外，"执剪以伺，凡见有辫者须令去辫，始许入城"。多数人被剪辫子，都默不作声，毕竟剪辫风声已传了大半年，乡下没人管，到了这首善之区，被剪了，也只好随他，权当交了投名状买了入场券，"仅有数人恚怒遁走"。不多时，地上便有了一大堆发辫。

会场里也有人强行剪辫。这里遭遇的抵抗要强烈得多。垂辫入场者，多半是城内的住户，他们留辫的原因多种多样，但一直顶风坚持，是一定的。但在这人头汹汹的场合，却由不得你申说道理，好的劝两句，不好的直接咔嚓一剪子。当然也有猛将兄，一直纠缠到警察局，也还是抵死不从。

被剪辫子后的反应，也各自不同。有人默默离开，也有人狂呼乱骂，还有哭爹喊娘的，"有一六十许老人剪罢后，握其余发狂奔而去"。强行剪辫引发了会场混乱，甚至有破坏国庆大典之势。此事惊动了总统府秘书长梁士诒，他不得不手书"剪发自由，不得强迫"的纸条十数张，贴于会场内，才算镇住了那些手持利剪的人。

国庆之后不足一月，又传来一个令人震惊的消息。《申报》10月29日"译电"报道："参议院拟订律，不准拖辫者有选举权，以期各省人民全行剪发，山东、蒙古两处人民反对颇力。"第二天的"专电"也记载了此事，并且指出提议者是"国民党议员"。

同日的"特约路透电"报道更详细，不过西人不知道谁是谁，只好Zhang、Lee地略写。报道说议员"郝君"认为，不剪辫者无选举权，彼极赞成，只是不可急切，"否则恐下流社会中人，将起骚扰议员"。"丁君"则说，选举已经开始颇久，现在订立规法，为时已晚，只能听其自由。而另一派声音则强烈主张由剥夺选举权的强硬手段，来"去此恶俗"。（"郝君"实际上是议员侯延爽，"丁君"则是议员丁世峄。）

这里面还有一个问题，即蒙古、西藏、青海的人民咋办？留辫是人家的传统习俗，难道也要一剪没？而且那几个地方颇有骚动，官方说法是"未晓共和之益"，再加上这么一条法令，难保不更激发反感。

"无辫者方有选举权"并不是只在议会里吵吵。10月13日，国务院将一封大总统发下的呈文转到山东都督府。上书者是"山东旅外同乡会联合会"，呈文内容是反对山东都督周自齐通令各州县"凡人民不剪发者，一律停止其选举权、被选举权及讼诉权等"。上书者认为，"发辫一物，只有卫生上之关系，活动上之关系，并无政治上之关系。若选举权、被选举权为人民参政之必要，民主立宪之精神，讼诉权又为生命财产之保障，利害关系尤为密切"，以微末之发辫，停止最重要之民权，既会导致人民放弃公权，不认同国家统一，也容易激成事变，妨碍社会秩序。他们要求大总统下令山东都督取消此令。

国务院对山东省称，山东有无此种命令，"本院无从深悉"；但从道理来说，"选举权、被选举权及讼诉权，均系人民最重公权，凡人民具有此项公权者，非有法律规定，不得擅为停止"。言下之意，山东都督在议会未通过此法案之前，即擅自发令，当然不妥。

从当时全国局势来看，反对剪辫者固多，热衷于替人剪辫者，也真不少，不然也不致引发诸多冲突。像山东省这样，以政府法令来将剪辫与人民公权联系，当亦非个例。年初浙江还是蒋尊簋当政时,就曾恐吓民众,称不剪辫者将被褫夺公权。

社会上对这种行径的不满是必然的。报上曾有一则笑话,说"共和",就是"共为和尚"的意思,不剪辫不当和尚,当然就是反对共和。

民间智慧,百年前后并无二致。将政府荒谬的法令推演到极致,就是1912年与后世聪明人共同的手法。10月最末一天的《申报·自由谈》上,编者王钝根写了一则《辫子与选举权之关系》,可以作为时论的代表:

> 参议院提议有辫者不得有选举权及被选举权。或以为其法太苛,余犹以为未臻周密也,今请推广其说如下:
> 男子背后有辫子者,停止其选举权及被选举权;
> 女子背后有辫子者,停止其父兄之选举权及被选举权;
> 妇人盘辫作新式髻者,不得为公民之妻或议员之夫人;
> 妇女之领巾、手袋、裙带上有纹如辫形者,停止其夫或父兄之选举权及被选举权;
> 马夫所用之马鞭,有作辫形者,停止其选举权及被选举权;
> 男子胡须偶有绕乱如辫形者,立即停止其选举权及被选举权,妇女类推;
> 和尚有极端之选举权及被选举权,小和尚虽年不满二十一岁,亦得有选举权及被选举权;
> 癞痢头得被选为上议院议员。

中华民国的国歌

中华民国成立后,据说曾向政学各界征集国歌歌词多首,均未采用。治史者比较熟悉的,有沈恩孚作词之《亚东开化中华早》:

亚东开化中华早,揖美追欧,旧邦新造。飘扬五色旗,民国荣光,锦绣河山普照。喜同胞,鼓舞文明,世界和平永保。

还有一首是章太炎应邀创作的:

高高上苍,华岳挺中央,夏水千里,南流下汉阳。四千年文物,化被蛮荒,荡除帝制从民望。兵不血刃,楼船不震,青烟不扬,以复我土宇版章。吾知作乐,乐有法常。休矣五族,无有此界尔疆。万寿千岁,与天地久长。

而比章太炎更早为中华民国写国歌的,是一位叫曾志忞的音乐家。

先是《申报》1912年9月14日报道,题为《民国国歌将出现》:

本邑曾志忞君，研究欧乐，最早留学，中设会讲习著作传播，全国受其影响。毕业归国后与二三同志，更尽力于实地演奏，如声乐弦乐管乐等。时在申地□□，数年实验以来，以为国人乐识不亚欧人，而较日人过之，惜多畏难苟安不专研究耳。民国成立，知时者论入国歌问题，先生独默不一言。前教育总长蔡君知先生有素，邀往北京，冀于临时教育会中解决此题。先生抵京后，辞不与会，独游西山三十余日，领略燕赵民谣，临名山大川，酝酿豪气，八月望竟将国歌曲脱稿。而先生犹以为未足也，复由大连旅顺直游东岛，刻下流连于九州岛间，终日从事于修饰订正。他日功成，拟将此曲实地演唱披露，想黄花佳节，共祝周年纪念，时凡我国民，共当洗耳，以赞其成矣。

曾先生没有食言，1912年10月10日的《申报·自由谈》上，果然披露他创作的两首国歌歌词：

其一　大桃源

千年沉睡大桃源，万万里桑麻鸡犬。谁赋此天生壮丽，我同胞莫倦莫倦。阶天磨长剑，杖地拨沉烟。少年少年，勇往来前。光荣渤海边，水滔滔山绵绵，尝胆卧薪年又年。振衣万里城，濯足黄河流。自由自由，铁血以求，惟我先亚洲。专制手，顽固头，斩尽人人不更留。而今五族一大舟，民国乐遨游。前走！前走！永建共和猷。前走！前走！荣誉冠全球。

其二　五色旗

美哉我国旗！曰红曰黄曰白黑，曰汉曰满曰蒙曰回藏。国旗有五色，五色旗谁组织？白璧黄金无价值。此为自由旗，自由尊道德。此为共和旗，共和守纪则。旗在手！旗在手！国民国民莫辜负。

曾先生既蒙教育部长蔡元培邀请而作国歌，《申报》又径以《中华民国国歌》的标题披露，按说该有个下落。后来全无说法，不知跟蔡之去职是否有关？

1912 / 11月 / 流播

11月7日　《申报》报道**伍德罗·威尔逊**当选为美国总统。

11月18日　香港电车公司及渡船宣布只接受港币,内地币种一概不收。香港华人为表抗议,发起拒乘电车运动。

11月23日　香港华商答应以20%利润,支援广东政府北上,征讨蒙古。同日,2000多名华人发起游行,拦砸电车,两名华人被捕,一名警察被石头砸晕。

11月　　　上海爆发**鼠疫**。

用通电@谁谁谁

通电就是1912年的微博

我们后世用微博@某个人,其实非常像一封简短的致某人的公开信。围观者人人可见,被@者也就有了无形的压力,非用公开形式作答,不足以释群疑。要完成这种交流方式,最重要的是有一个公认的平台,可见、公共、有影响。

这种交流方式,几乎是现代社会的一种标志,它意味着媒体时代的来临,意味着任何势力都需要在媒体平台上完成自我表达与形象塑造。我们拥有这种交流方式,当然不是从微博出现才开始,"@文本"的风行,可以追溯到民国元年,那就是民国史上无数次出现的词汇:通电。

1912年1月15日起,《申报》连续刊出《本报扩充篇幅特告》:"民国新造政体改良,见见闻闻,必较往日为伙。本报爰自阳历一月十五日始改用极大纸张,以广篇幅,而富纪载阅者鉴诸。"改版后的《申报》虽然仍为八版,但每版篇幅都扩大了一倍,从八开变成了四开。

新闻自然是大大增加了,而在最重要的要闻二版上,"公电"

的篇幅大为扩张——"公电"这个栏目,当上海还是大清天下时,是没有的,那时只有"专电"报道各要埠如北京、天津、各省会的新闻。还有"译电",是转自国外通讯社的电稿。"公电"基本上随着"共和"的出现而面世。

当前清之世,报纸上有"宫门抄",即朝廷下发的谕旨,也会刊登大臣重要的奏折。那些政经大事,朝廷君臣之间论定即可,与草民何干?从"邸报"转移到大众阅读的日报,已是西方人在中国的创举,但是无论君主王公还是封疆臣吏,都不会将报纸的读者作为发言的对象。

只有在"共和"体制即全民政府出现之后,政治人物才有了向民众进行公共表达的必要。同时,也需要向国内的诸对等势力表明态度,以争取不特定的支持。只有这样,才能解释政治势力之间的折冲谈判,其中一部分需要通过"通电全国"的形式披露出来,比起实际的政治交际用途来,"通电"更多地承担了自我形象建构的功能。

反过来,从前的平头百姓,如果有话想对官老爷说,只能通过"上书"的方式。比如王闿运求见曾国藩,孙中山求见李鸿章,如果没有过硬的关系介绍,官老爷还未必读你的上书。至于你说些什么,外人根本无从得知。

现在方式变了,你可以在《申报》或任何一家大报上刊发通电,表达诉求,即便你@的对象仍然不搭理你,但几十上百万的读者看得见你的发言,由此产生的舆论影响力,可不是"上书"那种博彩方式所能比拟的。

通电的作用首先是"澄清"

跟现今的微博一样,一百年前的通电,也有好些类型。

首先当然是"公告澄清型"。外间出现不实传闻,怎么办呢?搁在从前,真不好办,你只能跟亲朋戚友,见得着的人诉说诉说,或者写成文章,在圈子里流传,向后人辩诬。现在好了,可以"通电"。如1月21日内务部总长程德全通电:

> 顷阅《帝京新闻》报载有(《程德全之牢骚》)一则,假捏德全致黎元洪书,语意离奇,无非欲肆其离间之计,此种卑劣手段,明眼人自能知之。惟恐年轻无识之人,为所愚弄,特此布白。程德全。

当时南北双方,因为战事宣传需要,互造谣言。《帝京新闻》捏造的这封信,内容是程德全后悔反正,并讽劝黎元洪小心南京政府云云,是蒋干偷去的那种离间书。据《申报》调查,此信乃北京"外城某警官"所作。然而《帝京新闻》在北京,清廷治下,程德全既不可能要求该报声明造谣,又无法按照《暂行报律》加以处罚,只好在南方报纸上通电表明清白。

不仅个人需要通电辩诬,政府部门也需要。1月31日,各报都登载了这份"南京一等急电":

> 各报馆公鉴:二十九日《时事新报》载有"大总统宣布袁世凯罪状特电"一则,殊堪诧异。本秘书处并未尝奉总统教令发过此电,不审《时事新报》从何得来。除另电该报立

即更正外,并登各报免淆观听。总统府秘书处冯自由。

南北和议正处在关键时刻,打打停停,孙袁双方必须合作又互不信任,这时突然冒出一则"大总统宣布袁世凯罪状特电",搞不好会影响中国统一前途哦。这事当然必须赶紧声明。

1月22日,来自山东的一份通电也奏响了南北议和的不和谐音:

《申报》《民立报》《神州报》《时报》《天铎报》各报鉴:登州黄县人民自行独立,非由我军进攻。但既独立之后,即为民国保护之土,清军破坏和约进兵攻我,我自不得不以正当防卫,派兵前往。刻沪军北伐先锋队已分兵驻守,乞请外交长向清廷责问破约。山东代理都督杜潜。

此时处于南北停战期间,但零星战事并未停止。淮河一带的小打小闹不算。北方革命党人的暗杀、策反、起义,从未停止,而清廷对革命党人的剿灭、追捕、屠杀也在继续。1月2日滦州起义、1月16日刺杀袁世凯皆为此例。

1月13日,民军攻占了登州。原因是山东独立如昙花一现,烟台变成民军唯一掌握的地区,要保住烟台,必须夺取并守住登州、黄县。所谓"自行独立"云云,实为饰辞。

当时南方也有人不赞成这种实质是破坏和约的举动,比如汪精卫即多次反对京津暴动。但是狂热的革命党人认为,推翻清廷不妨使用任何手段。不过,对于场面上,尤其对关注中国、尚未决定承认哪方的列强,需要有一个说得过去的交代。故此才有杜潜这封将登黄保卫战说成"正当防卫"、反指清廷破坏和约的通电。

通电实现了公开的双向交流

通电可不仅仅具有辟谣、澄清这样的公告板性质，跟从前所有的舆论平台不同，民元报纸的"通电"实现了双向的交流，而且这种交流全面曝光于读者眼前。

1月22日，上海光复军司令李征五发表了这么一则通电：

> 杭州蒋都督鉴：王君金发，素具革命思想，同志多年，备尝艰苦，至此次浙省光复，王君之力为多。公任都督，严命捉拿，并将其枪械扣留。北虏未除，操戈同室，凡属同志，窃恐人人自危，公能以德服人，何患不能统一。凤仰宏亮，敢以直陈，幸希鉴察，并乞电复。沪军光复军统领李征五叩。

李征五是王金发在光复会的同志，现在听说王金发被浙江都督"严命捉拿"，又扣留枪械，在情在理，都该去电询问。但他并非直接致电浙江都督蒋尊簋（百器），而是使用报纸通电形式，这就是一种舆论压迫。

蒋尊簋自然不敢怠慢，他新任浙江都督，正当稳定人心的时候，而且他清末在东京，先加入光复会，再加入同盟会，与王金发亦算同志。杭州光复后，王金发反对汤寿潜出任浙江都督，说汤参与了对秋瑾的迫害，为此还去上海找陈其美闹了一场。后来自己带兵去绍兴自立军政分府。杭绍之间，关系一直很紧张。

蒋都督的回复刊登在两天后（1月24日）的报纸上：

> 光复军统领李征五暨各报馆鉴，得电大诧，与事实全不相符。仆与王君多年同志，现当民国初基，正赖共济，虽极昏愚，岂有自启摧残之理，光明磊落，自问无他。至扣借枪械，具有办事苦心，俟季高见面，定当了悟，执事智者，毋惑流言。

这是承认了"扣借枪械"，但不承认"自启摧残"。经此一往一复，浙江政界的内部斗争等同公布于天下。媒体随即跟进，《申报》1月30日刊发了题为《杭扣留军火交涉》的新闻，读者才了解，原来这起扣留军火案，陆军部黄总长及各同志和平调停，已历多时，久未解决。就在蒋尊簋回复李征五的两天后，1月26日，王金发跑到杭州大吵大闹，要求还他的枪械——报上的用词是"晋谒都督，据理争议"，王金发岂是那等谦逊之人？

蒋都督究竟是以什么样的理由扣留枪械？读者并不清楚。民国元年，变动方休，整个政治架构都没有理顺，肯定是公说公有理，婆说婆有理。比如，蒋都督可以说军火一事，全省要统筹安排，绍兴军分府不得私自购买运送；而王金发肯定说，老子正在练兵，准备北伐，没有军火，怎么跟张勋那狗娘养的干仗？

说来说去，蒋尊簋身为浙江都督，拿绍兴军分府王都督也没什么办法，只好向省临时议会求援，请议会"秉公评判"。找到议会议长莫永贞，才发现议会休会一周，连忙打电报给宁波、绍兴、嘉兴、湖州各地议员，要他们回杭州开会，解决这档子事。报道最末，为蒋都督澄清了一下，说他只是力劝王都督，暂缓回绍，

"外间所传王分府已被拘留,实系讹传"。

自此,浙江官场新闻不断,大抵是负面消息。蒋尊簋的治浙能力,遭遇了严重质疑——王金发也好不到哪里去,有关他"祸绍"的传闻,更是甚嚣尘上。到了2月11日,旧历年将至,浙事突然来了一次总爆发。

这一天,《申报》上出现了一批通电,全是指责,不,是指控蒋尊簋的。打头的是"光复会员电",电文可谓杀气腾腾:

> 南京同盟会孙大总统、汪总理鉴:贵会员蒋尊簋前在浙时,诱卖本会员某某,在粤东西摧残志士,黄总长、钮次长谅有所闻。今又钻营任浙都督,引用姚刘诸汉奸,私植党羽。前数日前在申拜结亡清诸逃员,日数十起。昭昭在人耳目,既贻贵会羞,复为民国害,不速加诛,贵会养痈贻患,何以答同胞?光复会员吴锡斋、吴嵋、俞忠郊、赵文衡、沈滨、应兆松、陈庆安、毛镇焕等百三十同叩。

紧接着,绍兴同盟会、宁波同盟会、严州同盟会、处州同盟会纷纷通电,异口同声,说蒋尊簋"以军法部勒浙中官吏","反对民党","任用汉奸"。最后一致要求将蒋尊簋"斥革出会"。

这明显是一场有组织有预谋的舆论战。虽然看不出是谁策划谁组织的,但光复会、同盟会同时发难,浙江内斗之烈,可见一斑。

2月13日,"光复总会"出来说话了。他们致电"孙大总统、驻宁各军队、各团体",认为浙江同盟会对蒋尊簋的攻击"未免责备过情。当此共和肇始,理应和衷共济,长此各执意见,浙事糜烂，后患何堪设想，乞速调和，全浙幸甚"。有意思的是，替蒋尊簋说话的，还有一位以个人名义发表通电的"何剑飞"，他自称是旅沪华侨，在通电中称：浙省同盟会，对蒋尊簋"前则公举，后则私攻，究竟是何用意，望速设法调和保全大局为幸"。

从这些通电我们可以看出，"通电"本身几乎没有任何门槛，私人可发，团体可发，官员可发，平民也可发。这些通电主体，又基本是在同一层面对话。旅沪的广东人，可以集体通电大骂在京的梁士诒"为袁氏腹心……诪张为幻"，表示"窃为公所不取"（1月27日）。红十字会会长沈仲礼，也可以通电质问北京袁世凯，为何纵容安徽倪嗣冲"焚毙伤兵，破棺弃尸"，严重违反国际公约优待俘虏的规定。袁世凯也即发表通电，回称经询问倪藩司，绝无此事，要沈"勿听浮言"（2月13日）——这封通电的重要，不在于袁世凯回复的内容，而在于：内阁总理大臣毕竟站出来回答了一个民间团体的质询。这种舆论上的平等权，在中国历史上从未有过，在民元之后，似乎也渐次消失了。

造谣很贵的

民国元年出现的那个新事物"通电",确实很像后世的微博。从大总统到平头百姓,从政府机关到民间团体,谁都可以"通电全国",想@谁就@(名字后加个"鉴"或"钧鉴")。通告、禀明、要求、指斥、威胁……什么内容都有。与之相比,什么政务公开、上下互动都弱爆了啊。

这样的黄金时代也没能持续多久,跟微博一样,通电也很快出现了谣言危机,由政府与媒体合力进行整顿。

其实一般的谣言,政府也没想管。民国初立,法令未全,多少大事管不过来,个把通电算什么?但那些坏人闹得太不像话了,他们先是冒充南京总统府,通电宣布袁世凯罪状——那可是在南北和谈的节骨眼儿上!好不容易和谈成功,不曾影响大局,他们又闹出了诡异的"同盟会电",以南京同盟会本部的名义,指责上海的政客、报纸被袁世凯"买收",说得有鼻子有眼:每家报馆收了四千元,只有《天铎报》拒贿。这份通电发表在天津《民意报》上。

上海的报纸顿时就炸了。报界公会立刻分别致电孙文与《民意报》,要求他们拿出各报纸被袁氏收买的证据,否则要对此谣言负责。《民意报》回答理直气壮:俺们是有电报局的电文底稿的,不信你们来天津查！查就查，还真有。而南京方面，从孙中山到胡汉民、汪精卫，赌咒发誓不承认南京同盟会发过此电。南京电报局也说，他们根本没发过这种电文。那么，南京、天津电报局，必有一个说谎。此事成了悬案。

还能更离谱吗？能。袁世凯就任临时大总统后，孙文与南京临时政府均宣布解职。新内阁成了南北争夺的要点。尤其是陆军总长一职，被认为是重中之重。南方主张黄兴留任，北方军界一定要拥戴段祺瑞。通电交驰，不亦乐乎。黄兴表示，为顾全大局，他愿意解甲归田，不当陆军总长。袁世凯觉得这样不合适，说：老黄，咱虽然不当陆军总长，弄个参谋总长干干如何？（为此，袁世凯还把原南京临时政府参谋总长徐绍桢另委为"仓场监督"，这么个莫名其妙的职务，把徐绍桢气得发昏。）

黄兴当然还是拒绝。可是，居然有人冒充黄兴名义，回电北京政府，表示同意出任参谋总长。袁世凯当然大表欢迎。这下轮到黄兴气得发昏。可袁世凯为什么相信假电报？因为通电是要实名制的，电局章程规定，通电者必须"加盖印记"，就跟捆绑手机号似的。

印记毕竟不够靠谱，有心作伪，刻个印章有多难？黄兴只好一边严查此事，一边由总统府秘书长特饬电务科员，今后所有电报（包括代其他政府机关代递者），"非经秘书长加盖图章者，不得擅发"。

但是这个规定管不到"南京同盟会本部"这种"民间团体"，还得从内容上加以限制。当然，不能停掉通电——那不跟清政府钳制舆论一样了吗？自3月24日起，《申报》连续五天在头版头条刊登《编辑部启事》，称鉴于"离奇怪诞之事，日必数起"，"不得

已由报界公同集议,商定限制如下":

(一)非关于公害公安而攻击个人者;

(二)不具名者;

(三)无真确之政见,为私人图名誉发空论者;

(四)行政官寻人由报馆代转者;

(五)立言过激有碍治安者。

凡属此类,皆"削而不发"。考虑到3月初刚刚发生了报界成功抵制报律的事件,这种限制不可能由政府强制下令,应属媒体自律。

看到此处,很多人大概会若有所悟:啊,谣言风行,看来百年前后没啥区别……错!最大区别就在于:100年前,要经由媒体通电全国,造个大谣,比现在贵多了。

3月26日,中华民国电政总局在上海各报刊登广告,称已在崇明岛开通电报,收费呢,跟大陆是一样的:每个字,中文收银洋一角,洋文收洋两角。

照稻米购买力计算,洋一角,基本上等于今天的10～15元。一通电报,少则数十字,多则上千字(黎元洪老爱发长电,"痛哭流涕",好在官电不要钱)。那会儿通电全国,动辄开头是"北京袁大总统南京孙大总统陆军总长黄转武昌黎副总统各部总长各省都督及上海各报馆鉴",您算算,造个谣,得多少银子?

发电报太贵了,贵到政府财政都未必负担得起。3月8日,云南都督蔡锷致电电政总局,说云南地处边陲,"地广财绌,交通阻滞,与腹省情形不同",希望能照前清旧例,省内发电报,只收"四仙"（四分钱），只有"拍寄外省"，再按一字一角钱收费，可否？

电政局的另一个VIP客户群，是各地的报馆。各大报馆在各地派有访员，鼓励他们一有大事，就尽可能快、尽可能详细地打电报回来。这得给个特惠价吧？而且新闻事关舆论，属于半公益事业呢。

南京交通部很给面子，大笔一挥，报界电费减为每字三分。可是虽然南北统一了，南京政府仍然只能管半个中国。东三省、北京、天津的电局，统统不认账，管你新闻电普通电，都是一字一角。上海报界公会不得再向袁大总统发通电，希望能够全国一盘棋，并按惯例，费用由上海电局结算。

忘了说明，中华民国电政总局设在上海。这个机构挺招人恨的，据说他们在前清时就"骄奢豪侈，埒于王侯，挥金如土，结纳权贵，侵国家收入不可数计"。光复以来，很多省从政府到电局，都对这种垄断经营十分不满，亟盼改变这种局面。

说回来，报界手握舆论权力，政府多少要给点儿面子。4月17日，北京政府邮传部发布《减收新闻电费章程》，同意优待新闻事业。不过限制还是很多：

1．各报馆必须经地方长官或民政长核准，再由邮传部核定，"给予减收电费执照"。

2．各报馆发电，只有"新闻电"减收，其余电文按商电核收。

3．外地发回各报馆的新闻电，必须在两日内刊登，要是到期没登，"由电局向该报馆补收全费"。

4．新闻电报，只能有华文英文明码，不能用密码。

5．只有报馆授权的访事人可以发新闻电。省会或大城市，每家报馆可以有两份执照，发给两名记者，不得多申请。

6．新闻电费，必须先交费，存在电局，按月结算（预存话费太有历史了）。

7．触犯当地法律或电局规章，吊销执照。

这也太给小鞋穿了，您想想得多麻烦才能用上这"新闻电"？

那么，新闻电比一字一角的商电便宜多少呢？减收四分之一，七五折。不是申请了每字三分吗？

——那不是统一前的章程吗？报纸是言论界霸王，四分五分的您也不在乎。

伍德罗·威尔逊连任两届美国总统

四年后，大选才有详细报道

美国总统大选固定在11月举行。1912年11月，《申报》即有对美国大选的连续报道，"学者总统"伍德罗·威尔逊当选的消息发表于11月7日。

这年是三人参选，威尔逊是民主党候选人，共和党候选人是塔虎脱（现译塔夫脱），另一位候选人更是鼎鼎大名，是前总统西奥多·罗斯福，只是因为共和党内讧，罗斯福是以进步党候选人的身份参选。罗塔之争分散了共和党选民的票数，使得威尔逊在40个州获胜，得到总共531张选举人票中的435张。

就这样了，1912年，关于美国总统大选的中文信息就这么多。

跟1912年的平平无奇相比，倏忽四年过去，1916年美国又迎来了新一轮的总统大选。这次《申报》还特别介绍了美国总统选举的固定日期与流程："美国每当选举总统之年，于十一月第一次之星期二日，所有选民均往选举之选匦投票，选出选士，此选士者即为投票选举美大总统及副总统之人。"《申报》还介绍，"新总统之人名及其所得之票数"，在投票数小时之内，"即可传布于全世界"。

这一年，民主党推出的候选人自然是在任总统威尔逊，共和党的候选人则是查尔斯·埃文斯·休斯，1907—1910年的纽约州州长。

《申报》介绍了威尔逊在上一任期的政绩：对内经济有长足发展，减少欧洲外债，限定工人劳动时间；对外，威尔逊以和平主义著称，阻止了与墨西哥、德国的可能战争。所以，威尔逊竞选连任的口号是"他让我们远离了战争"（He kept us out of the war），不过这一点，也被反对者批评为"软弱无能"。

威尔逊还在1913年创立了总统新闻发布会，他是美国现代史上首位允许记者向他提问的总统。

休斯（当时《申报》译为"许士"）作为州长时的施政策略与威尔逊担任新泽西州州长时极为相似，西奥多·罗斯福曾说，"两人之间唯一的差别就是刮不刮脸"（休斯是个大胡子）。不过，现在既要打选战，休斯必须表现出与威尔逊的差异。

据《申报》的报道，休斯的政见主要有：

保护关税政策，以限制外国商品输入；

赞成妇女参政（当时美国各州，有的给妇女选举权，有的不给）；

对外主张充实国防，淘汰外交官；

德国潜艇如攻击美国商船，必须强硬交涉，虽战争亦在所不辞；

反对英国干涉美国贸易；

对墨西哥"彻底交涉"，决不手软。

《申报》引外电评论称，休斯的目标是"折倒威尔逊"，"故不问对内对外诸问题，皆抵威氏之隙，发表之政见云者，攻敌党之武器耳"。

选举两个月前的民调，"许士大占胜利"，之后逐渐减少，到大选前，两人的支持率几乎持平。

选举出问题了！

1916年11月的第一个星期二是11月7日。《申报》通过路透社等西方通讯社获得大选消息，中间时差大概是两日。11月10日《申报》报道，选举出问题了！

11月8日凌晨，共和党率先宣布休斯获胜。共和党总部一片欢腾，休斯夫人当众"抱许颈亲吻而大呼曰'君为美国之大总统矣'"，"喜极而流泪，如女童然。许之三女亦狂喜欲绝"。

早晨出版的各大报纸也一致宣布休斯获胜。但是，民主党也出面宣称威尔逊当选！美国总统闹出了双包案！

《申报》刊出西方媒体一系列报道，显得特别扑朔迷离：

- 华盛顿电　据目前之报告观之，威尔逊已在选举团得二百四十四票，许士已得二百十三票，票数之相近，为前所罕有，众为大震。民主共和两党皆称已得倾向未明各州之选票。纽约城民主党派之各报，昨夜承认许士获选，今晨皆改称威尔逊获选，票数报告之迟缓为现代所未有。（八日）大陆报

《大陆报》按云：昨晨十一时，路透社接纽约直接发来之电报，谓许士已获选，威尔逊已失败。该电发时，仅在投票完结后三小时，消息传出若是之早，是必威尔逊临时大挫，以使许士得势所致。但据本报及路透社后接之诸电观之，威尔逊与许士二君所得票数不相上下，是则成败尚在不可知之数也。

- 纽约电　选举结果尚未明，远西各州之票数迟迟发表，使许士失其大多数，威尔逊转败为胜，大约须重行检票后始能得悉切实结果。（八日）
- 伦敦电　纽约电称，《纽约世界报》声称威尔逊总统复被选。（八日）
- 纽约电　共和党自称许士获选，乃依据许士在纽约及伊里洛伊斯（现译伊利诺伊）二州所得之票数而言。（七日）
- 纽约电　昨晚东部各州之报告及共和党自称已在中西各州得胜，即威尔逊派之各报亦以为许士必可获选。今观远西及其他各州之报告，则结果似又可疑。威尔逊今得二百三十二票，许士今得二百十八票。两党领袖各称获胜。（八日）

到了11日，《申报》报道，确切的票数开始逐渐传出：

路透社9日电，休斯得到了239票，威尔逊得到232票，还有8个州60票未知。

《字林报》8日纽约电：威尔逊已经获得了248票，休斯则得了243票，尚余加利福尼亚等"四州四十票"未知。"威尔逊之获选几可必"，"威尔逊已在开里福尼亚州（现译加利福尼亚州）得势，惟在明莱沙太州（现译明尼苏达州）稍失势，两党胜败仍未决"。

《大陆报》的报道则更为具体：截至9日（东亚时间）凌晨1点，距投票截止尚有31小时，威尔逊已经取得了251张选举人票。剩下的三大摇摆州：开里福尼亚、明莱沙太、哇里冈（俄勒冈），两党都宣布自己的候选人在此三州占据优势。

当时《申报》的读者可没有现在的网络优势，可以实时跟踪选举人票数的变化，所以当8日、9日西方各大通讯社或报纸的电文并置在11日《申报》的报纸版面上时，读者的感受，与今日相较，或许就像眼巴巴等着每周一集的《权力的游戏》，与暴刷一季十来集同时放出的《纸牌屋》的差别。

美国大选提醒中国什么

《申报》11月12日继续刊登路透社10日电闻：

- 纽约电　开里福尼亚州赞助威尔逊，旧金山、芝加哥、纽约等处之各报，均承认威尔逊必可膺选。共和党开会后宣布不承认威尔逊已获选，坚谓重行检点票数后，可望更变结果。惟据最近报告观之，威尔逊之地位已觉安固。（十日）

共和党特别不愿意承认休斯败选，心情完全可以理解。在选举之前，休斯的支持率最高曾达到70%。据说，威尔逊当时对自己能否当选也没有信心，特别在共和党宣布休斯当选之后，他几乎认为自己已经失败。其时第一次世界大战打得正烈，威尔逊非常担心如果休斯获胜，从1916年11月到1917年3月新总统就职的这段时间，美利坚合众国会因为政策摇摆而丧失对欧战的主动权。

因此，威尔逊甚至向民主党幕僚们提出一个假想方案：如果休斯当选，他就立即任命休斯为国务卿。然后威尔逊与民主党副总统同时辞职，根据美国宪法，休斯将自动成为美国总统。这样可以保证美国对外对内政策的连续性。

威尔逊这一片公心，因为休斯的落选没有实现。然而由此观之，他后来在巴黎和会上倡议"十四点和平原则"，导致了国际联盟的创立，非为无因。威尔逊的作为，被陈独秀在《新青年》上称为"好人威尔逊"，也为他赢得了1919年的诺贝尔和平奖。而且，威尔逊在去世40余年后，被美国历史学家票选为美国史上仅次于华盛顿、林肯、小罗斯福的"第四伟大总统"。

到了11月16日，《申报》终于刊出了确定的威尔逊连任消息：

> 驻沪美领事萨孟斯君已接北京美使来电，谓华盛顿国务部宣称，据最近选举报告观之，威尔逊总统已被选连任云。

1916年11月初这一段时间，中国媒体上最热闹的是：黄兴、蔡锷两位革命伟人相继过世，社会各界提议国葬；段祺瑞内阁面临改组，阁员未定；中日之间爆发"郑家屯事件"；中国银行限制提款，每人不得超过200元……但《申报》还是辟出篇幅，于11月12日为美国大选发表了一篇时评《竞争与稳固》：

试观此次美国选举总统，两党若是之竞争，而不失为稳固之国家，更观今日中国之政党，并无显著之竞争，而常使国家飘摇欲堕，此其故何欤？

盖一由于竞争必出于堂堂正正，而勿以阴谋术相倚扼；

二由于竞争限于事之定界及时之定界内，而非事事时时视为仇敌。

知此二义，则政党之虽烈，而国家稳固如恒；不知此二义，则政党虽无竞争之迹象，而国家飘摇欲堕，永无安宁之时。

翻天掀地之美国总统选举，乃至选举既毕，总统确定，而即风平浪静。枝枝节节之中国辞职免官，纠缠不已，既逾月矣，而仍未解决。是无他，是中美两国之政党对于竞争之道，根本见解不同也。

民国初创，学习民主政治，事事皆以西方为标准。比起打得死去活来的欧洲列强，美国政治之安定，更替之平稳，确实更值得风雨飘摇的民国政治羡慕与借鉴。至于美国政治究竟是君子之争还是假民主，或是人心不古每况愈下，专家们尚且聚讼不休，我哪知道？

1916年美国大选期间，《申报》还有一条好玩的消息：

据东京转旧金山来电，有生于美国之两名日本人（ABJ？）参与了此次美国总统大选。日本媒体自豪地宣称，这是加州日本人参加总统选举的开端。

那华人是啥时候开始投票选美国总统的呢？那就不知道了。

1912 / 12月 盘点

12月3日　香港海滨码头小工捐集洋一万五千圆汇京,以充征蒙经费。

12月15日　报载贝加尔湖有鼠疫发现,满洲里车站附近也发现了三名疑似感染者。

12月17日　香港鸦片商与英国各银行要求港督与驻京公使出面,抗议因中国禁烟政策导致合同作废。

12月29日　《申报》报道**红十字会**多支放赈与救疫小队,在瑞安、景宁等地救灾,钱粮耗尽,亟待支援。

民国元年的绅商们

在传统的辛亥叙述中，绅商阶层在革命大潮来临时总是迟疑不决、矛盾重重，这种表现被归咎于他们思想上的混乱与政治上的不成熟。事实上，没有任何时代的任何一位绅士或商人希望所在地域发生动乱。清末的绅商在清王朝的"官绅共治"体系中已经获得了部分权力，比如谘议局，一个虽然没有参政权，但地方官吏绝不敢忽视的机构。他们通过出资收买或赞助，控制了大部分的舆论权，而科举的废除，虽然加剧了社会的固化，对他们也是有利的——他们的子弟有更多的机会进入权力核心层，像没有科名的直隶总督兼北洋大臣袁世凯那样。

绅商们只是不满足于现有的权力，虽然这些权力已然比中国历史上任何一个朝代都多。他们的代表人物张謇，如果生在道咸以前，想必还在翰林院里苦苦等待着外放主考的机会，或是迁转到六部当一名员外郎，再循例外放，二三十年才能入阁入军机。而如今借助"状元办厂"，张謇以请假翰林的身份，几乎成了南通的上帝，完全按自己的意愿来形塑一块地域，同时又是各省督抚的座上客。

更重要的是，张謇在庚子年以东南的富庶为资本，成功地说服了两江刘坤一、湖广张之洞、两广李鸿章这三位帝国最有权势的官员同意采用亘古未有的为臣之道：他们与西方各国单独签订了《东南互保条约》。冠冕堂皇的理由是必须为中国保全东南这块经济命脉，而参与者心中也做好了一旦北京朝廷覆亡，东南诸省便取而代之的准备，西方人最看重的李鸿章将出任"伯理玺天德"（President，总统）。

我们不妨说，就在此时，至少在中国东南这块"半现代社会"，清王朝在法理上，在人心中，已经覆亡。接下来的11年，其实不过是形式上的苟延残喘。

就像法国大革命前路易十六对第三等级的容让迁就，遭遇庚子之痛，又背负着辛丑巨债的清廷，面对财源所在的东南绅商集团，身段越来越低，声气越来越和顺。但是朝廷始终没有决心实行宪政，他们甚至缺乏理解宪政真谛的能力，而东南绅商集团采用一切方式在提醒、督促朝廷。两者的分歧在于：朝廷希望能在传统体制的框架上，通过对绅商集团的推重、利益的肯定来换取他们的忠诚，而绅商集团希望这些好处，甚至更大的参政权力，不是来自朝廷的恩惠，而是通过宪政与法律固定下来。没有人希望庚子年的状况会再现：国家濒于灭亡，而东南被迫采用与中央分离的方式保全自己。

但是有了东南互保的成例，一旦绅商集团感觉朝廷对地方局势已经失去控制，他们当然第一时间想到用同样的方式保全地方的安靖。武昌事变后短短一个半月，便有十四省独立，并不能说明革命党势力雄厚，或是人心皆思共和，只不过"东南互保"的案例引发了羊群效应。大家先保住自己，再看局势发展。

马勇的《1911中国大革命》主张"以温情看待历史人物"，

充分肯定了孙中山、袁世凯和隆裕太后的妥协精神。这自然有其道理。但从全国局势来看，南北停战议和，是谁最希望看到的结果？张謇为首的东南绅商集团。

孙中山不知多想要北伐统一，名正言顺地成立民国；袁世凯最希望的是君主立宪，挟天子以令诸侯。他们最终都让步了，向谁？绅商集团。对于孙中山与南京临时政府来说，很难对向他们提供了700万两贷款的赞助者强硬地说"不"。而袁世凯，当然心里也清楚，如果东南绅商集团与革命党联手，不是北洋军与北方瘠薄的财力能对付得了的。

在革命叙事中，辛亥当然是一场"失败"的、不彻底的革命。但客观来看，革命党得到了最想要的共和形式，早该覆灭的清廷保全了最后的体面，袁世凯为首的官僚集团仍然留住了大部分的权力，绅商集团则获得了他们要的安定，以及民主参政的可能性。四方都实现了有限的利益最大化。这个结果，最大的推动力量，还是绅商阶层，那些在"辛亥革命的传统叙事"中仍被遮蔽的面孔。

没有庚子，哪来辛亥？

《老残游记》里说"北拳南革"，是中国两大祸害。事实上，动摇清朝国本的，确实是这两股势力。"南革"的核心理念是异族统治并出卖中国大好山河，汉人有权"驱除鞑虏，恢复中华"，上接的是太平天国的宣传策略。"北拳"则不同，满族在直隶、山东一带的统治，至为稳固，义和团口号改为"扶清灭洋"，获得满洲权贵的默许或扶植后才得喧嚣一时。两百多年的核心区域，非同小可，居然短短三四月间，黄河之北尚无大战（仅有的滦州起义旋即失败），清廷就黯然退位。从当年到现在，都令人愕然。

其间自然有袁世凯与北洋军趁乱逼宫，清廷迫于形格势禁，不得不然的因素。然而王朝的覆灭，近因确是深种于庚子。

戊戌变法，六君子朝服斩于菜市口，使得大批知识分子意识到朝纲已乱，祖法无存。但真正撼动北京中下层社会思想的，要算庚子年义和团横行京城与八国联军占据首都。慈禧带着光绪，不顾向十一国宣战时发下的"死社稷"的誓言，仓皇西逃，映照着此前放纵义和团烧掠京城的乱局，让北京全城自清朝定鼎以来，首次成为朝廷的弃儿。

接着是一年多的八国分区殖民统治，对于从乾隆以来就极度排斥洋人进城与居留的北京来说，市民首次有机会近距离接触西方人，且接受一种全新的统治样式。这一年多中，抢掠固有之，饥馑流离亦不可免，但正面影响北京社会的现象，也不在少数。如日占区居民在刺刀威逼下，学会不将大小便倾倒在通衢上，被迫组织城市卫生系统；又如德国军营教居民以胭脂混合煤油，泼滴在前来抢掠的兵士身上，以便指认；又如此前同文馆包食包宿包工作分配，仍然少有报名学洋文当翻译者，到了占领时期，通洋文者到处吃香，北京城掀起学各国语言的热潮……庚子年在带给北京百姓杀戮、抢掠、失散的同时，又给他们打开了一扇窗，让他们被迫体验另一种社会样态，尤其是高高在上的王公大臣、官僚权吏，此时大都沦落到走街串巷、引车卖浆的田地。那种情形，既像法国大革命后的巴黎，也像俄国革命后的莫斯科。经历过此番变乱的北京，社会观念、民众意识会有怎样的变化，非常值得琢磨。

庚子之后，就是辛丑。两宫还都，社会重整。一年多的殖民生活，犹如大梦一场。但民间社会的变化却甚为明显，变法图强，从戊戌年的士大夫横议，已经变成民间流传的常识。接下来的几年，朝廷对民间社会的新现象，如办报、阅报处、演讲所、新学堂，都颇为优容。虽然照样有沈荩案、彭翼仲案等报案，但朝廷本身动摇思变的迹象，也极为明显。故此彭翼仲虽递解新疆，《京话日报》停办，北京民间办报却方兴未艾，朝廷对民间思想的控制，较之庚子前，已大为削弱。

辛丑到辛亥，十年间中国一直在欲变将变。清廷虽然首鼠游移，尤其慈禧崩逝，后继乏人，主少国疑，是绝对的可乘之机。然而，以打败俄国的日本为鉴，实行君主立宪或虚君共和，已是整个社会的共同且公开的诉求。王朝没有抓住这个机遇，对当权者当然是极大的憾事，但社会意识的异动，身在其中者未必能清楚认知。南方的革命党，眼光一直瞄着所谓"中等社会"，即商人、学生、会党之属，思路上还是"知识分子+暴力革命"的模式。这也是一旦南北再次分裂，二次革命失败，陈独秀等革命知识分子立即悲观地认为中国将重返帝国时代的原因。

而枭雄如袁世凯，也不免中此种思路的毒。洪宪帝政终结之因，有列强的反对，有部下的倒戈，有合法性的无从取得，但从北到南，民间社会的拒绝与沉默，也是一股不容小觑的力量。毕竟，这是民国，以民之名，孚民之愿。

没有庚子，何来辛亥？在许多追忆的目光都盯着武汉的枪声、上海的会议时，我却常常想起11年前的北京，洋军入城时围观的群众，从老照片上看去，情绪稳定的居多。

1912年瘟疫纪事

民国元年：疫情与防治

伍连德这个名字你可能不陌生，他的故事知道的人也很多：

【事件】

1910年12月，肺鼠疫在东北大流行。疫情蔓延迅速，吉林、黑龙江两省死亡达39 679人，占当时两省人口的1.7%，哈尔滨一带尤为严重。

【背景】

当时清政府尚无专设的防疫机构，通过日俄战争分割了东北各项权益的沙俄、日本均以保护侨民为由，要求独揽防疫工作，甚至以派兵相要挟。

【发端】

经外务部施肇基推荐，清政府派剑桥大学医学博士、马来华侨伍连德为全权总医官，到东北领导防疫工作。

【过程】

1911年1月，31岁的伍连德在哈尔滨建立了第一个鼠疫研究所并出任所长。他深入疫区调查研究，追索病毒的流行路线，采取了加强铁路检疫、控制交通、隔离疫区、火化鼠疫患者尸体、建立医院收容病人等多种防治措施。

【结局】

在当时东北落后的防疫、医治条件下，伍连德及其团队，用了不到四个月，就扑灭了这场震惊中外的鼠疫大流行。清政府为表彰其功绩，授予陆军蓝翎军衔及医科进士。

伍连德博士创立了中国最早的防疫抗疫体系之后，不到半年的时间，辛亥首义在武昌爆发。又是四个月时间，民国创立，南北议和。中华民国，亚洲第一个共和国的元年，瘟疫情况如何呐？

汉口：新旧端午都不准过，也没事

武汉是首义之地。革命军占领武汉三镇之后，清政府派出了以荫昌为统军大臣的北洋新军，冯国璋实际指挥，征讨武汉。两军在汉口打了一场保卫仗，革命军最终退守武昌，黄兴火速驰援也无法逆转局势。接下来才是袁世凯暗令停火，两军开始了南北议和前长达47天的对峙。

停战了，议和了，民国了，可是汉口被打成一处烂摊子。2月之后，汉口城市建设恢复迫在眉睫。可是当时的汉口是什么情况呢？

一是武汉三镇内外，充斥着军人警察，超过10万名。军政府为了给他们发饷，向比利时借了100万银圆，因此市面还算平静。只是军警有钱要花，汉口其时最发达的产业就是娼妓业。

二是汉口商会在保卫战时，是支持政府军的。民国之后，大多数头面人物被换掉了，换上来的大半是武昌来的新贵，基本不懂商务，因此汉口商业迟迟无法恢复，物资调运存在各种问题。建筑筹办处每天人头拥挤，却不知何时动工，外地征调来支援汉口重建的工匠一万多人，望眼欲穿，苦苦等待。

三是汉口租界以外的民房，基本在战争中焚毁殆尽，于是租界外搭起的篷屋窝棚，也超过了一万多户。白天难民们争抢地盘，晚上成群结队地偷窃抢夺，无人去管。这时已是阳历4月，眼看着天气就快热起来了，"秽气熏蒸，恐有酿疫之患"。

老百姓也不想受瘟疫之苦，他们的应对方式是：过端午节。因为此前过正月初一，被武昌军政府严厉禁止，大家就传说，新朝用新历，那端午也改在阳历5月5日吧。反正目的是一样的，"收瘟摄毒，预戢时疫"。于是用纸扎龙船，组织迎神会的，不亦乐乎。这股过节风也吹到了军政各界，公务员私下议论，希望5月5日能放假一天，军队更是提出要求，希望照例赏给酒肉。

黎元洪听说此事，很不高兴，发了一道通令，说"过节"原来是我国的陋习，现在民国开创，正要改良社会，荡除旧习，军政人士，应当以身作则，不准过节。

虽然没在端午节求神佑护，但万幸，到了夏天，武汉三镇，包括大兴土木的汉口，都没有暴发瘟疫。整个1912年，唯一的一次惊吓，来自客船江新轮，这艘长江轮船从上海驶来，第三机师8月22日在九江病逝——他染上的正是8月上海正在流行的"虎列刺"，就是霍乱。江新轮三天后抵达汉口港，立即被扣留隔离，经过半天消毒之后才被放行。

马尼拉：受不了美国的苛政

在8月的上海之前，先一步出现疫情的，是6月的天津与北京。

6月8日《申报》引用路透社报道："由香港开往天津之昌新（译音）轮船，有搭客三人，先后患疫猝毙，迨至烟台即被验疫所扣留，验系肺炎病传染，现天津租界已准备预防。"

我们不知道在这三名香港来客暴死于船上之前，京津地区是否已出现疫情——这种可能性很大，因为仅仅四天以后，路透社的报道已经是"京中近来疫势颇盛"。以刚刚从京师大学堂改名而来的北京大学为首，北京各学堂都提出了"提前放暑假"的预案，以免出现大面积的传染。

与北京疫情同时发生的，是千里之外的一条小新闻。小吕宋（马尼拉）华侨组织与广东商会分别致电上海华侨联合会与广东军政府，希望他们向美国政府（马尼拉时为美属菲律宾首府）交涉，改变马尼拉对华人的检疫制度。

两封电文内容一致，声称美国制定了检疫的"苛例"，凡是华人新到菲律宾者，无论工商男女，先隔离数日，再用针刺入肛门，取大便化验，以确定是否染上疫病。华侨与商会认为美国这样做"殊辱国体"，是一种辱华行为，因此希望政府出面交涉，取消这种例行检查。华侨联合会的电文里，还提出了替代方案：男的喝泻药排便，女的……女的就算了，要她们提供自己的大便，太羞耻了啊啊啊。

广东都督胡汉民向公众发布了这封电文，并@外交部。后续交涉如何，不得而知。

上海：被日本列为疫区

8月底的上海，暑气仍然闷人。《申报》8月28日的这条新闻题为《租界时疫盛行》，点明瘟疫（就是上文说的虎列剌，霍乱）主要发生在公共租界，中外人士，死者不少。没有具体数据，但我们知道形势相当严峻，因为租界各巡捕房的警察探长，已经死了十多人。8月26日，总巡捕房一名"三道头"（三道杠的高级警官）西洋人也染上了霍乱，被送往工部局医院。另外，各国来沪水手，染疫死亡的已经有数十人之多。

同日同版的《申报》上，还配了一篇时评，说的是"西门外小菜场往南一带"，各家门上，满悬着纸锭，铙钹声、锣鼓声震耳，也就是说，家家都在办丧事。记者又来到闸北，看见各条弄堂里垃圾堆积如山，也不曾分类干湿，臭气熏蒸。记者感慨道："近来租界已发现疫症，而尚不自清洁若是，呜呼迷信犹昔，不讲卫生犹昔，乌乎其为新国民？"

闸北，正是后来被称为"水中含病菌之多，为全世界之冠"的多次霍乱爆发点。

时评提到的两处地方，都在租界之外。从这篇评论看，当时上海租界中的疫情，比华界要严重得多，霍乱病毒是否像天津一样，由水手从东南亚带来？结合前面所说美属菲律宾强制推行的检疫措施，不排除这种可能。

1912年的上海霍乱，我看到的材料很少，远不如1919年、1926年，以及"最为惨烈"的1938年大霍乱数据为多。1938年记载的霍乱发病人数为11 365人，死亡人数2246人。而1912年，只是笼统地说"死者数千人"。谁更严重，不好说。但两个年份有一个共同点，即因为战争与水灾的缘故，大批难民拥入，造成了霍乱病菌的大面积传播与交叉感染。

8月29日，日本将上海列为"有虎列剌症患口岸"，从上海驶往日本的所有轮船，都必须在港口隔离消毒。为此，内务部专门致电江苏都督程德全，要求上海方面加强管理，抵抗疫情。

8月31日，《申报》一面刊登工部局卫生处"极力施求，仍未消灭"瘟疫的消息，一面发表时评《警告居民（勿视为老僧常谈）》：

> 时疫之为祸，较兵革水火盗贼猛兽为尤烈，其潜滋暗长，出于我人之所不及觉，而蔓延至于不可收拾。今租界之发现，患疫者已有数十人，非速设法扑灭，则居民之性命危险，甚矣！
>
> 虽然扑灭之责，不尽在工部局也，在居民自行防卫耳。污秽之必须扫除，饮食之必须清洁，起居寒暖之必须有节。种种防卫手续之必须预备，夫而后疫症传染之媒介可以除，种子可以绝，非然者，是自速其死而已，于人乎何尤？

这篇时评，等于一篇《防疫指南》，向市民建议的防疫方法：扫除垃圾，清洁饮食，按时作息，注意保暖等种种防卫手段，到现在也未过时。

上海霍乱的重灾区，在"西门外周泾浜及太平桥一带"（如果你不知道这是哪里，我另外说三个字"新天地"）。这里是江北难民聚集之处。霍乱传播后，小孩死亡极多，每天都有十多名，大都被脱光衣服，丢在路边，无人理会。幸亏有一名收字纸的人（传统中国"敬惜字纸"，凡是有字的纸，有专人拾取送焚化炉，不能跟垃圾一同处理），每天负责背这些孩童的尸体到城里，交给慈善团。每背去一具童尸，慈善团给他两角钱，大约可以买三斤糙米。

9月22日，上海接到日本来函，承认上海为"无疫口岸"。

温州：红十字会在行动

9月4日，南京下关有一名外国人，染上霍乱去世。还有别的病人，住在马克林医院，病势沉重。而军队里，也发现了感染者，驻南京的第三师由师长洪承点下令各旅团营军医处，筹划预防方法。

9月下旬，霍乱终于传到了南京上游的武汉。有数人死亡，症状疑似霍乱，但似乎没有进一步的报道。

江苏省加强了各县的排查防疫工作。苏州号称东方威尼斯，沟汊纵横，但用水也极不卫生，喝茶做饭，洗衣服涮马桶，用的都是同一条河道里的水。因此，苏州警局发出通告，要求城内各茶馆，及供应居民开水的老虎灶，必须雇用水船，到城外汲取清洁河水，"以重卫生"。只是这些愚民百姓，"不知公益为何物"，依然从城里臭水河里打水来卖，导致疫症流行。于是，警局派警察到各老虎灶随机检查，如果发现水质不合格，就不准出售。新闻里说，因为这些派出的巡警"不善开导，稍用强硬手段"（什么手段请自行脑补），激发商户的反弹，认为警局是借此勒捐，乱收费，发起了全苏州的老虎灶罢市。整个苏州好几天没有开水喝。截止9月27日《申报》发出报道为止，还没有结束罢市的消息。

9月底，温州遭遇特大水灾，"瓯江浮尸列若繁星"。地方官绅来不及打捞的，没有漂入大海的，都浮在江面上，臭闻数十里，江里的鱼类根本不能吃。大灾之后大疫发作，不到20天，方圆不过270里的灾区，死亡人数达到300多人。温州地方政府一面致电浙江都督申请拨款，一面联合致电上海红十字会、赤十字会求助——对，这是两个慈善组织。赤十字会由张竹君于1911年10月创办，用意是区别于1905年创立、此时日益带有官方色彩的中国红十字会。这两个慈善组织曾在汉口保卫战中联手救护伤兵，后来又辗转南京、苏州、杭州、嘉兴等地。可以说辛亥年有战争处，就有红十字会与赤十字会的身影。

不过，史载赤十字会已于1912年4月解散。温州10月向上海发求援电，不知道是否未知赤十字会解散的消息？

在后来温州救灾的报道中，就只出现了红十字会的名字。12月29日《申报》报道，红十字会多支放赈与救疫的小队，奔赴瑞安、景宁等灾情最重之地，但他们带去的棉衣银米，迅速告缺，只能急电上海催运。与此同时，红十字会还在负责河北地区涿州、良乡等地的雪灾救济，耗费棉衣6万套，米粮银钱约合大洋20万元，但这些钱粮物资，只够125万灾民20天的用度。

最后，红十字会托顾问福开森，向美国欧洲各团体募捐。副会长沈仲礼表示，因为责任重，存款不足，对于南北灾情，红十字会已经心有余而力不足，如果再没有国外的援助，今冬每天冻饿病死的灾民将以百计。

上海：拆掉了隔绝华洋的那堵墙

其实1910年伍连德主持扑灭的鼠疫，并非只发生在东北一处，上海同样遭受波及。当时，上海由英美工部局发起，"自锡金公所前面起至川虹路华界天保里口止"，在马路中间树起了一道铅皮墙，用来隔绝带有病毒的老鼠乱窜。说白了，这是租界自保的策略，想将鼠疫隔绝在租界之外。

鼠疫平息后，这一带地方的商人百姓，交通不便，多次呈请上海道，照会外交团，拆除这道铅皮墙。这一点外交团倒是没意见。但是拆掉这道墙之后，用来区分租界与华界的这条马路，由谁来修复呢？又是一通交涉，一直从大清交涉到民国，才算谈清爽，南北马路，各修一半。这已经是1912年的10月底。

修路之争解决还不到20天，租界又爆发了鼠疫。接连有商贩店伙染病去世。据报道，"查染疫者咳嗽痰带鲜血，现又时值冬令，与往岁东三省肺瘟相仿"。唯一比前年进步的地方是，因为1910年曾出现租界华人染疫，外国医院拒绝收治的情况，上海以红十字会副会长沈仲礼为首的绅商，发起成立了天津路公立医院，上海人称为"时疫医院"，免费收治染上鼠疫的华人。

《申报》昭告市民，如果一旦发现有人染上鼠疫，应当立刻将病人送入公立医院。如果家人不忍离开，医院也备有病毒疫苗，家人注射之后，可以留下陪护病人。倘病人不幸死亡，也可以照常殡殓，不必火化。《申报》报道并且强调："盖该医院为吾华人自立之医院,与外人医院性质不同,如患疫之家迟疑不前,必至传染一家同归于尽,且恐延及邻里为害无穷也。"

而租界当局,也考虑到如果放任租界内外华人传染鼠疫,病毒又不是基因武器,不可能只传华人不传洋人,于是也派出医师,到疫区查看治疗。据报道,西医"用药水针在病人腿际刺入,灌以药水,以除疫疠"。中外协力,也是1912年上海鼠疫不像两年前那么严重的重要原因。

东北:庚子赔款开建五所传染病医院

不过,严密的检疫制度,未能让日本幸免于此次东亚霍乱。10月4日路透社电,霍乱在日本传播迅速,已经有14个县出现感染者,一共有736人——比起上海的数十、数千等不确定数字,仍然精确太多。

而年末的鼠疫,也没有放过东北亚。12月15日,报载贝加尔湖地区发现鼠疫,满洲里车站附近也发现了三名疑似感染者。第二天的消息,哈尔滨有三名哥萨克兵染上鼠疫去世。两天后,俄国发表声明,说这三名哥萨克兵,也即在满洲里车站的三名疑似患者。他们在阿尔诺地区捕食了几只旱獭(野味!),因此染上致命的鼠疫。好在中东铁路沿线没有发现类似情况,应该不会重演1910年的惨祸。

这当然是好消息。更好的消息或许是三个月前的一个决议。早在1911年,万国防疫大会因为东北鼠疫的惨重教训,提议在东北全境设立多家疫症医院。这项提议由伍连德博士上书中国政府,政府批准每年由满洲税关拨出8000英镑用于医院建设。

然而，1912年9月，北京政府财政总长提出，当年的庚子赔款严重不足，需要用满洲税收填补亏空，建设东北疫症医院，难以进行。

9月18日，欧美外交团召开会议讨论此事，最后形成决议，从中国政府当年庚子赔款中拨出8000英镑，请伍连德博士赴东北设立疫症医院五所。等到东北的鼠疫完全消亡，五所专科医院改为综合医院。这些医院聘用的医生，将全部是来自海外的华人医科学生——作为一名海归医学博士，孙逸仙是不是应该放弃修铁路，而来这里主持东北的医疗事业？

中国现代防疫的开端

这就是1912年的瘟疫纪事。这是现代中国防疫的开端。当时的《申报》感叹"验疫为保障人民生命之要务，关系实非浅鲜，我国于此等事向不注意"。

8月29日以来，上海开往日本的所有船只，都需要在长崎停留隔离三至五天，接受检疫。《申报》曾发表一封赴日人士来函，描述了日本检疫的经过。

这人在上海买船票时，就被邮船会社告知：到长崎会停船三天，头等舱客人检疫后可以上岸，二等三等乘客就只能留在船上。于是他就买了头等船票。哪知到了长崎，发现所有人都需要检疫，头等舱乘客只是优先检疫而已——这些叙述很让人迷惑，我猜作者可能认为头等舱乘客有特权，可以免检或走过场，不料检疫这事，当然一视同仁。医生发给每个人一个玻璃盒，要求乘客留置自己的大便。这当然比马尼拉的"刺入肛门"好一些，但也够让中国人为难了。作者的弟弟正在生病，此前乘船，一日一夜水米不进，根本拉不出屎，憋了半天，又吃了药，才"出便一次"。第二天医生又来，正式验病，一直到下午三点，才放他们这些头等客人上岸。

写信人一面感慨"虚费此三日光阴"，一面也承认"在日人之意，未尝不善，公务所在，自不肯轻忽"。他由是生出感慨："我中华民国，卫生智识不知何日能发达，检疫之举，并关国权，又不知何日能如各国之设备周密也。"

9月24日，在上海应对灾情中立下大功的时疫医院（就是那所由红十字会牵头成立的免费医院）投书《申报》，一方面介绍了时疫医院取得的成就："敝医院开诊以来，前后已全活三千八百七十余人，隐杜传染，关系非轻。兹幸秋凉，已届疫气渐见消灭，来院病人日形减少，一星期内定可一律肃清。"

另一方面，时疫医院希望《申报》劝告广大市民，注意饮食卫生，尤其秋天到了，容易致疾的螃蟹要少吃，尤其不要跟柿子一起吃，不然"必生霍乱，往往不救"。公开信的署名是"时疫医院沈仲礼、朱葆三、洪文廷同启"。这么重要的中医常识，不知道《申报》有没有将之反译成洋文，通知全球各大通讯社？而摆脱帝制108年的中国，达成报上那位写信人的愿望了吗？我国的卫生智识，算不算真正发达了呢？

我为什么要抄1912年的《申报》(代后记)

2010年8月,我接受一家出版社约稿,在辛亥百年之际写一本关于这场革命的书。之后我用了十个月的时间看各种资料,史著、档案、回忆录、笔记、日记、小说,还有2011年新出的各种辛亥书。辛亥跟五四一样,是个大泥坑,要是没有一个死线(DEADLINE),估计我到2012年还动不了笔。

从2011年6月到年底,以每周一篇的速度,写出了已经结集出版的《民国了》。这本书写法上基本实现了我最初的设计:以新闻特写的方式写辛亥,尽可能地让笔贴近现场,还原氛围。我从看过的各种资料中挖掘出诸多细节,用它们来编织一幅幅我心目中的辛亥图景。

完稿之后,欣慰之余,又感到强烈的不满足。如果说《民国了》有什么特色,它主要是写法上的。前十个月的阅读材料,是"防御型的",为了保证我在史实上尽量不出错,同时尽可能多地利用已有的研究整理成果。可是,所有的一切,史著、档案、笔记、回忆录、日记、小说,都已是他人的选择结果,我只是在同样的镣铐里跳一支不一样的舞。这也是为何我没有在《民国了》书末列出"参考文献"的原因——我认为2011年数十种重写辛亥的书,除了少数几种有独特史料,大多数作者使用的材料都高度重合,那么,每个作者心目中的辛亥图景,应该都差不多吧?无非看各人用同样食材炒出什么样的菜。

我感到不满足,因为我从来不想去追寻历史的"真相"是什么,我感兴趣的,是这些历史是如何"被叙述"的(以前出版的《野史记》副题为"传说中的近代中国",表达的就是这个意思)。而这些叙述,大都是后设的。最即时的记录与感想,只存在于两种材料:日报与日记。而日记有太多省略、遗失、改写的可能,很难作为主材料使用。而日报是记录时代与社会最快、最全,也相对最富细节、最体现"被叙述"的媒体了。当然,泥沙俱下的材料需要后世的文献与研究来加以澄滤。

我小时候,如果被问到想生活在哪个年代,百分百会说是"2000年"——那时总被教导,到2000年我们就实现"四个现代化"了。未来是什么样子?叶永烈的《小灵通漫游未来》描述着美好图景:车在空中飘,船在海上漂,米饭是人造的珍珠米,西瓜比桌子大,上地理课坐飞机满世界跑……总之很神奇。

而过去呢?之前是"万恶的四人帮",再往前没几年,又是"万恶的旧社会",大家只好一门心思地相信"明天会更好"。明天更好的坚定信念起于工业革命,传入中国后在晚清达致巅峰,严复所谓"世道必进,后胜于今"让中国的青年一代充满向前向上的激情——这是好事还是坏事,还真不好说。

后来我知道了汤因比,知道他渴望出生在公元一世纪的新疆,因为那里是佛教文化、印度文化、希腊文化、波斯文化和中原文化的交汇地带。

我还记得刘东当时在《读书》上提及汤因比这段话,其实是为了介绍谢和耐的《蒙元入侵前夜的日常生活》。刘东说，如果让他选，他愿意回到南宋的中晚期，因为那是汉文化发展最圆熟、最高潮的时期。

人各有志，我在2012年选择回到一百年前，1912年。当然还没人给我提供真正的穿越途径，我回去的方式是抄一百年前的《申报》。每天抄同日不同年的新闻，深深地假想自己是1912年的普通人，依靠媒体的报道与描述，构建自己想象中的中国与世界。

从普通人的角度看，这个年份并不好。1911年夏，江南大水，江苏、浙江、安徽等省遭灾严重。10月武昌事变，大部分省份都有局部战争。住在上海租界里算好了吧？可是米价飞涨，从七元一石涨到了十元十一元，不得不从湖南紧急调米30万石往江南救灾。政府不得不通过报纸大声呼吁，劝上海人改变饮食习惯，多吃面，少吃米饭。

好不容易南北统一了，新生共和国又碰到两大问题：一是辛亥内战中招募的军队必须裁减遣散，二是国库空空如也。前者导致中央对地方的控制相当微弱，各地不断发生兵变；后者则仍是晚清的老矛盾"借债还是收捐"，以应对迫在眉睫的财务危机。

所以你看当时的报纸上，不管是新闻报道，还是社评清谈，甚至普通读者投稿，文字里都充满了焦虑之情。就日常生活来看，1912年比1911年还要苦焦。自古烟花繁盛之地的苏州，不断传闻有商铺租户因生意冷清生活无着而悬梁自尽；而六朝金粉的南京，一片萧条，连秦淮河的画舫都开始卖酒菜便酌，大概是自洪杨之乱后未有的景象。

更令人揪心的，是从辛亥便开始的边疆危机。日本窥视满洲，俄国觊觎外蒙，英人进逼西藏、云南，这都是清朝治下的旧危机。

然而，外蒙宣布独立，西藏的骚乱，却让号称"五族共和"的民国十分棘手。总之，内忧外患，集于一身，民生凋敝，触目疮痍，这等年份，回去则甚？

我一向不相信历史对现实与未来有什么指导作用，但是回溯过往，乃是人类本能，就像人需要凭借视觉、听觉、触觉甚至味觉来确定自己身体与环境的关系。时间的流变，更是人类安妥自己灵魂不可缺少的维度。知道我们的习俗、想法、制度、社会架构源自何处，如何变化至今，解决不了"往何处去"的当下焦虑，却可以让人有一种精神上的安全感与通透感。陈寅恪诗"读史早知今日事"，大抵就是这个意思。

从这个角度观照，1912年就变得很重要。跟1911年相比，科技全无进步，社会更加混乱，经济乏善可陈，学术亦少创新。然而，整个社会的精神生活，却经历着天翻地覆的变化。

比如，从前的政治架构，是"天子牧民"，这意味着君权神授，统治的合法性无可置疑。清末的立宪风潮，就是希望在不撼动这种合法性的前提下，改变政治的运作方式。不过，改良没有跑赢革命，清廷终于逊位寿终。既称民国，则君权神授一变而为治权民授。如何取得"人民"的拥戴，变成了统治的必要条件。

如此一来，民众对统治者的要求与监督，便与从前大不相同。从前是"天皇圣明兮臣罪当诛"，对统治者的制约需要通过天人感应与伦理道统来实现；现在则可以直接表现为"舆论呼吁""议会质询"，不管选举实践还有多少不足，民意传达还有多少偏差，人心所向，已是势不可当。辛亥年如能留下虚君，实现君主立宪，或许会有助于国难过渡，但君主一旦去除，想要重行帝制，那是政党、媒体与公众万不会答应的。袁世凯后来的折戟沉沙，就在于他看不出明治维新与辛亥革命的这重区别。

前面说了，媒体上充斥着焦虑之情，一方面是危机感的确越来越重，另一方面也是因为人们心理上接受不了这些危机："都已经民国了，怎么还会这样？"以前忧怀国事，不妨将一切都推到朝廷腐败不思改革上去，如今人民当家作主，这种种的不如意，就难以让人容忍了。

这就是1912年，一个充斥着各方博弈，充盈着焦虑之情，也充满着无限可能的年份。第一个国会，第一个总统，第一个内阁，第一次不用叫官员"大人"或"老爷"，第一次平民可以要求面见最高统治者，第一次可以在媒体上畅所欲言，第一次中枢官员接受民意代表质询……这一切，让1912年，如居里夫人所说，成为历史长河中一个"有趣且有用"的年度。

之所以一天天一版版地翻抄旧报，而不是循着事件线索去定点查阅新闻，是因为我希望能在心中建立一个相对完整的社会图景。我常常设想，假如我就是一个当时的小知识分子，与权力核心隔着十万八千里，每日读报，我将如何想象这个国家、这个社会，甚至这个世界？有时我觉得自己简直像一个穿越者，在文字构成的旧世界老中里穿行摸索。

至于选择《申报》，一方面是因为就手（有电脑版），另一方面，《申报》公认是清末以来传统最久、较为中立的公共舆论机构。详细论证此处不赘。1901年2月14日，《申报》出版一万号，头版《本报第一万号记》文中说："自本馆始于上海创行日报，遍传各省，风气遂开……本报历年最久，而又悉遵泰西报纸之例，未敢稍逸范围。凡朝廷之政令，官吏之职守，民生之休戚，水旱之凶荒，学校之栽培，国用之会计，疆舆之险要，军政之废兴，商业之盈亏，物产之品目，邻国之举动，交涉之事端，格致之精微，器艺之新制，罔不周咨传访，采录报中，纪载要闻，不嫌其琐。"虽然不无自夸之嫌，大体说的是事实。

有人问：你担不担心只抄一张报纸会有失偏颇？首先，新闻事实《申报》不会太离谱，因为它有诸多的强劲对手，如《上海新报》《新闻报》《时报》，它们都是大众报纸，靠商业广告盈利，不同于靠政团资助的机关报纸。这样的报纸一定不敢过分歪曲事实以致丧失舆论公信力。其次，从立场来看，《申报》这样的大报，想讨好最主流的读者，一定会选择社会最主流的立场与思路（这一点《申报》在1905年左右吃过大苦头）。

另外，《申报》办报地点在上海租界，无须太顾忌政府的压制与禁令，加之大量购买、转载国外媒体，如路透社、《泰晤士报》、《朝日新闻》的访电，虽然只是一张报纸，消息、版面间照样有足够映照现实的多元空间。

2012年12月31日，我抄完1912年最后一张《申报》。依WORD字数统计，一共是966 749字。抄报之余，也写一些札记，一年下来也有十万字左右。2013年完全没管1912年，2014年重拾旧缘，又补写了几万字。这些文字当然不是那百把万字材料的全部成果，只算是又一本读书笔记吧。1912年发端、延续的诸多问题，我还要在将来的日子里继续阅读、思考、书写。

嗣后数年，学术兴趣转移，事务琐屑堆积，均有影响，1912年暂时就悬在那里，时不时拿出来拂拭清理一下。证据便是我电脑里每年的文件夹里，一定有一个命名为"1912"的文件夹。

2019年底，终于下定决心将这本书完稿。正逢大疫弥天，遂可宅家静心清理，也补写了《1912年瘟疫纪事》一文。2020年春节期间，将齐清定稿发给还在月子中的我的编辑（这种时节还去烦她，真是抱歉）。其时予在长沙，返京在即，疫情未卜，心中伤恸。唯愿诸君见此书时，已是云开雾散，初霁乍晴，吾辈可潜心静气，面对历史与现实。至祷。

图书在版编目（CIP）数据

元周记 / 杨早著 . -- 北京：九州出版社，2020.12（2021.11 重印）
ISBN 978-7-5108-9505-0

Ⅰ．①元… Ⅱ．①杨… Ⅲ．①长篇小说—中国—当代
Ⅳ．① I247.5

中国版本图书馆 CIP 数据核字 (2020) 第 171681 号

元周记

作　　者	杨早　著
出版发行	九州出版社
地　　址	北京市西城区阜外大街甲35号(100037)
发行电话	（010）68992190/3/5/6
网　　址	www.jiuzhoupress.com
印　　刷	天津创先河普业印刷有限公司
开　　本	889毫米×1194毫米　32开
印　　张	10
字　　数	230千字
版　　次	2020年12月第1版
印　　次	2021年11月第2次印刷
书　　号	ISBN 978-7-5108-9505-0
定　　价	72.00元

★ 版权所有　侵权必究 ★

《民国了》

著　者: 杨早　　　书　号: 978-7-220-10430-5
定　价: 68.00元　　出版时间: 2018.01

另类又真实的辛亥革命，
一本打破对辛亥革命刻板印象的作品，
新增绿茶手绘插图、全新修订

内容简介 |

本书从武昌举义写到清帝退位，重点着墨于各省的独立过程。辛亥革命不是一蹴而就的，各省的光复经历了截然不同的过程，有的流血暴动，有的平稳过渡，发挥主导作用的，也不尽是革命党人。作者强调回到历史现场，以诸多具体的人物入手，重现辛亥人看到、听到、感受到的辛亥革命，依据的材料多为当时的报刊登载、日记、回忆录等，抛开宏观的意义，以微观的视角挖掘这场近代史上的重要变革，呈现其中被忽视、被遗忘的细节

编辑推荐 |

◎ 讲述辛亥人所见的辛亥革命，呈现革命与日常的"有关"与"无关"。辛亥的历史舞台，登场的不仅有斗法的孙中山、袁世凯，也有满族权贵端方、士绅代表张謇，更有学童沈从文、少年叶圣陶、热血青年蒋介石、师范校长周树人……

◎ 地域化的辛亥。辛亥革命不是一蹴而就的，怎样从武昌一地的举义变成各省参与的革命，辛亥革命不是一场严密规划的暴力行动，有的省随波逐流，有的省恶斗连连，有的省波澜不惊，作者为我们铺展了一幅观察辛亥革命的全景画面。

◎ 个人化的辛亥。作者特别关注"大时代中的小人物"的命运。他们对革命的理解是有限的，他们对革命的参与是千差万别的，但革命在他们生活留下的影响却有可能在将来的某一天显现出来。很多在公众印象中与辛亥时段无关的著名人物，其实辛亥都是他们人生中不可忽略的片段。

◎ 细节化的辛亥。作者的写作野心之一，就是想尽可能多的记录与讲述辛亥革命中的生活、事件细节。